KB207234

당시삼백수 2

唐詩三百首
孫洙

대산세계문학총서
192

당시삼백수 2

唐詩三百首

손수 엮음 임도현 역해

문학과지성사

대산세계문학총서 192

당시삼백수 2

엮은이	손수
역해	임도현
펴낸이	이광호
주간	이근혜
편집	김은주 김인숙
마케팅	이가은 최지애 허황 남미리 맹정현
제작	강병석
펴낸곳	㈜문학과지성사
등록번호	제1993-000098호
주소	04034 서울 마포구 잔다리로7길 18(서교동 377-20)
전화	02) 338-7224
팩스	02) 323-4180(편집) 02) 338-7221(영업)
대표메일	moonji@moonji.com
저작권 문의	copyright@moonji.com
홈페이지	www.moonji.com

제1판 1쇄 2024년 9월 27일

ISBN 978-89-320-4319-7 04820
ISBN 978-89-320-4317-3 (전 2권)
ISBN 978-89-320-1246-9 (세트)

이 책은 대산문화재단의 외국문학 번역지원사업을 통해 발간되었습니다.
대산문화재단은 大山 愼鏞虎 선생의 뜻에 따라 교보생명의 출연으로 창립되어
우리 문학의 창달과 세계화를 위해 다양한 공익문화사업을 펼치고 있습니다.

차례

권 4 칠언율시七言律詩

시달리다가 형제들이 뿔뿔이 흩어져 각자 다른 곳에 있게
되었는데, 달을 바라보다가 느낀 바가 있기에 아쉬운 대로
생각한 바를 적어서 부량의 큰형, 오잠의 일곱째 형,
오강의 열다섯째 형에게 부치면서, 아울러 부리와
하규의 남동생과 여동생에게 보여주다

권 5 오언절구五言絶句

권 6 칠언절구七言絶句

일러두기

1. 이 책의 원문은 진완준陳婉俊의 『당시삼백수보주唐詩三百首補注』(北京: 文學古籍刊行社, 1956)를 저본으로 했다. 『전당시全唐詩』『문원영화文苑英華』 및 각 문인의 문집 등 여러 판본과 비교하여 원문이 다른 경우 시문 이해에 필요하다고 판단되는 것만 주석이나 해설에서 소개했다. 저본의 주석은 수록하지 않았다.

2. 한시의 번역은 직역을 위주로 했고 이해를 돕기 위해 의역을 병행했다. 관련 전고나 사건 등은 [주석]과 [해설]을 통해 파악할 수 있도록 서술했다.

3. [주석]은 어려운 한자나 단어 위주로 작성했으며 독음을 병기했다. 독음은 두음법칙을 적용했으며 한 글자인 경우는 적용하지 않았다.

4. [해설]에서는 시가 창작된 배경과 관련 사항을 먼저 소개하고 시의 내용에 관해 순차적으로 설명했다.

5. [작자 소개]는 책 뒤에 가나다 순으로 수록하고 간단한 인적 사항과 생애 및 문집 현황 등을 소개했다.

6. 책 제목은 『 』로, 작품 제목은 「 」로 구분했다. 한 구절 이상 인용할 경우 " " 를, 한 구절 미만을 인용하거나 강조할 경우 ' '를 사용했다.

권 4

칠언율시 七言律詩

160. 황학루

최호崔顥

옛사람은 이미 황학을 타고 떠나갔고
이곳에는 공연히 황학루만 남아 있다.
황학이 한번 떠나간 뒤 다시 돌아오지 않아
흰 구름만 천 년 동안 공연히 한가롭다.
맑게 갠 강가에는 한양 땅의 나무가 또렷하고
향기로운 풀은 앵무주에 우거졌다.
날 저무는데 고향은 어디인가?
안개 물결 강가에서 사람을 근심스럽게 한다.

黃鶴樓

昔人已乘黃鶴去, 此地空餘黃鶴樓.
黃鶴一去不復返, 白雲千載空悠悠.[1]
晴川歷歷漢陽樹,[2] 芳草萋萋鸚鵡洲.[3]
日暮鄕關何處是,[4] 煙波江上使人愁.

[주석]

1) 千載(천재): 천 년. 悠悠(유유): 한가로운 모양. 떠다니는 모양.

2) 歷歷(역력): 또렷한 모양.

3) 萋萋(처처): 무성한 모양. 鸚鵡洲(앵무주): 황학루 동북쪽 장강
   한가운데에 있던 모래섬. 동한 때 강하태수 황조黃祖의 큰아들
   이 이곳에서 연회를 열었는데, 어떤 사람이 앵무새를 바쳤으며
   예형禰衡이「앵무부鸚鵡賦」를 지었다.

4) 鄕關(향관): 고향.

[해설]

이 시는 최호가 지금의 호북성 무한의 장강 가에 있는 황학
루黃鶴樓에 올라 그 느낌을 적은 것이다. 황학루라는 이름의 유
래에 관해서는 여러 가지 설이 있는데 대체로 신선이 누런 학을
타고 이곳에 왔다가 떠나갔다는 내용이다. 후에 이백이 이곳에
왔다가 최호의 시를 보고는 시를 짓지 못하고 붓을 꺾어버린 채
그냥 떠나갔으며「금릉 봉황대에 오르다登金陵鳳凰臺」를 지으면
서 이 시의 형식을 많이 본떴다.

황학루에 올랐다. 하지만 황학은 보이지 않는다. 옛날 신선이
황학을 타고 이미 떠나갔기에 이제는 황학루만 덩그러니 남아
있다. 떠나간 황학과 신선은 다시 돌아오지 않았는데 이곳에는
천 년 동안 공연히 흰 구름만 떠다니고 있다. 마치 다시 그들이
돌아오기를 기다리며 이곳을 지키고 있는 것 같다. 하지만 헛수
고이다. 그들은 돌아오지 않았다. 황학이 없는데 왜 이곳이 황학
루란 말인가? 날이 맑으니 강 건너편에는 한양의 나무가 또렷하
게 보이고 앵무주에는 향기로운 풀이 무성하다. 이렇게 경관이
훌륭한데 신선은 왜 이곳에 다시 오지 않는가? 어느새 날이 저
물었다. 나도 돌아가야 하지만 내 고향은 어디인가? 그저 안개

피어오르는 물가에서 시름겨울 뿐이다. 이곳에 황학이 있다면 나도 그 황학을 타고 고향으로 갈 수 있을 터인데. 내 고향은 바로 신선 세계이다.

161. 화음현을 지나가다

최호崔顥

우뚝 솟은 태화산이 함양을 굽어보는데
하늘 바깥의 세 봉우리는 깎아도 만들지 못할 듯하다.
한 무제의 사당 앞에는 구름이 흩어지려 하고
선인장봉 위에는 비가 막 개었다.
황하와 산은 북쪽으로 험준한 진나라의 관문을 베고 있고
역참의 길은 서쪽으로 평평한 한나라의 제사터에 이어졌다.
명리를 좇는 길가의 나그네에게 묻나니
이곳에서 불로장생을 배우는 게 어떠한가?

行經華陰

岧嶢太華俯咸京,[1] 天外三峰削不成.

武帝祠前雲欲散, 仙人掌上雨初晴.

河山北枕秦關險, 驛路西連漢時平.[2]

借問路旁名利客, 何如此處學長生.

[주석]

1) 岧嶢(초요): 우뚝한 모양. 太華(태화): 오악 중 서악에 해당하는
   화산. 옆에 소화산小華山이 있어서 이렇게 부른다. 咸京(함경):

함양咸陽을 말하며 지금의 섬서성 서안이다. 진秦나라 때 수도
였기에 '경'을 붙였다.

2) 漢時(한치): 한나라 때 천지의 오제五帝에게 제사를 지내던 곳
이다.

[해설]

이 시는 최호가 화음현華陰縣을 지나가면서 웅장한 화산華山의
모습을 보고 그 느낌을 적은 것이다. 화음현은 화산의 북쪽에
있고 화산은 오악 중 서악에 해당하며 험준하기로 유명하다. 전
설에 따르면 화산이 황하의 물길을 가로막고 있어서 산 양쪽으
로 나뉘어 흘렀는데, 황하의 신인 거령巨靈이 손으로 산을 쪼개
서 그 가운데로 황하가 흘러가도록 했다고 한다. 쪼개진 두 산이
태화산과 소화산이며 그 손바닥 자국이 남은 곳이 선인장仙人掌
봉우리이다.

우뚝 솟은 화산이 옛 수도인 함양을 지키느라 위에서 내려다
보고 있는데, 하늘 바깥까지 솟은 부용봉芙蓉峰, 옥녀봉玉女峰, 명
성봉明星峰 세 봉우리는 사람이 깎아서 만들려고 해도 못 만들
정도로 기묘하다. 한 무제가 만든 거령의 사당에는 신령스러운
기운으로 구름이 있다가 이제 흩어지려 하고, 거령의 손바닥 자
국이 남아 있는 선인장 봉우리에는 이제 막 비가 그쳐 모습이
또렷이 보인다. 화산 북쪽에는 진나라의 관문 함곡관이 자리 잡
고 있으며 서쪽으로 길을 따라가면 한나라 때 오제五帝에게 제
사를 지내던 곳이 나온다. 천연의 요새이고 수도 장안을 보위하
는 신령스러운 산이다. 장안에 들어가서 명성과 이익을 좇는 나

그네들이여, 무엇하러 그렇게 고생하며 세상을 떠돌아다니는가? 부귀영화는 인생 백 년이 지나 죽고 나면 허망하게 사라지는 것이다. 그저 이곳에서 신선의 도를 닦아 장생불사하는 게 좋지 않겠는가? 사실 지금 나도 이 길을 지나 장안으로 가려던 중인데, 그 욕심을 버리고 이곳에서 신선이 되고자 한다.

162. 계문관을 바라보다

조영祖詠

연대에 한 번 갔다가 나그네 마음 놀랐으니
호가 소리 북소리가 당나라 장군의 병영에 시끄러우며,
만 리 뻗은 차가운 빛이 쌓인 눈에서 생기고
세 변방의 새벽빛이 높다란 깃발에 일렁이는데,
모래밭의 봉화가 오랑캐 땅의 달을 침범하고
바닷가의 구름 덮인 산이 계성을 에워쌌다.
비록 젊었을 때 붓을 내던지는 강개한 관리는 아니지만
공적을 논하려고 다시금 긴 밧줄을 청하고자 한다.

望薊門

燕臺一去客心驚,[1] 笳鼓喧喧漢將營.[2]
萬里寒光生積雪, 三邊曙色動危旌.[3]
沙場烽火侵胡月, 海畔雲山擁薊城.
少小雖非投筆吏,[4] 論功還欲請長纓.[5]

[주석]

1) 一去(일거): 여기서는 한 번 오따라는 뜻이다.

2) 笳鼓(가고): 호가胡笳와 북. 호가는 서역에서 들어온 피리의 일

종이다. 喧喧(훤훤): 시끄러운 모양. 漢將營(한장영): 한나라 장
군의 군영. 여기서는 당나라 군영을 가리킨다.

3) 三邊(삼변): 세 변방. 원래는 동북, 북방, 서북 변방을 일컫는데
여기서는 동북 변방의 세 지역인 유주, 병주, 양주를 가리킨다.
危旌(위정): 높은 깃발.

4) 少小(소소): 어릴 때. 젊었을 때.

5) 長纓(장영): 긴 밧줄.

[해설]

이 시는 조영이 동북쪽 변방에 있는 계문관薊門關을 바라보며
그 감개를 적은 것이다. 계문관은 지금의 북경시 인근에 있었는
데 계구薊丘 또는 계성薊城이라고도 하며 동북 지역의 군사적 요
지였다. 팽팽한 긴장감이 감도는 전쟁터의 분위기를 묘사하면서
공적을 반드시 세우겠다는 의지를 표현했다.

연대燕臺에 한 번 올랐다. 연대는 유주幽州 지역에 있기 때문
에 유주대幽州臺라고 하기도 하고 전국시대 연燕나라 소왕昭王이
황금을 두고 천하의 인재를 맞이하였기에 황금대黃金臺라고 하
기도 한다. 이곳에 와서 보니 그 분위기에 이 나그네가 깜짝 놀
란다. 당나라 장군이 이끄는 병영에는 호가 소리와 북소리가 요
란하여 병사들이 일사분란하게 이리저리 움직이고 있다. 겨울의
추위에 높이 쌓인 눈에서는 만 리까지 뻗어나갈 차가운 빛이 생
겨나고 있다. 이렇게 추운 곳에서도 병사들은 열심히 훈련을 하
며 전쟁을 대비하고 있다. 이곳은 변방 중에서도 중요한 요지인
유주, 병주幷州, 양주涼州가 있는 곳인데, 새벽에 떠오르는 태양

의 빛이 높다란 깃발에 일렁이고 있다. 우리 당나라 군대의 위용이 높이 빛나고 있는 것이다. 성 앞에 있는 너른 모래밭에서 적의 침략을 알리는 봉홧불은 오랑캐 땅의 달에 닿을 정도로 높이 피어오른다. 한밤에도 경계를 늦추지 않고 있다. 동쪽에 있는 발해 가에는 구름 덮인 산이 있으며, 계성은 그 산으로 둘러싸여 있으니 그야말로 천혜의 요새이다. 절로 사람을 강개하게 만들고 기운이 하늘을 찌르게 만든다. 내가 비록 젊었을 때 후한의 반초班超처럼 관청의 문서나 베껴 쓰는 신세를 한탄하면서 나라를 위해 큰 공을 세우겠다고 붓을 던져버리지는 못했지만, 지금 이곳에 오니 바로 그런 기운이 솟구친다. 한나라 때 남월왕南越王이 반란의 뜻을 보이자 종군終軍이 무제武帝에게 사신으로 가기를 자청하며 긴 밧줄을 받아서 반드시 남월왕을 묶어 한나라 대궐 아래에 바치겠다고 했는데, 나도 오늘 이 변방을 평정할 수 있는 공을 세우기 위해 긴 밧줄을 요청하고자 한다. 반초도 결국 서역에서 공을 세웠고 종군도 남월왕을 설득하여 나라를 바치도록 했다. 나도 이들처럼 반드시 공을 세울 것이다.

163. 중양절에 망선대에 올라 유 명부에게 드리다

최서崔曙

한나라 문제에게 높은 누대가 있어
오늘 올라 굽어보니 새벽빛이 열려 있는데,
세 진 땅의 구름 덮인 산은 모두 북쪽을 향하고
두 구릉의 비바람은 동쪽에서 옵니다.
함곡관의 관리 윤희를 누가 알아보겠습니까?
황하 가의 늙은 신선은 떠나가서 안 돌아오니,
잠시 가까운 곳으로 팽택령을 찾아가
얼큰하게 국화술에 함께 취하고자 합니다.

九日登望仙臺呈劉明府

漢文皇帝有高臺, 此日登臨曙色開.
三晉雲山皆北向, 二陵風雨自東來.
關門令尹誰能識,[1] 河上仙翁去不回.
且欲近尋彭澤宰,[2] 陶然共醉菊花杯.[3]

[주석]

1) 關門令尹(관문령윤): 함곡관의 관리인 윤희尹喜를 가리킨다. 그
   는 천문에 밝았는데 어느 날 함곡관에 자줏빛 기운이 뻗쳐 있

는 것을 보고는 귀한 분이 지나갈 것이라고 추측하였다. 과연 청우靑牛를 탄 노자가 지나가기에 제자의 예를 갖추니 노자가 5천여 글자에 해당하는 『도덕경』을 그에게 주었다. 윤희 또한 그를 따라 서쪽으로 가서 신선이 되었다고 한다.

2) 彭澤宰(팽택재): 팽택의 현령縣令. 도연명陶淵明을 가리킨다. 그는 팽택현령으로 있다가 관직을 그만두고 전원으로 돌아갔다. 어느 중양절에 술이 없었는데 강주자사 왕홍王弘이 보낸 술을 마시고 취했다고 한다.

3) 陶然(도연): 술이 거나하게 취한 모양.

[해설]

이 시는 최서가 음력 9월 9일 중양절重陽節에 망선대望仙臺에 올라서 본 경관과 감회를 적어서 유劉 명부明府에게 준 것이다. 중양절은 중국의 명절 중 하나로 이날은 가족이나 친지가 모여 높은 산에 올라 붉은 수유 열매를 차고 국화주를 마시며 액운을 쫓는 날이다. 망선대는 한나라 문제文帝가 세운 누대로 지금의 섬서성 섬현에 있다. 문제가 『노자老子』를 읽다가 이해되지 않는 부분이 있어서 황하 가의 초가집에 살던 하상공河上公에게 사람을 보내 물어보게 하니, 하상공이 문제가 직접 와야 한다고 했다. 문제가 찾아가서 "온 천하에 나의 신하가 아닌 사람이 없는데 자네는 왜 그렇게 고고한가?"라고 하니 하상공이 허공에 떠올라서 말하기를, "나는 위로는 하늘에 이르지 못했고 가운데로는 인간에게 이르지 못했으며 아래로는 땅에 이르지 못했으니 어찌 누구의 신하이겠는가?"라고 했다. 이에 문제가 수레에서 내려 머리를 조아리니 하상공이 책을 한 권 주고는 떠나버렸고, 문제는 망선대를 세우고는 하늘을 바라보며 하상공을 기다렸다고 한다. '명부'는 현령의 호칭이고 '유' 씨는 이름이 유용劉容인데 자세하게 알려져 있지는 않으며 다만 시의 내용으로 보아 함곡관 인근의 현령인 것으로 보인다. 망선대에 올라 탁 트인 전망을 보니 호연한 기운이 솟기는 하지만 신선의 도를 찾을 수는 없기에, 아쉬우나마 도연명과 같은 소박한 품성을 가진 유 명부와 함께 즐기고자 한다는 내용을 적었다.

한나라 문제가 망선대라는 높은 누대를 세웠는데 중양절을 맞이하여 새벽에 이곳에 오르니 장관이 펼쳐져 있다. 이곳은 전국시대 진晉나라의 영토였는데 그 나라가 한韓나라, 위魏나라, 조趙나라로 나뉘고 말았다. 하지만 이 지역의 높은 산들은 모두 북쪽을 향해 치달리는 경관을 연출하고 있다. 절로 호방한 기운이 솟아오른다. 그리고 효산崤山의 두 봉우리에는 비바람이 동쪽에서 불어오고 있다. 옛날 문왕도 이곳에서 비바람을 피했다고 하는데 여전히 그 비바람이 불고 있다. 하지만 문왕은 어디 갔는가? 결국 죽고 말았다. 그가 하상공에게서 『노자』에 관한 책을 받았다고 하는데 그건 어디 있는가? 그리고 옛날 노자가 서쪽으로 가다가 함곡관을 지날 때 이곳의 관리 윤희가 그를 알아보고는 『노자』를 전수받았고 그도 노자를 따라가 신선이 되었다는데, 이제는 윤희를 알아볼 사람도 없구나. 하상공도 떠나갔지만 아직 돌아오고 있지 않다. 이곳 망선대에서 그 옛날의 신선들을 기다리지만 여전히 아무도 오지 않는다. 근처에 누가 이런 신선의 기풍을 가진 이가 있는가? 바로 유 명부이다. 그는 관직을 버리고 전원으로 돌아가 유유자적하게 살았던 도연명과 같은 분이다. 도연명도 중양절에는 국화주를 마시고 취했다고 한다. 오늘이 중양절이니 도연명 같은 유 명부를 찾아가 거나하게 취하고 싶다.

164. 장안으로 가는 위만을 전송하다

이기李頎

아침에 떠나가는 이가 부르는 이별 노래 들리는데
어젯밤에 무서리가 처음 강을 건너왔다지.
근심 속에서 기러기 소리를 차마 듣지 못할 터
하물며 나그네가 되어 구름 덮인 산을 지나감에랴.
관문에는 새벽빛이 추위를 재촉하며 바싹 다가오고
도성에는 다듬이 소리가 해 저물면 많아지겠지.
설마 장안의 행락처에서
공연히 세월을 쉽사리 허송하지는 않겠지.

送魏萬之京[1]

朝聞游子唱離歌,[2] 昨夜微霜初度河.[3]

鴻雁不堪愁裏聽, 雲山況是客中過.

關城曙色催寒近,[4] 御苑砧聲向晚多.[5]

莫是長安行樂處,[6] 空令歲月易蹉跎.[7]

[주석]

1) 之京(지경): 수도로 가다.

2) 游子(유자): 집을 떠나 멀리 떠도는 사람. 여기서는 위만을 가

리킨다.

3) 度(도): 건너다. '도渡'와 통한다.

4) 關城(관성): 관문의 성. 장안까지 가는 동안에 함곡관과 동관이 있다.

5) 御苑(어원): 황제의 원유苑囿. 여기서는 장안을 가리킨다. 砧聲(침성): 다듬이 소리.

6) 莫是(막시): 설마.

7) 蹉跎(차타): 때를 잃어버리다. 시기를 놓치다.

[해설]

이 시는 이기가 장안으로 가는 위만魏萬을 전송하며 지은 것이다. 위만은 진사에 급제했으나 왕옥산王屋山에 은거하여 왕옥산인이라고 불리며 이백李白과 친교가 있었다. 이 시에서는 추운 겨울에 장안으로 가는 길이 힘들 것이라고 걱정하면서 장안에서 향락으로 시간을 허비하지 말고 정진하기를 바라는 마음을 표현했다.

아침에 이별가를 부르며 애달파하는데 어젯밤에 무서리가 처음 내렸다고 한다. 이제 본격적인 추위가 시작될 터인데 장안으로 가는 위만은 앞으로 계속 추위에 고통스러워할 것이다. 따뜻한 곳을 찾아가는 기러기의 애달픈 소리도 차마 듣지 못할 것이고 구름 덮인 높은 산을 올라가면 더욱 춥고 외로울 것이다. 관문의 새벽은 어느 때보다 추울 것이고 장안으로 들어가면 먼 곳으로 출정 간 남편이 따뜻하게 겨울을 보내도록 옷을 만드느라 다듬이 소리가 많이 들릴 것이다. 다듬이질하는 여인들은 멀리 떠나간 남편을 그리워할 것이고, 그 다듬이 소리를 듣는 위만은 고향에서 자신을 그리워할 이들을 생각하게 될 것이다. 추위 속에서 힘들게 갔고 고향을 멀리 떠나 외로울 터이지만, 그래도 기왕 갔으니 부디 행락을 일삼으며 허송세월하지 말고 본업에 충실하여 소기의 성과를 얻기를 바란다. 옛날에도 공부하러 간다고 했다가 방탕한 삶을 살면서 시간과 정력을 허비한 사람들이 많았나 보다. 도회지는 성공의 땅이기도 하지만 유혹이 많은 곳이다. 어렵게 간 곳이니 절대 곁눈질하지 말고 허튼짓하지 마라. 고향 사람들의 기대를 저버리지 마라.

165. 금릉 봉황대에 오르다

이백李白

봉황대 위에서 봉황이 노닐다가
봉황은 떠나고 누대는 비었는데 장강만 절로 흐른다.
오나라 궁궐의 화초는 외딴길에 묻혔고
진나라 시절의 대신은 오래된 무덤이 되었다.
세 봉우리의 산은 푸른 하늘 바깥에 반으로 떨어져 있고
두 줄기 강은 백로주에서 중간이 갈라져 있다.
항상 뜬구름이 해를 가리고 있으니
장안이 보이지 않아 사람을 근심스럽게 한다.

登金陵鳳凰臺

鳳凰臺上鳳凰遊, 鳳去臺空江自流.
吳宮花草埋幽徑, 晉代衣冠成古丘.[1]
三山半落靑天外,[2] 二水中分白鷺洲.[3]
總爲浮雲能蔽日, 長安不見使人愁.

[주석]

1) 衣冠(의관): 옷과 관. 여기서는 고관대작의 복장을 의미하며, 대
   신을 지칭한다. 古丘(고구): 오래된 무덤을 말한다.

2) 三山(삼산): 지금의 남경시 남서쪽 장강 가에 있는 산의 이름. 세 개의 봉우리가 연달아 있다.

3) 二水(이수): 진회하秦淮河가 남경 남동쪽을 흐르다가 물 가운데에 있는 섬인 백로주에서 두 줄기로 갈라져 각각 장강으로 흘러들어 간다.

[해설]

이 시는 이백이 지금의 강소성 남경인 금릉金陵의 봉황대鳳凰臺에 올라서 본 경관과 감회에 관해 적은 것이다. 봉황대는 남경시의 장강 가에 있으며 남조 송나라 때 봉황이 떼로 이곳에 왔기에 지은 것이라고 한다. 여섯 조대의 수도였던 금릉이 옛 영화를 잃어버리고 황폐해진 모습을 그리면서 장안 역시 간신들의 음해 속에서 같은 역사를 되풀이하지 않을까 걱정하는 마음을 표현했다.

이백이 봉황대에 올랐다. 옛날에 이곳에서 봉황이 놀았을 터인데 이제 그 봉황은 가고 누대는 텅 비었다. 그래도 장강의 물은 절로 흘러간다. 봉황은 태평성세에 온다고 했는데, 지금 그 봉황이 없으니 더 이상 태평성세가 아닌 것이다. 이곳 금릉은 어떠한 곳인가? 오나라, 동진, 송나라, 제나라, 양나라, 진나라 여섯 조대의 수도로 있으면서 번성함을 누렸던 곳이다. 하지만 지금은 어떠한가? 오나라의 궁이 있던 곳은 폐허가 되어 사람이 잘 다니지 않는 길이 되어버렸고, 옛날 그 궁궐에 있던 화초는 길 위의 잡초에 묻혀버렸다. 동진의 고관대작들은 모두 패망하여 그들이 묻힌 무덤 역시 관리하는 후손이 없어 황폐해져 있다. 이러한 역사의 흥망성쇠를 저 장강은 절로 흘러가며 다 지켜봤을 것이다. 봉황대에서 바라보니 금릉의 삼산과 백로주가 보인다. 아득히 보이는 삼산은 구름에 가려서인지 윗부분 절반만 허공에 떠 있는 듯 보이고, 한 줄기로 흘러가야 하는 강물은 백로주에 의해 중간이 갈라져 있다. 응당 하나가 되어야 할 것들이 둘로 나뉜 것이다. 어진 황제에게는 충실한 신하가 있어야 하는 법인데, 지금의 조정을 보면 서로 분리되어 있다. 뜬구름이 해를 가리고 있어 사람들이 해를 볼 수 없으며, 해가 대지를 고르게 비추지 못하듯이 지금 조정에서는 간신들이 황제의 귀와 눈을 막고 있어 충신들의 진정 어린 간언이 전달되지 못하고 황제는 백성들을 보살피지 못하고 있다. 이대로 가면 지금 장안에 수도를 둔 당나라도 예전에 금릉에 수도를 둔 여섯 조대와 마찬가지의 결과를 초래할 것이다. 이곳에서 장안을 볼 수 없어 나 이백이 장안의 황제를 뵐 수 없으니, 나의 이런 충정을 어떻게 전할 수 있을까? 그저 안타깝고 슬플 뿐이다.

166. 협중으로 폄적되어 가는 이 소부와
　　　장사로 폄적되어 가는 왕 소부를 전송하다

고적高適

아아 그대들은 이 이별에 마음이 어떠한가?
말 세워두고 술잔 물고는 유배살이에 관해 묻는다.
무협에서는 원숭이 울음에 눈물 몇 줄기 흘리겠고
형양에서는 돌아가는 기러기 편에 편지 몇 통 보낼 것이며,
청풍강 가에 가을 돛배가 멀리 있을 터이고
백제성 주변에 늙은 나무의 잎이 성기겠지.
지금은 태평성대라 황제의 은택이 많으니
잠시 헤어질 뿐이라 주저하지 말게나.

送李少府貶峽中王少府貶長沙

嗟君此別意如何, 駐馬銜杯問謫居.
巫峽啼猿數行淚, 衡陽歸雁幾封書.
靑楓江上秋帆遠, 白帝城邊古木疏.
聖代卽今多雨露,[1] 暫時分手莫躊躇.[2]

[주석]

1) 卽今(즉금): 지금. 雨露(우로): 비와 이슬. 황제의 은택을 비유

한다.

2) 分手(분수): 헤어지다. 躊躇(주저): 머뭇거리는 모양.

[해설]

이 시는 고적이 협중峽中으로 폄적 가는 이李 소부少府와 장사
長沙로 폄적 가는 왕王 소부를 전송하며 지은 것이다. '협중'은 지
금의 중경시로 장강 삼협이 있는 곳이며 '장사'는 지금의 호남
성으로 남쪽 변방이다. '소부'는 현위縣尉의 호칭이며 이 씨와 왕
씨에 관해서는 자세히 알려져 있지 않다. 지방으로 멀리 폄적
간 뒤 외로워할 모습을 상상하면서 이별의 아쉬움을 표현했다.

이제 두 사람이 떠나가야 한다. 타고 가던 말을 세워두고 아
쉬움에 또 이별의 술잔을 들고는 물어본다. 이제 헤어져야 하는
데 심정이 어떠한가? 먼 그곳에 가서는 어떻게 살 것인가? 협
중의 무협에는 원숭이가 많은데 울음소리가 그렇게 처량하다고
한다. 아마 그 울음소리를 들으며 친구 생각에 눈물을 흘릴 것
이다. 그리고 장사 근처 형양에는 남쪽으로 갔던 기러기가 다시
북쪽으로 방향을 돌린다는 회안봉回雁峰이 있는데 돌아가는 기
러기 편에 친구를 그리워한다는 내용을 적은 편지를 몇 통 부칠
것이다. 장사 근처의 푸른 단풍나무가 많은 강에서는 가을날 장
안으로 돌아가며 멀어지는 돛배를 하염없이 바라볼 것이다. "저
배를 타면 나도 돌아갈 수 있을 터인데 내가 지금 타고 갈 수는
없구나"라고 탄식할 것이다. 그리고 협중의 백제성에서는 늙은
나무의 잎이 성글어지는 것을 바라보고 있을 것이다. 만 리 떨
어진 타향에서 쇠락의 계절인 가을을 맞이하며 홀로 쓸쓸해하고

있을 것이다. 하지만 너무 걱정하지 마라. 지금은 태평성세이니 황제의 은택이 많다. 그대들도 곧 사면 받아서 장안으로 돌아올 수 있을 터이다. 지금의 이별은 잠시 헤어지는 것이다. 그러니 너무 아쉬워하지 말고 얼른 가게나. 곧 만날 수 있을 것이다. 하지만 발길이 쉽게 떨어지지는 않는다.

167. 가지 사인의 「새벽에 대명궁에서 조회하다」라는 작품에 화답하다

잠삼岑參

닭 우는 도성 거리에 새벽빛이 차가운데
꾀꼬리 우는 황궁에 봄빛이 흐드러졌다.
금궐에는 새벽종 울리자 만 개의 문이 열리고
옥계단에는 천자의 의장대가 천 명의 관원을 둘러쌌는데,
꽃이 칼과 패옥을 맞이할 때 별이 막 지고
버들이 깃발을 스칠 때 이슬은 아직 마르지 않았다.
독보적으로 봉황지 옆의 빈객이 있는데
「양춘」 같은 그대의 한 곡조에 화답하기 모두 어려워한다.

和賈至舍人早朝大明宮之作

雞鳴紫陌曙光寒,[1] 鶯囀皇州春色闌.[2]

金闕曉鐘開萬戶, 玉階仙仗擁千官.[3]

花迎劍佩星初落, 柳拂旌旗露未乾.

獨有鳳凰池上客,[4] 陽春一曲和皆難.[5]

[주석]

1) 紫陌(자맥): 자줏빛 길. 장안 도성의 넓은 길을 가리킨다.

2) 囀(전): 새가 울다. 皇州(황주): 황제가 사는 곳. 闌(란): 무르익 다. 한창이다.

3) 玉階(옥계): 옥계단. 황궁을 가리킨다. 仙仗(선장): 천자의 의 장대.

4) 鳳凰池(봉황지): 중서성 옆에 있던 연못의 이름인데, 이로써 중 서성을 가리킨다.

5) 陽春(양춘): 송옥의 「초나라 왕의 질문에 답하다對楚王問」에 의하 면, "영郢 땅에서 노래하는 객이 있었는데, 그가 처음 「하리下里」 나 「파인巴人」을 부르자 나라 안에 그 노래에 화창하는 자가 수 백이나 되었지만 그가 「양춘陽春」이나 「백설白雪」을 노래하자 화 창하는 자가 몇 사람에 불과했습니다. 이는 곡의 수준이 높을수 록 화창하는 자가 적어지기 때문입니다"라고 했다. 이로써 매우 수준 높은 작품을 비유한다.

[해설]

이 시는 잠삼이 가지賈至가 새벽에 대명궁大明宮에서 조회하고 난 뒤 지은 시에 화답한 것이다. 대명궁은 당나라 황제의 궁전 이다. 가지는 당시 중서사인中書舍人을 지냈는데 정오품상에 해 당한다. 당시 가지가 지은 시의 제목은 「새벽에 대명궁에서 조 회하고 두 성의 동료에게 드린다早朝大明宮呈兩省僚友」인데, 이 시 에 화답한 작가로는 잠삼, 왕유, 두보 등이 있다. 대명궁에서 새 벽에 조회하는 장면을 묘사한 뒤 뛰어난 작품에 화답하기 어렵 다는 겸손의 표현으로 마무리했다.

장안 도성 거리에 닭 우는 소리가 들리는 새벽에 길을 나서니 아직 쌀쌀한 기운이 남아 있다. 하지만 황궁에는 꾀꼬리가 울어 봄기운이 완연하다. 황제의 은택이 깊으니 이곳에는 항상 봄기운이 완연하다. 새벽 종소리가 울리자 대명궁의 수많은 문이 일제히 열리고 모든 관원이 그 문으로 입장하는데 옥계단 아래로 천자의 의장대가 빙 둘러싸 위엄을 과시하고 있다. 과연 천자의 조회는 규모가 대단하고 화려하며 엄숙하고 장엄하다. 궁궐에 핀 꽃이 검과 패옥으로 장식한 신하들을 맞이할 때에 비로소 별이 사라졌지만 하늘거리는 버들가지가 의장 깃발에 스칠 때는 아직 이슬이 마르지도 않았다. 봄날의 꽃과 버들이 검과 패옥으로 장식한 백관과 화려한 깃발을 들고 있는 의장대를 맞이하고 있다. 마치 봄기운같이 온화한 황제의 은택이 온 궁에 가득하여 신하들을 어루만지는 것 같다. 하지만 아직도 새벽의 기운이 남아 있다. 이렇게 이른 새벽부터 우리의 황제는 부지런히 정사를 돌보시는 것이다. 이러한 모습을 봉황지 옆에 있는 중서성의 관원인 그대가 시로 읊었는데, 이 시는 「양춘」과 같은 뛰어난 노래라서 모두들 화답하기 어려워한다. 나도 힘겹게 이렇게 시를 완성하였지만 여전히 그대의 작품에 비하면 수준이 낮을 수밖에 없다.

168. 가지 사인의 「새벽에 대명궁에서 조회하다」라는 작품에 화답하다

왕유王維

붉은 두건 쓴 계인이 새벽을 알리니
상의가 막 비취색 구름 갖옷을 바치고,
구천의 창합문이 궁전을 여니
만국의 대신들이 면류관에 절하는데,
햇빛이 내려 비추자마자 신선 손바닥 모양의 부채가 움직이고
향 연기가 옆으로 다가서려고 용이 휘감은 옷에 떠오른다.
조회 끝난 뒤 오색 조서를 지어야 하니
패옥 소리 울리며 봉황지로 돌아간다.

和賈至舍人早朝大明宮之作

絳幘雞人報曉籌,[1] 尙衣方進翠雲裘.[2]
九天閶闔開宮殿, 萬國衣冠拜冕旒.[3]
日色纔臨仙掌動,[4] 香煙欲傍袞龍浮.
朝罷須裁五色詔,[5] 佩聲歸到鳳池頭.[6]

[주석]

1) 絳幘(강책): 붉은색 두건. 雞人(계인): 궁궐에서 닭을 관리하는

관원으로 의식이 있을 때 밤이 다했음을 알린다. 曉籌(효주):
새벽 시간. '주'는 물시계에서 물의 높이를 가리키는 막대를 말
한다.

2) 尙衣(상의): 황제의 의복을 담당하는 관원.

3) 衣冠(의관): 옷과 관. 여기서는 고관대작의 복장을 의미하며, 대
신을 지칭한다.

4) 纔(재): 하자마자. 仙掌(선장): 자루가 길고 손바닥 모양으로 생
긴 부채를 말한다.

5) 裁(재): 마름질하다. 글을 짓는다는 말이다. 五色詔(오색조): 오
색의 조서. 진晉나라의 석계룡石季龍이 오색 종이에 조서를 작성
한 이후로 '오색조'는 황제의 조서를 가리킨다.

6) 鳳池(봉지): 중서성 옆에 있던 봉황지鳳凰池. 중서성을 가리
킨다.

[해설]

이 시는 가지賈至가 새벽에 대명궁大明宮에서 조회하고 난 뒤
지은 시에 왕유가 화답한 것이다. 자세한 내용은 앞의 시 해설
에 있다. 이 시 역시 대명궁에서 새벽에 조회하는 장면을 묘사
한 뒤 업무지로 다시 돌아가는 가지의 모습으로 마무리했다.

붉은 두건을 쓴 계인雞人이 새벽이 왔음을 알리니 황제의 옷을
담당하는 상의尙衣가 구름 문양으로 장식된 비취빛 갖옷을 대령
한다. 황궁에서 새벽 조회를 준비하는 관원들은 엄격하게 자신
의 직무를 충실히 수행하고 있다. 이에 하늘 가장 높은 곳에 있
는 천문인 창합문이 열리듯이 궁전의 문이 열리니 만국의 대신

들이 모두 들어와 면류관을 쓴 황제에게 절을 한다. 당시 안녹
산의 난이 아직 평정되지 않은 때이니 만국의 대신들이 조회할
리는 없겠지만 어지러운 상황을 극복하기 위해 온 조정의 관원
들이 일치단결하여 황제를 보위하고 있음을 표현하고자 했을 것
이다. 해가 떠서 황제를 비추니 부채를 든 시녀들이 얼른 움직
여 햇볕을 가려준다. 향로의 연기도 황제를 흠모하여 그 옆으로
가서는 곤룡포에 피어오르고 있다. 황제 주위의 모습들이 모두
신비롭고 엄중하다. 이제 조회가 끝나면 가지 사인은 훌륭한 표
현을 사용한 조서를 지어야 하니 패옥 소리를 울리며 종종걸음
으로 자신의 근무지인 봉황지 옆 중서성으로 돌아가야 할 것이
다. 황제의 조회에 참석하고 황제의 조서를 작성하는 것은 아무
나 하지 못하는 것이다. 오직 가지같이 뛰어난 능력을 가진 자
만이 할 수 있는 것이다.

169. 황제께서 지으신 「봉래궁에서 홍경궁으로 가는
     각도에서 봄비로 머물다가 봄 경치를 바라보며
     짓다」 시에 황제의 명에 따라 받들어 화답하다

왕유王維

위수는 본래 진나라 요새를 감돌며 굽이져 흐르고
황산은 여전히 한나라 궁궐을 둘러싸며 비스듬한데,
황제의 수레가 천 개 궁문의 버들에서 멀리 나가
궁궐을 잇는 길에서 상림원의 꽃을 둘러보셨습니다.
구름 속에 황성의 두 봉궐이 솟아 있고
빗속에 봄철의 나무와 만 채의 민가가 있었는데,
봄의 양기를 타고 철에 맞는 명령을 시행하신 것이지
돌아다니며 경치를 즐기신 것은 아니었습니다.

奉和聖製從蓬萊向興慶閣道中留春雨中春望之作應制[1]

渭水自縈秦塞曲,[2] 黃山舊繞漢宮斜.

鑾輿迥出千門柳,[3] 閣道迴看上苑花.

雲裏帝城雙鳳闕, 雨中春樹萬人家.

爲乘陽氣行時令,[4] 不是宸遊玩物華.[5]

[주석]

1) 聖製(성제): 황제가 짓다. 閣道(각도): 덮개가 있는 길로 건물과
   건물 사이를 이어준다. 應制(응제): 황제의 명령에 응해서 짓다.

2) 縈(영): 휘감다. 秦塞(진새): 진나라의 요새.

3) 鑾輿(난여): 황제의 수레. 迥(형): 멀다.

4) 時令(시령): 절기에 맞춰 내리는 명령.

5) 宸遊(신유): 황제의 순유巡遊. 物華(물화): 경물.

[해설]

이 시는 왕유가 황제의 시에 화답한 것이다. 당시의 황제는
현종玄宗인데 궁중의 봉래궁蓬萊宮, 즉 대명궁大明宮에서 장안성
동남쪽에 있던 흥경궁興慶宮까지 공중 통로를 만들어서 행차하
며 장안성과 주위 경물을 구경하곤 했다. 어느 봄날 행차하다가
봄비가 내리자 잠시 머물면서 주위를 완상했는데, 현종이 먼저
시를 지었고 황제의 명령으로 신하들에게 화답하는 시를 지으
라고 했다. 이 시에서도 역시 현종이 바라본 주위의 경관을 묘
사한 뒤 향락을 즐기기 위해 행차한 것이 아니라 봄날 백성들의
삶을 시찰하기 위해 행차한 것이라며 현종의 행위를 칭송했다.

봉래궁에서 흥경궁으로 가는 통로에서 바라보면 장안 주위가
다 보인다. 장안은 진나라와 한나라 때도 도읍지였는데 주위의
위수는 장안성을 감돌아 흐르고 위수 가의 황록산黃麓山 역시 궁
궐을 완만하게 감싸고 있다. 천연의 요새와 같은 곳이다. 황제의
수레가 봄날 하늘거리는 버들이 심어진 궁궐문을 나가서 황제
의 정원인 상림원의 꽃을 둘러보셨다. 비 오는 날 구름 속으로

봉황을 새긴 한 쌍의 궐문이 높이 솟아 황제의 위엄을 드러내고 있고, 봄날의 나무와 만 채나 되는 장안의 모든 집들은 봄비에 촉촉이 젖어 있다. 이 봄비는 황제의 은택과 같은 것이니 이로 인해 만물이 생장하고 백성들이 행복하게 살 수 있다. 그러니 오늘 이 행차는 봄날에 맞춰 백성들이 해야 할 일을 지시하시기 위한 것이지 절대 향락을 위한 것이 아니다. 그러니 황제의 뜻을 알지 못한 채 함부로 비판해서는 안 될 것이다.

170. 오래도록 비가 내린 뒤에 망천의 별장에서 짓다

왕유王維

오래도록 비가 내린 뒤 텅 빈 숲에 밥 짓는 연기가 느린데
명아주 삶고 기장밥 지어 동쪽 밭으로 나른다.
드넓은 논에는 흰 해오라기가 날고
울창한 여름 나무에는 누런 꾀꼬리가 지저귄다.
산속에서 고요를 익히며 무궁화꽃을 보고
소나무 밑에서 깨끗한 나물 먹으며 아욱을 딴다.
이 시골 노인이 남들과 자리다툼하는 것도 끝났는데
갈매기는 무슨 일로 또 날 의심하는가?

積雨輞川莊作

積雨空林煙火遲,[1] 蒸藜炊黍餉東菑.[2]
漠漠水田飛白鷺,[3] 陰陰夏木囀黃鸝.[4]
山中習靜觀朝槿,[5] 松下淸齋折露葵.[6]
野老與人爭席罷,[7] 海鷗何事更相疑.

[주석]

1) 積雨(적우): 오래도록 내리는 비. 장맛비. 煙火(연화): 밥 짓는
연기를 말한다.

2) 蒸藜(증려): 명아주를 삶다. 餉(향): 들밥을 내가다. 東菑(동치): 동쪽 밭.

3) 漠漠(막막): 드넓은 모양.

4) 陰陰(음음): 어둑한 모양. 나무가 우거져서 그늘이 짙은 것을 말한다. 囀(전): 새가 울다.

5) 習靜(습정): 고요함을 익히다. 참선하는 것을 말한다. 朝槿(조근): 무궁화. 아침에 꽃이 피었다가 저녁에 오므리기 때문에 '조'를 붙였다.

6) 淸齋(청재): 채식을 하다. 왕유는 불교 신자였기에 채식을 한 것으로 보인다. 또는 의식을 치르기 전에 자신의 몸을 깨끗이 하는 것을 의미하기도 한다. 露葵(노규): 아욱. 이슬이 맺혔을 때가 가장 맛있다고 한다. 『좌전·성공成公 17년』에 "포장자鮑莊子의 지혜는 아욱보다 못한데 아욱은 오히려 그 뿌리를 지킬 수 있다"라고 한 것에 대해 두예杜預는 "아욱은 잎사귀를 기울여 해를 향함으로써 그 뿌리를 덮어준다"라고 했으며 자신을 스스로 보호할 줄 아는 식물의 예로 들었다.

7) 爭席罷(쟁석파): 자리를 다투는 일이 끝나다. 『장자』의 고사를 인용하여 사람들과 격의 없이 지내는 생활이 완전히 자리 잡았다는 말이다. 이와 달리 '다른 사람과 관직 등의 자리다툼을 하지 않는다'로 풀이하기도 하는데, 뜻은 같다.

[해설]

이 시는 왕유가 오래도록 비가 내린 뒤 망천輞川에 있는 별장에서 지은 것이다. 망천은 지금의 섬서성 남전현인 남전藍田으로 왕유는 그곳에 별장을 지어놓고 한가롭게 지냈다. 전원에서 한가롭게 생활하는 모습과 주변 경물을 묘사한 뒤 관직에 더 이상 욕심이 없는 마음을 표현했다.

주위에 아무도 살지 않는 텅 빈 숲속에 오래도록 비가 내렸기에 장작이 젖어 밥 짓는 일이 더디다. 그래도 명아주를 삶고 기장밥을 지어서 집 동쪽 밭에서 일하는 이들에게 들밥을 보낸다. 오랜 비에 그동안 농사일을 못 했는데 모처럼 밭에서 일을 하기에 힘이 들 것이다. 비가 갠 논에는 흰 해오라기가 먹이를 찾아서 날아다니고 더욱 울창해져 어둑한 나무숲에는 꾀꼬리가 노래한다. 사람이나 짐승이나 모두 자신의 삶에 충실하며 여유롭게 살고 있다. 나는 무엇을 할까? 고요함 속에서 참선하고 채식을 하며 몸을 수양해야 할 것이다. 아침에 피었다가 저녁에 오므리는 무궁화꽃을 보면서 삼라만상 변화의 이치를 깨우치고, 태양을 따라가며 잎을 옮겨서 자신의 뿌리를 덮어 지키는 아욱을 캐서 먹으며 내 자신의 삶을 지켜야 할 것이다. 나는 이제 관직에는 욕심이 없고 시골 노인이 되었으니 더 이상 내가 기심機心을 가지고 있다고 의심하지 말지어다.

『장자』에 이런 이야기가 있다. 춘추전국시대 때 사상가로 자기 몸이 제일 귀하다는 학설을 펼친 양주가 노자에게 도를 배우러 가게 되었는데, 가던 도중에 객사에서 묵을 때 주인이 그를 환영하고 사람들이 그에게 자리를 양보해주었다. 그런데 노자에게 가서 무위의 학문을 배우고 돌아오니 객사의 사람들이 그에게 자리를 양보하지 않고 오히려 자리를 다투었다. 이는 그가 손님들과 격의 없는 사이가 되었다는 뜻이다. 그리고 『열자』

에는 또 이런 이야기가 있다. 옛날 바닷가의 어떤 사람이 갈매기와 친하게 놀았는데, 어느 날 갈매기를 잡아 오라는 아버지의 명을 받고 바닷가로 갔더니 갈매기가 그 사람에게 오지 않았다고 한다. 그 사람에게 기심이 있었기 때문이다.

이제 나는 시골 노인이 되어 더 이상 세속의 사심이 없어서 사람들과 부대끼며 격의 없이 지내고 있다. 이미 그렇게 자리다툼을 마치고 욕심 없이 살고 있고 또 아무런 기심이 없으니 갈매기가 날 의심할 필요가 없을 것이다. 다른 사람들도 날 이제 더 이상 의심하지 말고 날 해코지하려고 하지 마라. 난 시골에서 편안하게 살아가려고 한다.

171. 곽 급사중에게 답하다

왕유王維

마주 보는 문과 높은 누각에 넘치는 햇살이 뒤덮으니
복숭아나무 자두나무 무성해지고 버들개지가 날리는데,
궁중에 종소리 뜸해지고 관사에 저녁이 되면
문하성 안에 새가 울고 관원은 드물어진다.
새벽에는 패옥을 차고서 금빛 궁전에서 종종걸음치고
저녁에는 천자의 글을 받들어 연쇄 무늬 문에서 절을 하는데,
억지로 그대를 따르려고 하지만 늙은 몸을 어찌하겠는가?
장차 병들어 누워서 관복을 벗을 터인데.

酬郭給事

洞門高閣靄餘暉,[1] 桃李陰陰柳絮飛.[2]

禁裏疏鐘官舍晩,[3] 省中啼鳥吏人稀.

晨搖玉珮趨金殿, 夕奉天書拜瑣闈.[4]

强欲從君無那老,[5] 將因臥病解朝衣.[6]

[주석]

1) 洞門(동문): 마주 보며 뚫려 있는 문. 겹겹의 문을 의미하며 대
   체로 궁중의 문을 가리킨다. 靄(애): 뒤덮다. 자욱하다. 餘暉(여

휘): 넘치는 햇살. 또는 '남은 햇빛'으로 보아 석양으로 해석하기도 한다.

2) 陰陰(음음): 어둑한 모양. 나무가 우거져서 그늘이 짙은 모습이다.

3) 禁裏(금리): 궁중 안.

4) 瑣闈(쇄위): 이어진 사슬 무늬로 장식한 궁궐 문. 푸른색으로 장식하기에 청쇄문靑瑣門이라고도 한다.

5) 强(강): 억지로. 無那(무내): 어찌할 것인가? 어찌할 도리가 없다는 말이다.

6) 朝衣(조의): 조회할 때 입는 옷. 관직을 상징한다.

[해설]

이 시는 왕유가 곽郭 급사중給事中의 시에 답하며 지은 것이다. '곽' 씨는 곽승하郭承嘏이며 급사중은 문하성門下省의 관직명으로 정오품상에 해당한다. 당시 왕유 역시 문하성에서 근무했으므로 왕유의 직장 상사인 셈이다. 봄날 화창한 기운이 넘치는데 새벽부터 저녁까지 열심히 근무하는 곽승하의 모습을 묘사한 뒤 자신은 늙고 병들어 그를 따르지 못하고 그만두고자 하는 뜻을 표현했다. 곽승하는 당시 권세가 높은 환관인 이임보의 총애를 받고 있었으며 왕유는 망천에 별장을 지어놓고 그곳에서 은자의 생활을 하고 있었다. 그러니 그에 대한 칭송에는 진심이 담겨있지 않아 보이며 그저 관직을 그만두고자 하는 뜻은 솔직한 심정이었을 것이다.

궁궐 안에 마주 보며 겹겹이 문이 있고 높은 누각이 있는 곳이 곽승하가 근무하는 문하성이다. 이곳에 넘치는 봄 햇살이 덮고 있다. 황제의 은총이 특히 넘치는 곳이라 그렇다. 그러니 봄에 꽃을 피웠던 자두나무와 복숭아나무는 이미 무성해져 짙은 그늘을 드리우고 있고 버들개지가 이리저리 날아다닌다. 『한시외전韓詩外傳』에 "무릇 봄에 복숭아와 자두나무를 심으면 여름에는 그 아래에 그늘이 생기고 가을이면 그 열매를 먹을 수 있다夫春樹桃李, 夏得陰其下, 秋得食其實"라고 했다. 이는 후학을 잘 양성하는 것을 비유하는데 곽승하 역시 아랫사람을 잘 돌봐준다는 뜻일 것이다. 궁중에 종소리가 뜸해지는 저녁이 되면 문하성의 관리들은 퇴근하여 인적이 드문데, 곽승하는 홀로 남아 새소리를 들으며 한적함을 즐기고 있다. 하지만 새벽부터 패옥을 울리며 종종걸음으로 바쁘면서도 공손하게 황제의 명을 받들고 저녁까지 천자의 조명을 받들어 업무를 처리하고 있다. 이렇게 열심히 일하는 그대를 억지로라도 따라 하려고 해도 할 수가 없다. 이미 늙어버렸기 때문이다. 이제 병이 들어 자리에 누워버리면 관복을 벗고 그만두어야 할 것이기 때문이다. 그대는 열심히 일하시라. 나는 이제 그만두고 쉴 것이다.

172. 촉나라 재상

두보杜甫

승상의 사당을 어디에서 찾았나?
금관성 밖 측백나무 빽빽한 곳이다.
섬돌 사이의 푸른 풀은 절로 봄빛이 완연하고
나뭇잎 너머 누런 꾀꼬리는 공연히 고운 소리를 낸다.
세 번 돌아보며 자주 찾은 것은 천하의 계책을 위해서였고
두 조정을 열어 구제한 것은 늙은 신하의 마음이었다.
군사를 출정시켰다가 이기기도 전에 자신이 먼저 죽어
길이길이 영웅들 눈물이 옷깃에 가득하게 했다.

蜀相

丞相祠堂何處尋, 錦官城外柏森森.[1]
映階碧草自春色, 隔葉黃鸝空好音.
三顧頻煩天下計,[2] 兩朝開濟老臣心.[3]
出師未捷身先死, 長使英雄淚滿襟.

[주석]

1) 錦官城(금관성): 지금의 사천성 성도를 가리킨다. 성도에는 비
   단이 유명했는데 이곳에 비단을 담당하는 관리가 상주했기 때

문에 이렇게 불렸다. 森森(삼삼): 빽빽한 모양.

2) 頻煩(빈번): 자주 번거롭게 하다. 자주 방문했다는 말이다.

3) 開濟(개제): 나라를 열고 백성을 구제하다.

[해설]

이 시는 두보가 촉나라의 재상이었던 제갈량의 사당을 방문한 뒤 그 감회를 적은 것이다. 제갈량의 사당은 여러 군데 있지만 이 시에서는 지금의 사천성 성도에 있던 것을 말한다. 그 옆에는 유비의 사당도 함께 있었다. 제갈량은 두보가 평소 가장 존경한 인물이었는데, 제갈량이 평생을 바쳐 유비를 보좌했기 때문인 것은 물론이고, 끝내 그가 나라를 지키지 못하고 죽은 것이 마치 자신이 어려운 시국에 나라에 보탬이 되지 못하고 떠돌아다니는 것과 비슷한 데다 훌륭한 신하를 알아본 유비와 같은 군주를 만나지 못했기 때문이다. 이 시에서도 제갈량 사당의 엄숙한 분위기와 그의 충성심을 서술한 뒤 뜻을 이루지 못하고 죽은 것에 대해 애달파하는 심정을 표현했다.

승상 제갈량의 사당은 어디서 찾아야 하나? 금관성, 즉 성도의 성 바깥에 측백나무가 빽빽한 곳이다. 원래 사당 주위에 측백나무를 심기도 하지만, 언제나 푸름을 유지하는 측백나무는 제갈량의 변치 않는 마음을 상징하기도 한다. 섬돌 사이에 풀이 자라 있어 봄기운이 완연히 퍼져 있고 나무 사이에 꾀꼬리도 곱게 울고 있다. 이 풀과 꾀꼬리가 오랫동안 제갈량의 영혼을 지키고 있었던 듯하다. 하지만 이들이 과연 제갈량의 충성심과 비통함을 알기는 할까? 그저 무정하게 절로 자라고 무심하게 노래하고 있는 것 같다. 그것은 아마도 이곳을 찾은 두보의 마음이 더욱 무겁기 때문일 것이다. 유비는 삼고초려하여 제갈량에게서 천하를 통일할 계책을 구하려고 했다. 유비가 제갈량을 얻은 뒤 마치 물고기가 물을 만난 것과 같다고 하지 않았던가? 그리하여 유비와 그의 아들 유선, 두 조정에 걸쳐서 제갈량은 자신의 몸과 마음을 다 바쳤다. 하지만 유비의 유언을 받들어 위魏나라를 치기 위해 출병했다가 오장원五丈原에서 백여 일을 대치하던 중 병사하고 말았다. 당시 출정하기 전에 제갈량은 「출사표出師表」를 유선에게 올렸는데 그 문장을 읽은 사람은 제갈량의 충성심에 눈물을 흘리지 않을 수 없었다. 결국 뜻을 이루지 못하고 죽었기에 후대의 영웅들도 모두 눈물을 흘릴 수밖에 없다. 그리고 지금 두보도 눈물을 흘릴 수밖에 없다. 천하가 안녹산의 난으로 어지러운데 이를 평정할 수 있는 신하가 황제 곁에 없기 때문이다.

173. 손님이 오다

두보杜甫

집 남쪽과 집 북쪽에 온통 봄물인데
떼 지은 갈매기가 날마다 날아오는 것만 보인다.
꽃 핀 길은 손님 때문에 쓸어본 적 없는데
쑥대문은 지금 비로소 그대를 위해 연다.
소반의 음식은 시장이 멀어 맛을 갖추지 못했고
동이의 술은 집안이 가난해 그저 거른 지 오래된 것뿐.
이웃 노인과 마주해 마시려고 한다면
울타리 너머로 불러와서 남은 술을 비웁시다.

客至

舍南舍北皆春水, 但見群鷗日日來.
花徑不曾緣客掃, 蓬門今始爲君開.
盤飧市遠無兼味,[1] 樽酒家貧只舊醅.[2]
肯與鄰翁相對飲, 隔籬呼取盡餘杯.[3]

[주석]

1) 盤飧(반손): 소반의 음식. 兼味(겸미): 두 종류 이상의 음식.

2) 舊醅(구배): 오래전에 거른 술.

3) 餘杯(여배): 남은 술잔. 남은 술을 가리킨다.

[해설]

이 시는 두보의 집에 오랜만에 손님이 왔기에 그 일과 정감을 적은 것이다. 두보는 평생을 떠돌아다녔는데 성도의 엄무嚴武 막부에 있을 때만큼은 안정된 생활을 했고 유유자적하게 살아가는 모습을 보여주고 있다. 봄날 오랜만에 손님이 왔는데 비록 가난해 차린 것은 없지만 이웃을 불러 함께 즐기는 모습을 표현했다.

두보가 사는 집 앞뒤로 온통 봄기운이 완연하여 물이 질펀하다. 사방에 봄이 왔건만 두보 집에는 찾아오는 사람은 없고 그저 떼 지은 갈매기만 날아온다. 그래서 꽃이 핀 오솔길은 한 번도 손님을 맞이한다고 쓸어본 적이 없었다. 하지만 오늘 그대가 온다고 하기에 쑥대로 엮은 문을 활짝 열어놓았다. 문을 쑥대로 만들 정도이니 집이 그다지 좋은 것은 아니다. 그리고 도회지와 가까운 곳에 있지도 않다. 시장이 멀어서 그저 집에서 먹는 몇 가지 음식만 준비해두었고 술은 오래전에 빚어놓아 묵은 것밖에 없다. 하지만 두 사람은 정겹기 그지없다. 이러한 흥을 우리만 즐길 수는 없다. 옆집 노인도 적적할 터이니 불러서 함께 술을 마시지 않겠는가? 손님도 흔쾌히 허락한다. 굳이 대문을 나가서 옆집에 가지 않아도 된다. 울타리 너머로 부르기만 하면 된다. 오늘은 동이의 술을 다 마시며 즐겨야 하리라. 시골집에 손님이 찾아오니 온 집안과 이웃까지 떠들썩하다. 음식은 소박하지만 정겹기는 그지없다.

174. 들에서 바라보다

두보杜甫

서쪽 산의 흰 눈 속에는 세 성의 수루
남쪽 포구의 맑은 강에는 만리교.
온 세상 풍진 속에 여러 동생은 떨어져 있고
하늘 끝에서 눈물 흘리며 이 한 몸은 멀리 있다.
오로지 늙음을 병 많은 몸에 보태주었을 뿐
티끌만큼도 성스러운 조정에 답한 것이 없다.
말을 타고 교외로 나가 때때로 눈 닿는 데까지 바라보니
사람 일이 나날이 쓸쓸해짐을 견딜 수가 없다.

野望

西山白雪三城戍, 南浦淸江萬里橋.
海內風塵諸弟隔,[1] 天涯涕淚一身遙.
惟將遲暮供多病,[2] 未有涓埃答聖朝.[3]
跨馬出郊時極目, 不堪人事日蕭條.[4]

[주석]

1) 海內(해내): 온 세상.

2) 將(장): ~을 가지고서. 遲暮(지모): 늙음.

3) 涓埃(연애): 작은 물줄기와 먼지. 미미한 것을 비유한다.

4) 蕭條(소조): 쓸쓸한 모양. 쇠락한 모양.

[해설]

이 시는 두보가 성도成都에 살다가 들녘을 바라보며 느낀 감회를 적은 것이다. 당시 서쪽에는 토번이 위협하고 있었고 동쪽에는 안녹산과 사사명의 반란이 있었기에 백성들은 노역에 고생하고 두보의 동생들은 멀리 떨어져 있었다. 이에 노년에 나라와 가족을 걱정만 할 뿐 아무것도 하지 못하는 자신의 신세를 한탄했다.

성도 서쪽의 산은 설령雪嶺이라고 할 정도로 항상 눈이 쌓여 있는데 서쪽으로 토번과 마주하고 있다. 그쪽에 송주松州, 유주維州, 보주堡州 세 성이 침략을 방어하고 있는데 현재 백성들이 성을 쌓는 노역으로 고생하고 있다. 성도의 남쪽 포구에는 만리교가 있는데 예로부터 이곳은 작별을 많이 했던 곳이다. 또 이곳에서는 배를 타고 저 멀리 갈 수 있으니 아마도 가족들을 만날 수 있을 것이다. 하지만 지금 온 세상은 전쟁과 난리가 있어 마음대로 갈 수가 없다. 그래서 여러 동생과 멀리 떨어져 있고 두보는 하늘 끝에 있는 이곳에서 홀로 눈물을 흘리고 있을 뿐이다. 나라가 위태로우니 가족들도 힘들다. 난 현재 어떤 상황인가? 병이 많아서 제대로 움직이지도 못한 채 그저 나이만 들어 늙어가고 있지 않은가? 나라의 녹봉을 받아먹지만 그 은혜에 조금도 보답을 하고 있지 않다. 답답한 마음에 말을 타고 교외로 나가서 들판 끝까지 바라보지만 쓸쓸함과 답답함만 더해질 뿐이

다. 내가 이토록 초라하고 무기력한 존재였던가? 나라도 구하지
못하고 가족도 건사할 수 없구나.

175. 관군이 하남과 하북을 수복했다는 소식을 듣다

두보杜甫

검문관 밖으로 계북을 수복했다고 갑자기 전해 오니
처음 소식을 듣고는 눈물이 옷을 흠뻑 적셨다.
처자를 돌아보는데 근심은 어디에 있는가?
책을 대충 말아두고 기뻐서 미칠 것 같다.
대낮부터 목청껏 노래하고 실컷 술도 마셔야 할 터
푸른 봄을 짝 삼아 고향으로 돌아가기 딱 좋다.
곧바로 파협에서 무협을 뚫고 나가
곧장 양양으로 내려갔다가 낙양으로 향해야지.

聞官軍收河南河北

劍外忽傳收薊北,[1] 初聞涕淚滿衣裳.
却看妻子愁何在, 漫卷詩書喜欲狂.[2]
白日放歌須縱酒,[3] 靑春作伴好還鄕.
卽從巴峽穿巫峽, 便下襄陽向洛陽.

[주석]

1) 劍外(검외): 검문관劍門關 남쪽을 가리킨다. 검문관은 지금의 사
   천성 검각현에 있는 요지로 중원에서 촉 땅으로 들어가는 곳에

있다. 당시 두보가 있던 재주梓州는 사천성에 있었다. 薊北(계
북): 지금의 하북성 계현으로 당시 안녹산의 근거지였다.

2) 漫卷(만권): 대충 말아놓다. 詩書(시서):『시경』과『서경』. 여기
서는 책을 가리킨다.

3) 縱酒(종주): 술을 마음껏 마시다.

[해설]

이 시는 두보가 광덕廣德 원년(763) 관군이 낙양洛陽을 다시 차
지하고 하북河北으로 도망간 사조의史朝義를 죽였다는 소식을 듣
고는 난리가 종식된 것을 기뻐하며 지은 것이다. 8년에 걸친 안
사의 난이 종식된 것을 기뻐하며 곧장 고향으로 돌아가리라는
기대를 표현했다.

검문관 밖에 있는 이곳 재주梓州에 갑자기 안녹산의 본거지인
하북의 계북薊北을 수복했다는 소식이 전해졌다. 드디어 전쟁이
끝난 것이다. 이 소식을 듣자마자 눈물이 줄줄 흘러내린다. 기쁨
과 감격의 눈물이다. 이제 조정이 평안해지고 백성들이 안심할
것이며 우리 가족들도 떠돌이 생활을 접고 고향에서 행복하게
살 수 있게 되었다. 처자식을 돌아보니 이들도 더 이상 근심스
러운 얼굴을 하고 있지 않다. 내가 잘못 들은 것이 아니구나. 너
무 기뻐서 미칠 것만 같다. 평소 애지중지하며 항상 곁에 두고
있던 책은 대충 말아 던져놓는다. 이런 날 책을 본다는 건 상식
적이지 않다. 백주 대낮이지만 술을 마시지 않을 수 있겠는가?
마음껏 마시며 목청 높여 노래도 부르리라. 이제 고향으로 돌아
갈 수 있겠다. 마침 푸른 기운이 도는 봄이니 더없이 고향길이

좋을 것이다. 어떻게 가야 하나? 곧장 파협으로 가서 무협을 돌파해 똑바로 양양으로 갔다가 낙양으로 올라가면 될 것이다. 비록 천 리가 넘는 길이지만 이미 마음은 낙양으로 치달리고 있으며 하루 만에도 갈 수 있을 것 같다.

176. 높은 곳에 오르다

두보杜甫

바람은 급하고 하늘은 높은데 원숭이는 슬피 울고
물가는 맑고 모래는 하얀데 새는 돌며 난다.
끝이 없는 낙엽은 우수수 떨어지고
다함없는 장강은 쿨쿨 흘러온다.
만 리 타향에서 가을을 슬퍼하며 항상 나그네가 되어
백 년 동안 병이 많은데 홀로 누대에 오른다.
힘겨움에 서리 같은 머리 많아진 것이 심히 한스러운데
노쇠하여 근래에는 탁주잔을 멈추었다.

登高

風急天高猿嘯哀, 渚淸沙白鳥飛廻.

無邊落木蕭蕭下,[1] 不盡長江滾滾來.[2]

萬里悲秋常作客, 百年多病獨登臺.

艱難苦恨繁霜鬢, 潦倒新停濁酒杯.[3]

[주석]

1) 蕭蕭(소소): 나뭇잎 떨어지는 소리.

2) 滾滾(곤곤): 물이 세차게 흘러가는 소리.

3) 潦倒(요도): 노쇠한 모양.

[해설]

이 시는 두보가 음력 9월 9일 중양절重陽節에 홀로 높은 곳에 올라 본 경물과 느낌을 적은 것이다. 중양절은 중국의 명절 중 하나로 가족과 친지들이 모여서 높은 곳에 올라 수유 열매가 담긴 주머니를 차고 국화주를 마시며 액운을 쫓는다. 하지만 두보는 고향에서 멀리 떨어진 타향에서 홀로 높은 데에 올라 쓸쓸한 가을 경관을 보면서 외로워하는데 노쇠해진 몸이라 술도 마시지 못하는 사정을 적었다.

9월 9일 중양절. 늦가을이다. 홀로 산의 누대에 올랐다. 하늘은 공활하지만 바람은 세차지고 원숭이는 슬피 운다. 공기가 깨끗하고 물도 깨끗하여 모래가 더없이 하얀데 새는 선회하며 날아다닌다. 경물은 더없이 맑고 좋지만 그곳의 짐승들은 왠지 불안감을 준다. 숲의 나무가 끝없이 펼쳐져 있는데 낙엽이 우수수 떨어진다. 쇠락의 계절이다. 끝도 없이 떨어진다. 쇠락의 끝이 보이질 않는다. 장강은 서쪽에서 동쪽으로 쿨쿨 하염없이 흘러간다. 가서는 다시 돌아오지 않는다. 세월도 그러하다. 끊임없이 시간은 흐르고 흐르며 다시는 돌아갈 수 없다. 고향에서 만 리 떨어진 곳에서 나그네가 되어 가을을 슬퍼하고 있다. 그리고 백 년 사는 한평생 병이 많아서 사람 구실도 제대로 못하고 있다. 중양절이 되었어도 가족과 함께 지내지 못하고 홀로 있으며 힘겨운 생활에 흰머리만 늘어나는데, 국화주는커녕 평소 먹던 술도 끊어야 할 판이다. 쓸쓸하고 노쇠한 삶이라 매 순간 보는 것마다 한숨만 나온다.

177. 누대에 오르다

두보杜甫

높은 누대에 꽃이 가까워 나그네 마음 아프게 하는데
온 천지에 어려움 많을 때 여기 올라 굽어본다.
금강의 봄빛은 온 천지에서 왔으며
옥루산의 뜬구름은 예나 지금이나 변화무상하다.
북극성 같은 조정은 끝내 바뀌지 않을 터이니
서쪽 산의 도적들은 침범하지 마라.
가련하구나, 후주도 여전히 사당에 모셔져 있으니
해 저물 때 아쉬우나마 「양보음」을 읊조린다.

登樓

花近高樓傷客心, 萬方多難此登臨.
錦江春色來天地, 玉壘浮雲變古今.
北極朝廷終不改, 西山寇盜莫相侵.
可憐後主還祠廟,[1] 日暮聊爲梁父吟.

[주석]

1) 祠廟(사묘): 사당에서 제사를 지내다.

이 시는 두보가 봄날 누대에 올라 본 경물과 감회를 적은 것이다. 당시 두보는 성도에 머물고 있었는데 서쪽에서는 토번吐蕃이 침입하여 여러 지방을 함락하였고 동쪽에서는 수도를 빼앗겨 대종代宗이 피란을 가는 등 천하가 어지러웠다. 하지만 두보는 조정이 이러한 어려움을 결국 극복하리라는 바람을 표현했는데, 마지막에는 그러기 위해선 제갈량 같은 충신이 필요하다는 비판도 하였다. 물론 두보 자신이 바로 그러한 신하이다.

높은 누대에 오르니 봄꽃이 가까운 곳까지도 피어 있다. 응당 봄을 즐거워해야 하는데 오히려 나그네의 마음은 아프다. 왜일까? 온 천하에 어려움이 많기 때문이다. 토번이 침략하고 천자가 수도에서 도망가는 일이 벌어지고 있기 때문이다. 이러한 때에 높은 곳에 올라 아래를 내려다본다. 무엇이 보이는가? 성도 주위의 금강에는 봄빛이 완연한데 천지의 기운을 다 모아놓은 듯하다. 아무리 매서운 추위가 몰아치더라도 자연은 순환하여 따스한 봄이 온 천지에 왔다. 그렇듯이 지금의 어려움은 반드시 사라지고 봄날 같은 천자의 은택이 천하를 뒤덮을 것이다. 옥루산에 뜬구름이 보이는데 그 구름은 예나 지금이나 변화무상하다. 언제나 모습을 바꾸면서 변하지만 뜬구름은 뜬구름일 뿐이다. 아무리 외세가 다양한 방법으로 당나라를 괴롭혀도 그저 흘러서 지나가는 것일 뿐, 조정을 뒤흔들지는 못할 것이다. 북극성은 항상 북쪽 가운데 자리를 지키고 있고 모든 별은 북극성을 중심으로 돌아가고 있다. 세상의 중심이다. 우리 조정은 언제나 저 자리를 지키고 있을 것이다. 그러니 토번 같은 변방 이민족은 함부로 조정을 침범하지 마라. 결국 너희는 망하고 말 것이다. 하지만 또 눈에 들어오는 것은 촉나라 후주後主의 사당이다. 촉 후주는 유비의 아들인데 유비가 죽고 난 뒤 나라를 제대로 건사하지 못하였다. 제갈량 역시 눈물로 호소하면서 군대를 이끌었지만 결국 죽고 말았다. 지금의 조정도 마찬가지이다. 현재의 어려움을 언젠가는 극복하겠지만 그러기 위해서는 제갈량과 같은 충신이 조정에 있어야 할 것이다. 하지만 지금 조정에서는 간신들이 활개를 치고 있다. 제갈량은 언제나 돌아올 것인가? 그가 즐겨 불렀다던 「양보음」이나 읊조리며 시절을 한탄할 수밖에 없다.

178. 막부에서 숙직을 서다

두보杜甫

맑은 가을 막부에 우물가 오동이 차가운데
강가의 성에서 홀로 자니 촛불이 사그라든다.
긴 밤 호각 소리에 슬퍼서 혼자 중얼거리는데
중천에 뜬 달빛이 좋은들 누가 보겠는가?
전쟁의 먼지가 오래되어 고향 소식은 끊어졌고
변방의 요새가 쓸쓸하니 갈 길이 험난하다.
외로이 떠돈 십 년의 일을 이미 다 견뎠기에
억지로 옮겨 한 가지의 편안함에 깃들인다.

宿府

淸秋幕府井梧寒, 獨宿江城蠟炬殘.[1]
永夜角聲悲自語,[2] 中天月色好誰看.
風塵荏苒音書斷,[3] 關塞蕭條行路難.[4]
已忍伶俜十年事,[5] 强移棲息一枝安.[6]

[주석]

1) 蠟炬(납거): 촛대.

2) 永夜(영야): 긴 밤. 角聲(각성): 호각 소리. 군영에서 경계할 때

부는 것이다.

3) 荏苒(임염): 시간이 오래 지나가다. 音書(음서): 소식. 편지.

4) 蕭條(소조): 쓸쓸한 모양.

5) 伶俜(영빙): 외로운 모양. 떠도는 모양.

6) 强(강): 억지로.

[해설]

이 시는 두보가 성도成都에 있는 엄무嚴武의 막부에서 숙직을 하며 지은 것이다. 10년 동안 난리를 겪다가 겨우 이곳에서 안식처를 얻기는 하였지만 이 역시도 임시변통일 뿐이며 여전히 나라는 어지럽고 고향에서는 소식이 없어 근심스럽고 외로워하는 심사를 표현했다.

가을날 밤 강가의 성에 있는 막부에서 홀로 머무는데 우물가의 오동은 차가운 빛을 띠고 있고 촛불은 점점 짧아진다. 기나긴 밤 이따금 들리는 호각 소리가 구슬프다. 하지만 이 심정을 같이 이야기할 이도 없이 홀로 중얼거린다. 하늘 위에는 달이 떠서 그 빛이 어여쁘지만 이러한 심정을 가지고서 누가 보려고 하겠는가? 아무리 아름다운 경관도 외로움 앞에서는 소용이 없다. 안녹산의 난이 일어나서 온 천하가 전쟁터가 되었기에 고향에서는 소식이 오질 않고 이곳 변방의 요새는 가을이 되어 더욱 쓸쓸해지니 인생살이 정말 험난하다. 외로이 떠돈 지 어언 10년. 그동안도 고달팠지만 앞으로도 고달플 것이다. 억지로 엄무의 막부에 와서 편안함을 얻었지만 이곳은 내가 편히 쉴 수 있는 둥지가 아니다. 그저 외딴 나무의 한 나뭇가지일 뿐이다.

그나마 숨이 트이기는 하지만 외로움과 서글픔은 어찌할 수가 없다.

179. 누각의 밤

두보杜甫

세모의 음과 양이 짧아진 햇볕을 재촉하는데
하늘가의 눈서리가 차가운 밤에 개었다.
오경에 북과 호각의 소리가 비장하니
삼협에 은하수의 그림자가 요동친다.
들판의 곡소리는 몇몇 집에서 전쟁 소식 들어서이고
오랑캐 노래는 곳곳에서 어부와 나무꾼이 불러댄다.
와룡 제갈량과 약마 공손술은 끝내 황토로 돌아갔으니
인간사도 소식도 적막한 채로 내버려두리라.

閣夜

歲暮陰陽催短景, 天涯霜雪霽寒宵.[1]

五更鼓角聲悲壯, 三峽星河影動搖.

野哭幾家聞戰伐, 夷歌數處起漁樵.

臥龍躍馬終黃土,[2] 人事音書漫寂寥.[3]

[주석]

1) 霽(제): 날이 개다.

2) 臥龍(와룡): 제갈량을 가리킨다. 그가 젊었을 때 농사를 짓고

살았기에 그를 와룡선생이라고 불렀다. 두보가 살던 기주에 제갈량의 사당인 무후사가 있었다. 躍馬(약마): 서한 말의 공손술을 가리킨다. 좌사左思의 「촉도부蜀都賦」에 "공손은 말을 날뛰게 하여 황제라고 칭했다公孫躍馬而稱帝"라는 말이 있다. 그는 세상이 혼란한 틈을 타 촉 땅에서 스스로를 백제白帝라고 칭했다. 기주에 백제성과 공손술의 사당이 있다.

3) 音書(음서): 편지. 여기서는 가족이나 친구들의 소식을 말한다. 당시 두보와 교유하였던 정건, 이백, 엄무, 고적 등이 모두 세상을 떴다. 漫(만): 내버려두다.

[해설]

이 시는 두보가 기주의 서각西閣에서 밤에 든 생각을 적은 것이다. 기주는 지금의 중경시에 있었으며 두보는 난리를 피해 이곳에서 3년간 머물렀다. 겨울밤 홀로 지새면서 혼란스러운 나라를 걱정하는 마음을 표현했다.

겨울이 되어 해가 짧아졌는데 세모가 되니 이를 재촉해 더욱 짧아졌다. 싸늘하게 내리던 눈서리가 밤이 되자 개었다. 시간이 얼마나 지났을까? 오경이 되자 북소리와 호각 소리가 들리는데 그 소리가 비장하게 느껴진다. 곳곳에서 난리가 일어났기에 어느 한순간도 긴장을 늦출 수가 없다. 이곳 삼협에는 협곡이 길고 높으며 장강이 저 아래쪽에 거세게 흘러간다. 그곳에 비친 은하수가 유난히 일렁거린다. 아마도 내 마음이 안정되지 못해서 그렇게 보이는 것이리라. 들판의 몇몇 집에서는 곡소리가 들리는데, 아마도 전쟁에 나간 이들이 죽거나 다쳤다는 소식을 들어서일 것이다. 그러한 집이 몇 집이나 되는지 이제 헤아릴 수도 없다. 곳곳에서 어부와 나무꾼들은 오랑캐 노래를 부르고 다닌다. 변방 이민족의 침입이 잦아지니 이제 중원의 사람들도 그들의 노래를 부르고 다닌다. 중원의 풍속이 오랑캐의 풍속으로 바뀐 것이다. 이 어찌 통탄할 일이 아닌가? 하지만 어쩌겠는가? 나는 여기서 병이 든 채로 세월만 보내고 있으니. 내가 할 수 있는 것이라고는 아무것도 없다. 옛날 난리를 평정했던 제갈량이나 난리를 일으켰던 공손술이나 지금은 모두 죽고 없다. 굳이 난리를 종식시키려고 할 필요도 없다. 인간사가 어떻게 펼쳐지든 친구들로부터 소식이 오든 말든 그저 적막한 지금의 상황에 맡겨둘 뿐이다. 어지러운 시국에 아무 일도 할 수 없는 내가 원망스러울 따름이다.

180-1. 옛날 유적에 기대어 마음을 읊다 제1수

두보杜甫

동북쪽에서 유랑한 것은 전쟁의 풍진이 일 때
서남쪽에서 떠도는 것은 천지간.
삼협의 누대에서 오랫동안 머물며
오계족의 옷 입은 주민과 구름 덮인 산에서 함께 사는데,
오랑캐가 황제를 섬기는 건 끝내 믿을 수 없어서
시인은 시절을 슬퍼하며 돌아가지 못한다.
유신은 평생 가장 쓸쓸했기에
만년에 시와 부가 천하를 뒤흔들었지.

詠懷古跡 其一

支離東北風塵際,[1] 漂泊西南天地間.
三峽樓臺淹日月,[2] 五溪衣服共雲山.[3]
羯胡事主終無賴,[4] 詞客哀時且未還.[5]
庾信平生最蕭瑟,[6] 暮年詩賦動江關.[7]

[주석]

1) 支離(지리): 여기저기 떠도는 모양.

2) 淹日月(엄일월): 오랜 세월을 머물다. '일월'은 세월을 의미한다.

3) 五溪(오계): 지금의 호남성 변방에 있던 웅계雄溪, 만계構溪, 무계無溪, 유계酉溪, 진계辰溪를 말한다. 여기서는 삼협 일대의 변방을 가리킨다.

4) 羯胡(갈호): 고대 중국 북방의 이민족 중 하나인데, 후경侯景이나 안녹산 모두 북방 이민족이었다.

5) 詞客(사객): 시인.

6) 蕭瑟(소슬): 쓸쓸한 모양.

7) 江關(강관): 원래는 강남 지역을 가리키는데 여기서는 온 천하를 말한다.

[해설]

이 연작시는 다섯 수로 이루어져 있으며 두보가 옛 유적으로 인해 시상을 일으켜서 자신의 감회를 서술한 것이다. 첫번째 시는 강릉江陵에 있던 유신庾信의 집에서 시상을 얻은 것으로 보인다. 유신은 처음 남조 양梁나라에 출사했다가 후경의 난이 일어난 후 강릉으로 피난했다. 양나라 원제元帝가 강릉에서 즉위한 후 그를 사신으로 삼아 서위西魏로 파견했는데, 양나라가 망했기 때문에 서위의 수도인 장안에서 27년 동안 억류되어 평생 고향으로 돌아가지 못했다. 그곳에서 항상 고향을 그리워하며 「애강남부哀江南賦」와 「상심부傷心賦」 등의 작품을 지었다. 두보 역시 난리 통에 여기저기 떠돌아다니며 고향으로 돌아가지 못해 안타까워하는 심정을 읊었다.

동북쪽의 섬서 일대를 떠돌아다닌 것은 안녹산의 난이 일어났을 때였고, 이후 서남쪽의 사천성 일대를 떠돌아다녔다. 지금은 삼협 지역에 있는 기주에 오랫동안 머물고 있는데 이곳 사람들은 변방 이민족의 풍속을 따르고 있어 낯설기 그지없다. 중원에 있어야 할 내가 이런 변방에서 낯선 사람들과 같이 살게 될 줄이야. 오랑캐가 중원의 황제를 모시겠다는 약속은 번번이 그들에 의해 깨지곤 했다. 지금 안녹산이 그러하고 옛날 후경도 그러했다. 그래서 시인은 시절을 한탄하며 고향으로 돌아가지 못했다. 유신도 그러했고 나도 그러하다. 유신은 평생 전란 속에 살았으며 나라를 잃었기에 가장 쓸쓸했던 사람이다. 그런 고통을 겪었기에 그 마음을 읊은 그의 작품은 천하를 뒤흔들었다. 과연 나의 작품도 그럴 수 있을 것인가? 고통 속에서 그래도 위안으로 삼아본다.

180-2. 옛날 유적에 기대어 마음을 읊다 제2수

두보杜甫

가을에 쇠락하여 송옥의 슬픔을 깊이 알겠으니
풍류 있고 고아하여 또한 나의 스승이다.
천 년 세월 애달피 바라보다 한번 눈물을 뿌리니
시대가 다르고 때가 같지 않아 쓸쓸해서이다.
강산의 옛집에는 문장만 부질없이 남았는데
비구름 있는 황량한 누대를 어찌 꿈속에서 그리워할까?
무엇보다도 초나라 궁궐은 모두 사라졌으니
뱃사람은 손가락으로 가리키며 지금까지도 의심한다.

詠懷古跡 其二

搖落深知宋玉悲,¹⁾ 風流儒雅亦吾師.²⁾
悵望千秋一灑淚, 蕭條異代不同時.³⁾
江山故宅空文藻,⁴⁾ 雲雨荒臺豈夢思.
最是楚宮俱泯滅,⁵⁾ 舟人指點到今疑.

[주석]

1) 搖落(요락): 쇠락하다. 시들다.

2) 儒雅(유아): 풍도가 고아하다.

3) 蕭條(소조): 쓸쓸한 모양.

4) 文藻(문조): 문장.

5) 泯滅(민멸): 사라지다.

[해설]

　이 시는 두보가 지금의 호북성 자귀현秭歸縣인 귀주歸州에 있던
송옥宋玉의 집에서 시상을 얻은 것으로 보인다. 송옥은 굴원의 제
자로 전국시대 초나라의 문장가였다. 일찍이 「고당부高唐賦」를
지었는데, 양왕襄王과 운몽의 누대에서 노닐다가 고당의 모습을
보고 그것에 관해 얽힌 무산巫山 신녀의 이야기를 했다. 이를 통
해 양왕이 문란하게 노는 것을 경계하려고 했지만 뜻대로 되지
는 않았다. 이 시는 송옥의 문장에 관해 칭송하고는 세월이 지
나 지금은 그의 흔적이 사라지고 있음을 안타까워했다.

　송옥은 「구변九辯」에서 "슬프구나 가을의 기운이여, 쓸쓸하구나
초목은 시들고 쇠락하는구나悲哉秋之爲氣也, 蕭瑟兮草木搖落而變衰"
라고 하여 쇠락하는 가을을 슬퍼했는데, 지금 나도 초목이 시드
는 것을 보니 송옥의 슬픔을 잘 알겠다. 그는 풍류가 있고 고아
한 사람이니 유신과 마찬가지로 나의 스승이 되기에 손색이 없
다. 하지만 그가 살던 때와 천 년이 떨어져 있어 한 시대에 살
지 못했으니 마음이 쓸쓸해져서 눈물을 흘린다. 그가 살던 옛집
에 고아한 문장은 남아 있지만 그 사람을 보지 못하니 부질없이
남아 있는 셈이다. 운우지정을 이야기한 고당의 누대는 이제 황
량해져버렸으니 어찌 꿈속에서 그리워할 수 있겠는가? 초나라
왕이 살던 궁궐도 모두 사라지고, 장강 삼협을 지나가는 뱃사람

들도 지금 황량한 누대를 손짓하면서 옛날에 정말 그런 일이 있었을까 의심할 정도이다. 나의 스승인 송옥의 글이 남아 있지만 그와 관련된 유적은 이미 황량해져버렸으니 그의 충정을 누가 알아줄까? 송옥도 당시 초나라 왕이 자신의 마음을 알아주지 않았으니 가을의 쇠락한 기운에 그렇게 슬퍼하지 않았을까? 나도 지금 내 마음을 알아주는 사람이 없기에 이 가을에 슬퍼하고 있다.

180-3. 옛날 유적에 기대어 마음을 읊다 제3수

두보杜甫

뭇 산과 만 개의 골짜기가 형문으로 치닫는데
왕소군이 나서 자란 마을이 아직 있다.
궁궐을 한 번 떠나 북방 사막에서 살았는데
홀로 청총으로 남아 황혼을 향한다.
그림으로 봄바람 같은 얼굴을 어찌 알아봤으랴?
패옥을 울리며 헛되이 돌아온 달밤의 원혼.
천 년 동안 비파 소리에 오랑캐말로 가사를 붙였으니
분명코 원한을 곡 중에서 말했으리라.

詠懷古跡 其三

群山萬壑赴荊門, 生長明妃尙有村.
一去紫臺連朔漠,[1] 獨留靑塚向黃昏.
畫圖省識春風面,[2] 環佩空歸月夜魂.[3]
千載琵琶作胡語, 分明怨恨曲中論.

[주석]

1) 紫臺(자대): 자궁紫宮과 같은 말로 황제의 거처를 말한다. 連朔漠(연삭막): 북방의 사막과 이어지다. 그곳에 가서 살게 되었다

는 말이다.

2) 省識(성식): 알아보다.

3) 環佩(환패): 대체로 여자들이 찬 패옥을 가리킨다.

[해설]

이 시는 두보가 지금의 호북성 자귀현인 귀주에 있던 왕소군
王昭君의 고향 소군촌昭君村에서 시상을 얻은 것으로 보인다. 왕
소군은 한나라 원제元帝의 궁녀이다. 당시 원제는 화공에게 궁녀
의 그림을 그리게 하여 그 그림을 보고 궁녀를 간택했는데, 다
른 궁녀는 화공에게 뇌물을 주어 잘 그리게 청탁했지만 왕소군
은 미모에 자신이 있어 뇌물을 주지 않아 항상 못나게 그려져서
간택되지 못했다. 경녕竟寧 원년(기원전 33)에 원제는 흉노와 화
친을 하기 위해 호한야선우呼韓邪單于에게 궁녀를 시집보내기로
했는데 그림에서 못나게 그려진 왕소군을 선택했다. 하지만 막
상 떠나는 날 직접 보고는 그 미모에 안타까워했다고 한다. 왕
소군은 결국 오랑캐 땅에서 죽었으며 그의 무덤에는 항상 풀이
있어 청총青塚이라고 불렀다. 서진西晉 때 문제文帝 사마소司馬昭
의 이름을 피하여 명군明君으로 고쳤으며, 나중에 다시 명비明妃
라고 불렀다. 이 시에서는 억울하게 오랑캐 땅으로 시집가서 결
국 그곳에서 죽은 원한을 위로하는 내용을 적었다.

뭇 산과 만 개의 골짜기가 형문산으로 치달리는데 그 정기를
받아 왕소군이 태어났다. 그러니 미모가 남다르고 총기가 있었
을 것이다. 하지만 궁궐을 떠나 북방 사막에서 지내다가 결국
죽어서 청총에 묻혀 황혼이 지도록 서쪽 함안성을 바라보며 고

향을 그리워한다. 원제는 그림으로 어찌 봄바람같이 아름다운 그녀의 미모를 알아볼 수 있었겠는가? 결국 그의 원혼만이 달밤에 돌아올 수 있을 뿐이다. 그녀는 평소 비파를 잘 연주했으므로 자신의 신세를 오랑캐말로 작사하여 노래를 불렀다. 이른바 「왕소군의 원망昭君怨」이다. 그 이후 많은 문인들이 이 제목으로 시를 지어 그의 원한을 달래주고 있다. 두보는 재능을 인정받지 못한 채 세상을 떠돌고 있으니 왕소군과 비슷한 신세이다. 이 시를 지어 왕소군을 위로하고 또 자신의 마음을 위로해본다.

180-4. 옛날 유적에 기대어 마음을 읊다 제4수

두보杜甫

촉나라 임금 유비가 오나라를 정벌하러 삼협으로 왔는데
세상을 떠나던 해에도 영안궁에 있었다.
텅 빈 산속에서 비취 깃발을 상상하고
들판의 절에 옥 같던 전각은 사라졌다.
옛 사당의 삼나무와 소나무에는 학이 깃들이고
해마다 복날과 납일에는 마을 어르신들이 분주한데,
무후 제갈량의 사당이 항상 가까이에 있어서
한 몸이던 임금과 신하가 함께 제사를 받는다.

詠懷古跡 其四

蜀主征吳幸三峽,[1] 崩年亦在永安宮.
翠華想像空山裏, 玉殿虛無野寺中.
古廟杉松巢水鶴, 歲時伏臘走村翁.[2]
武侯祠屋常鄰近, 一體君臣祭祀同.

[주석]

1) 幸(행): 행차하다.

2) 伏臘(복랍): 복일과 납일. 옛날 제사를 지내는 날로 복일은 초

복, 중복, 말복으로 여름에 있었고, 납일은 섣달 초여드레이다.

[해설]

이 시는 두보가 지금의 중경시 봉절현奉節縣의 백제성白帝城에 있던 촉나라 유비의 영안궁永安宮과 그의 사당에서 시상을 얻어 지은 것이다. 유비는 서기 222년에 대군을 이끌고 오나라를 정벌하러 갔다가 패배하여 백제성에 머물면서 자신의 거처를 영안궁이라고 했다. 그는 결국 그곳에서 죽었으며 유비와 제갈량의 사당이 근처에 있다. 이 시에서는 옛날 궁궐의 자취는 없어졌지만 여전히 동네 노인들이 때에 맞춰 유비와 제갈량에게 제사를 지낸다고 하여 이들의 행적을 기렸다.

촉나라 유비가 오나라를 정벌하러 갔다가 패배하고는 삼협으로 들어와서 영안궁에 머물렀는데 그는 결국 그곳에서 죽었다. 옛날 영안궁의 푸른 깃발은 지금 텅 빈 산속에서 상상만 할 뿐이고 영안궁 역시 지금은 와룡사臥龍寺로 바뀌어 그 흔적은 사라지고 없다. 하지만 유비의 사당에는 여전히 푸름을 간직한 삼나무와 소나무가 빼곡하고 그곳에 고결한 자태를 가진 학이 깃들여 있다. 아마도 유비의 영령이 아닐까? 해마다 절기가 되면 마을 어르신들이 분주히 다니는데 이는 유비의 사당에서 제사를 지내기 위해서이다. 유비는 제갈량을 만나고는 물고기가 물을 만난 것과 같다고 했으니, 이들은 살아서도 일심동체였다. 그러니 이곳 주민들은 인근에 있는 제갈량의 사당에서도 똑같이 제사를 지낸다. 살아서도 한 몸이었고 죽어서도 한 몸이다. 하지만 응당 유비의 제사는 나라에서 성대하게 지내야 하는 것인데 마을 노인들이 지내고 있으니 성군에 대한 도리가 지금 세상에서는 제대로 펴지지 못하기 때문이다. 그리고 제갈량은 유비를 만나 자신의 뜻을 펼쳤는데 두보를 인정해줄 군주는 어디 있는 것일까?

180-5. 옛날 유적에 기대어 마음을 읊다 제5수

두보杜甫

제갈량의 큰 이름이 우주에 드리웠으니
큰 공 세운 신하의 남은 초상이 엄숙히 맑고도 높다.
천하를 삼분하여 할거하며 계책이 곡진했기에
만고의 하늘을 나는 한 마리의 봉황이다.
맞먹을 실력으로는 이윤과 여상이 보이고
지휘하여 평정시켰다면 소하와 조참을 실색케 했을 것이다.
운명이 바뀌어 한 왕조가 끝내 회복되기 어려웠으나
뜻이 결연하여 군사 일에 힘쓰다 돌아가셨다.

詠懷古跡 其五

諸葛大名垂宇宙, 宗臣遺像蕭淸高.[1]
三分割據紆籌策,[2] 萬古雲霄一羽毛.[3]
伯仲之間見伊呂,[4] 指揮若定失蕭曹.
運移漢祚終難復, 志決身殲軍務勞.[5]

[주석]

1) 宗臣(종신): 큰 공을 세운 신하. 遺像(유상): 남겨진 초상.

2) 紆(우): 곡진하다. 籌策(주책): 책략. 계책.

3) 羽毛(우모): 깃털. 여기서는 봉황과 같은 큰 새를 가리킨다.

4) 伯仲之間(백중지간): 우열을 가리기 어려운 사이.

5) 殲(섬): 죽다.

[해설]

이 시는 두보가 지금의 중경시 봉절현 무후사武侯祠에 있던 제갈량의 초상화에서 시상을 얻어 지은 것이다. 제갈량의 사당은 여러 군데 있는데 두보는 기주에 머물 때 무후사를 자주 방문하였으며 제갈량에 관한 시도 여러 편 지었다. 이 시에서는 제갈량의 업적을 칭송한 뒤 그가 힘쓰다가 죽은 것을 추모했다.

제갈량이라는 큰 이름이 우주에 드리웠기에 여기 무후사에 있는 그의 초상화를 보니 그 맑고 고아함에 절로 엄숙해진다. 천하를 삼분하여 할거하면서 그 책략이 뛰어났으니 그는 만고의 하늘에 날아다니는 봉황과 같은 존재이다. 옛날 탕임금을 보좌한 이윤伊尹이나 문왕을 보좌한 여상呂尙쯤이나 돼야 제갈량에 필적할 수 있을 것이다. 아마 그가 계속 지휘해서 천하를 평정했다면 유방을 도와 한나라를 세운 소하蕭何나 조참曹參도 자신들의 업적을 부끄러워했을 것이다. 하지만 운명이 바뀌어 촉나라는 끝내 한나라의 유업을 회복할 수 없었다. 그럼에도 불구하고 결연한 의지로 군사 일에 힘쓰다가 돌아가셨다. 진정 후대의 신하들이 본받아야 할 분이시다.

181. 강주에서 설 씨와 유 씨 두 원외와 다시 작별하다

유장경劉長卿

내 생애에 우대한다는 조서 받는 것을 어찌 생각하겠는가?
세상일에는 다만 취해서 노래하는 것만 배울 줄 알았으니.
강가에는 달이 밝아 북방의 기러기 지나가는데
회남에는 나뭇잎이 떨어져 초 땅의 산이 많아 보인다.
몸을 맡기는 곳이 또 푸른 물가 근처임을 기뻐하지만
내 모습을 돌아보니 하얀 머리를 어찌할 수가 없다.
오늘날 노쇠하여 우리 모두 늙어가는데
아직도 풍파를 조심하라는 그대들에게 부끄럽다.

江州重別薛六柳八二員外[1]

生涯豈料承優詔,[2] 世事空知學醉歌.

江上月明胡雁過, 淮南木落楚山多.

寄身且喜滄洲近,[3] 顧影無如白髮何.[4]

今日龍鍾人共老,[5] 媿君猶遣愼風波.[6]

[주석]

1) 六(륙), 八(팔): 친척 형제간의 순서를 말한다.

2) 優詔(우조): 우대한다는 내용의 조서. 유장경이 남파로 폄적된

뒤 가던 도중 다시 목주睦州로 옮기라는 조서를 받았는데, 이러한 사실을 가리킨다고 보는 설도 있다.

3) 滄洲(창주): 맑은 물가. 여기서는 남해에 있는 남파를 가리킨다.

4) 無如何(무여하): 어찌할 도리가 없다.

5) 龍鍾(용종): 노쇠한 모양. 人(인): 사람들. 유장경, 설 씨, 유 씨를 가리킨다.

6) 媿(괴): 부끄럽다. 遣(견): ~하게 하다.

[해설]

이 시는 유장경이 소주蘇州 장주현위長州縣尉로 있다가 지금의 광동성에 있는 남파현위南巴縣尉로 폄적되어 가던 도중 강주江州(지금의 강서성 구강시)에 이르러 그곳에 있던 설薛 씨와 유柳 씨와 헤어지면서 지은 것이다. 이에 앞서 이들은 송별시를 한 번 지었고 이것이 두번째이니 아쉬움이 얼마나 컸을지 짐작할 수 있을 것이다. 원외는 원외랑員外郞으로 두 사람이 조정에 있을 때의 관직일 것이고 종육품상에 해당한다. 설 씨와 유 씨가 누구인지는 자세히 알려져 있지 않다. 헤어지는 곳의 경물을 묘사하여 쓸쓸한 감정을 표현했으며, 폄적되어 늙어가는 자신의 신세를 애달파하고는 그래도 앞길을 걱정해주는 두 사람에게 감사의 마음을 적었다.

나라는 사람은 그저 취해서 노래하는 것만 배울 줄 알았으니 어찌 조정에서 우대한다는 조서 받는 것을 평생 생각이나 했겠는가? 그저 죽지 않고 지방 관원으로 이리저리 다니는 것을 다행으로 여기며 살아야 할 것이다. 그래서 지금 또 변방으로 폄적되어 쫓겨나지만 어찌 보면 당연한 처사이니 슬퍼할 것 없다. 지금 강가에는 달이 밝은데 남쪽으로 날아가는 기러기가 보인다. 나도 저 기러기를 따라 남쪽 끝까지 가야 할 것이다. 이곳 회수 남쪽에는 이미 가을이 되어 나뭇잎이 다 떨어지니 초 땅의 산이 더욱 또렷하게 보여 더 많아 보인다. 저 많은 산을 내가 지나가야 할 것이다. 내가 가는 곳은 남해의 끝이니 그저 물가에 살며 유유자적하게 살게 된 것을 기쁘게 생각하지만 머리가 하얗게 센 내 늙은 몸을 바라보니 서글픔을 어찌할 수가 없다. 앞으로 머나먼 길 무사히 잘 갈 수 있을까? 험한 풍파 조심하라고 당부해주는 그대들을 보니 나와 마찬가지로 노쇠하였다. 서로 늙어가는 처지에 누가 누굴 걱정하는가? 그래도 그대들의 마음 씀씀이가 고맙고 부디 그대들도 건강하시길 바란다.

182. 장사에서 가의의 집에 들르다

유장경劉長卿

삼 년 동안 폄적되어 이곳에서 머물렀는데
만고에 오직 초나라 나그네의 슬픔만 남겨놓았구나.
가을 풀 속에 홀로 찾았지만 사람은 떠난 뒤라서
차가운 숲을 공연히 보노라니 해가 비끼는 때이다.
한나라 문제는 도가 있어도 은혜는 오히려 엷었는데
상수는 무정하니 조문할 줄을 어찌 알겠는가?
적적한 강과 산 만물이 시드는 곳
가련한 그대는 무슨 일로 하늘 끝까지 왔는가?

長沙過賈誼宅

三年謫宦此棲遲,[1] 萬古惟留楚客悲.

秋草獨尋人去後, 寒林空見日斜時.

漢文有道恩猶薄, 湘水無情弔豈知.

寂寂江山搖落處,[2] 憐君何事到天涯.

[주석]

1) 謫宦(적환): 폄적되다. 棲遲(서지): 머물다. 체류하다.

2) 搖落(요락): 시들다. 쇠락하다.

　이 시는 유장경이 지금의 광동성에 있던 남파南巴로 폄적되어 가다가 도중에 지금의 호남성 장사長沙에 있는 가의賈誼의 고택에 들러 그 감회를 적은 것이다. 가의는 한나라의 문장가이자 정치가였는데 참언으로 장사왕長沙王 태부太傅로 폄적되었다. 그곳에서 마찬가지로 참언으로 쫓겨나 먹라강에 몸을 던져 죽은 굴원을 조문하는 글을 짓기도 하였다. 3년 동안 장사에서 머물다가 다시 돌아왔지만 중용되지는 못하였으며 우울하게 살다가 세상을 떠났다. 이 시에서는 자신과 같은 신세로 쫓겨난 가의의 처지에 대해 동감하며 애달파하는 마음을 표현했다.

　가의는 이곳 장사에 와서 3년 동안 머물렀는데 그동안 초나라 나그네의 슬픔만 남겨놓았다. 그러니 내가 이곳에 오자 그 슬픔의 기운을 처절하게 느낄 수 있다. 그의 자취를 찾고자 그의 집을 찾아갔지만 사람은 이미 죽고 없다. 집으로 가는 길은 이제 사람이 다니지 않아 풀길이 되어버렸다. 그리고 지금은 가을이라 초목이 시들어 더욱더 황량하게 느껴진다. 그러니 애잔한 마음속에 그저 차가운 기운이 도는 산만 바라본다. 석양이 질 때까지. 이제 나의 삶도 저 석양과 함께 저물 것이다. 옛날 한나라의 문제에게 도가 있다고 하였지만 결국 가의와 같은 충신을 내쫓고 말았다. 어쩌면 내가 지금 쫓겨나는 것도 지금의 세태를 감안하면 당연한 것인지도 모르겠다. 이곳을 흘러가는 상강湘江은 무정하게도 예나 지금이나 같은 모습으로 흘러가고 있다. 예전에 가의가 이곳에 와서 굴원을 조문하였을 터인데 그 사실을 이 상강은 알고 있을까? 그리고 오늘 또 내가 이곳에 와서 가의를 조문하고 있는데 그 사실을 이 상강은 기억할 수 있을까? 저 강물이 어찌 가의의 슬픔에 공감할 수 있겠는가? 이러한 마음을 세상 그 누구도, 그 어느 것도 알아주지 않을 것 같다. 적막한 강산은 정말 무정하다. 만물이 시들어가고 있다. 이런 하늘 끝까지 가의는 왜 쫓겨난 것일까? 그리고 나는 또 왜 쓸쓸한 가을에 이런 변방까지 쫓겨난 것일까? 야박한 세상이라 쫓겨났고 무정한 세상이라 아무도 알아주지 않는다.

183. 하구에서 앵무주로 와서 악양을 바라보며 원 중승에게 부치다

유장경劉長卿

모래섬에는 물결도 없고 안개도 없으니
초 땅 나그네의 그리움이 더욱 아득하다.
한구의 석양에는 비스듬히 새가 건너고
동정호의 가을 물은 멀리 하늘에 닿아 있으리.
산을 등진 외로운 성에 차갑게 호각이 울 때
강가에 선 고독한 나무에다 밤에 배를 정박시켰다.
가의는 글을 올려 한나라 왕실을 걱정하였지만
장사로 폄적되었기에 예나 지금이나 가련해한다.

自夏口至鸚鵡洲望岳陽寄元中丞

汀洲無浪復無煙,[1] 楚客相思益渺然.[2]
漢口夕陽斜渡鳥, 洞庭秋水遠連天.
孤城背嶺寒吹角, 獨樹臨江夜泊船.
賈誼上書憂漢室, 長沙謫去古今憐.

[주석]

1) 汀洲(정주): 모래섬. 앵무주를 가리킨다.

2) 渺然(묘연): 아득한 모양.

[해설]

이 시는 유장경이 지금의 광동성에 있던 남파南巴로 폄적되어 가다가 하구夏口를 지나 앵무주鸚鵡洲에 도착해서 멀리 악양岳陽을 바라보며 느낀 감회를 적어 그곳에 있는 어사중승御史中丞 원元 씨에게 부친 것이다. 하구와 악양루는 지금의 호북성 무한에 있던 포구와 물섬이며 악양은 지금의 호남성에 있는데 동정호가 옆에 있다. 어사중승은 어사대의 관직으로 정오품상에 해당된다. 원 씨는 '원源'으로 된 판본도 있는데 자세히 알려져 있지는 않다. 다만 시의 내용으로 보아 그 역시 중앙 관직으로 있다가 악양으로 폄적된 듯하다. 이 시에서는 쓸쓸한 주변 경물을 묘사하면서 폄적된 안타까움을 표현하였다.

그 유명한 앵무주에 도착해보니 거센 물결의 웅장함도 없고 신비한 느낌을 주는 안개도 없다. 밋밋하기 그지없고 오히려 을씨년스러운 분위기마저 든다. 폄적되어 가는 신세라 이러한 초땅을 지나노라니 쓸쓸함이 더욱 커진다. 내가 평소 알고 지내던 원 씨가 악양에 있다고 하니 그쪽 땅을 바라보며 그를 그리워한다. 그 역시 이런 곳에서 쓸쓸히 지내고 있으리라. 지금 이곳 한구漢口에는 해가 지고 새가 한 마리 비스듬히 강을 건너가고 있다. 나도 저렇게 이 강을 건너왔고 또 건너가야 하리라. 지금 원 씨가 있는 동정호는 드넓은 물이 있어 하늘 끝까지 닿아 있을 터인데, 내가 또 그 물까지 가야 한다. 망망무제의 길을 가야 하고 그대 또한 가없는 물가에서 살고 있을 것이다. 지금은 만물이 쇠락하는 가을이다. 산을 등진 한양성에는 저녁을 알리는 호 각 소리가 들린다. 강 옆에 있는 나무에 내 배를 정박시킨다. 성 도 외로워 보이고 나무도 외로워 보인다. 내가 기댈 곳은 어디 인가? 악양에 있는 그대가 날 위로해줄 수 있을까? 하지만 그대 도 외로운 신세이지. 옛날 이곳으로 폄적 온 이가 또 있었다. 한 나라의 가의賈誼이다. 그는 조정의 개혁을 주장하며 많은 상소문 을 올렸지만 결국 참언으로 장사로 폄적되었다. 그 이후로 많은 사람이 그의 충정을 헤아리고 그의 신세를 애달파하면서 그를 가여워했다. 원 씨 그대 역시 가의와 같은 신세이고 나도 마찬 가지이다. 내 마음을 알아줄 이는 그대뿐이고 그대 마음을 알아 줄 이도 나뿐이다. 머지않아 내가 곧 그곳으로 갈 터이니 서로 의 마음을 위로하며 술 한잔하고자 한다.

184. 조정의 배 사인께 드리다

전기錢起

이월에 꾀꼬리가 상림원에서 날고
봄날의 궁성이 새벽에 어둑할 터인데,
장락궁의 종소리는 꽃밭 너머로 사라지고
용지의 버들빛은 빗속에 짙을 것입니다.
봄볕이 길 막힌 한을 풀어주지는 못하지만
하늘에는 해를 받드는 마음을 늘 걸어놓았습니다.
부를 바친 지 십 년이지만 아직 발탁되지 못해
흰머리로 고귀한 비녀 대하기가 부끄럽습니다.

贈闕下裴舍人

二月黃鸝飛上林, 春城紫禁曉陰陰.¹⁾
長樂鐘聲花外盡, 龍池柳色雨中深.
陽和不散窮途恨,²⁾ 霄漢常懸捧日心.³⁾
獻賦十年猶未遇,⁴⁾ 羞將白髮對華簪.⁵⁾

[주석]

1) 紫禁(자금): 황제가 있는 궁궐을 말한다. 陰陰(음음): 초목이 우
   거져 어둑한 모양.

2) 陽和(양화): 따뜻한 햇볕. 황제의 은택을 비유한다. 窮途恨(궁도
   한): 길이 막힌 한스러움. 관직에 올라갈 수 없는 한을 말한다.

3) 霄漢(소한): 하늘. 捧日心(봉일심): 태양을 받드는 마음. 태양은
   천자를 비유한다.

4) 未遇(미우): 자신의 재능을 알아주는 이를 만나지 못해 중용되
   지 않은 것을 말한다.

5) 將(장): ～을 가지고서. 華簪(화잠): 화려한 비녀. 고위 관원을
   상징하며 여기서는 배 사인을 가리킨다.

[해설]

이 시는 전기가 조정에서 중서사인中書舍人으로 있는 배裵 씨
에게 주는 것이다. 중서사인은 중서성의 관직으로 정오품상에
해당하며, 배 씨에 관해서는 자세히 알려져 있지 않다. 이 시에
서는 궁궐의 봄날 경관을 묘사하여 배 씨가 황제의 은택을 많이
받고 있음을 드러낸 뒤, 자신이 오래도록 관직을 하지 못하는
상황을 토로하여 자신을 이끌어주기를 바라는 마음을 표현했다.

봄날이 한창인 2월에 궁궐의 원림인 상림원에는 꾀꼬리가 날
것이고 궁성에는 해가 떠도 숲이 우거져 어둑어둑할 것이다. 장
락궁의 꽃밭에는 종소리가 울릴 것이고 궁궐의 연못인 용지龍池
의 버들은 비를 맞아 녹음이 우거졌을 것이다. 봄기운이 화창하
여 꽃이 피고 숲이 우거졌으며 비가 촉촉이 내린다는 것은 모두
황제의 은총이 가득함을 비유하는 것이다. 하지만 꽃밭 바깥에
있는 전기는 그 종소리를 듣지 못하고 있으며 어둑한 그곳을 감
히 엿볼 수도 없다. 그렇게 황제의 은택이 내게까지 미치지 못

해 앞길이 막혀버린 나의 한을 풀어주지는 못하지만, 나는 늘 태양과 같은 황제를 받드는 마음을 저 높은 하늘에 걸어놓고 있다. 나의 충성스러움을 알아달라. 과거를 봤지만 뜻대로 되지 않고, 그저 내가 지은 글을 올려서 내 재능을 인정받는 수밖에 없는데, 그 일을 10년 동안 하였지만 아직 성과가 없다. 이제는 흰 머리가 나는 노인이 되었는데 아직 관직이 없으니 화려한 비녀를 꽂은 높은 관원인 그대를 어찌 보겠는가? 부끄럽기 짝이 없다. 그러니 이제 나를 관직으로 이끌어주시오. 이 정도 시라면 충분히 자격이 있지 않겠소?

185. 이담에게 부치다

위응물韋應物

작년에 꽃밭에서 그대를 만났다가 헤어졌는데
오늘 꽃이 피었으니 또 일 년이 지났다.
세상일이 아득하여 스스로 헤아리기 어려우니
봄 시름에 시무룩하여 홀로 잠을 이룬다.
몸에 병이 많아져서 고향을 그리워하고
고을에는 유랑민이 있어서 봉록 받기가 부끄럽다.
듣자니 와서 안부를 묻고자 한다는데
서쪽 누대에서 달을 보며 몇 번 둥글어져야 하나?

寄李儋元錫

去年花裏逢君別,　今日花開又一年.
世事茫茫難自料,[1] 春愁黯黯獨成眠.[2]
身多疾病思田里,[3] 邑有流亡愧俸錢.[4]
聞道欲來相問訊,[5] 西樓望月幾回圓.

[주석]

1) 茫茫(망망): 아득한 모양. 料(료): 헤아리다. 추측하다.

2) 黯黯(암암): 실의하여 시무룩한 모양.

3) 田里(전리): 고향.

4) 流亡(유망): 고향을 떠나 떠도는 백성. 俸錢(봉전): 봉급.

5) 聞道(문도): 소문을 듣다. 問訊(문신): 문안하다.

[해설]

이 시는 위응물이 친구인 이담李儋에게 보내는 것이다. 이담은 자가 원석元錫이고 관직은 전중시어사殿中侍御史를 거쳤는데, 위응물은 그와 친하게 지냈으며 그에게 보내는 시가 몇 편 남아 있다. 이 시에서는 헤어진 뒤 일 년이 되어 다시 봄이 되었는데 그를 만나고자 하는 그리움을 표현하였다.

작년에 꽃이 폈을 때 만났다가 헤어졌는데 오늘 또 꽃이 폈으니 일 년이 지난 셈이다. 인간사가 원래 헤아리기 어려운지라 일 년 동안 그대가 잘 지냈는지 궁금한 데다가 요즘은 사방에서 난리가 났고 황제도 궁궐에서 피신 가기도 하였다. 이런 세상이니 그대 걱정이 더욱 커진다. 그러니 봄날 꽃을 보며 즐기지도 못한 채 시무룩해 있으며 그대 없이 홀로 잠이나 자고 있다. 요즘 들어 몸에 병이 많아지니 고향으로 돌아가고 싶은 마음뿐이다. 그리고 내가 이 지방을 다스리고 있지만 고을에는 요즘 유랑민이 많아졌다. 세상에 난리가 났지만 내가 이들을 잘 보살피지 못하니 봉급 받기도 부끄럽다. 이래저래 관직을 그만둘 이유만 많아진다. 소문에 듣자 하니 그대가 날 한번 찾아온다고 하는데, 그때가 언제인가? 서쪽 누대에 경관이 좋은데 그 누대에서 달이 둥글어지는 것을 몇 번이나 봐야 그대가 올 것인가? 너무 보고 싶으니 이 시를 받으면 곧장 와주기를 바란다.

186. 함께 선유관에 쓰다

한굉韓翃

신선의 대에서 처음으로 오성루를 보노라니

경물이 차가운데 밤새 내리던 비가 그쳤다.

산색은 멀리 진 땅 숲의 저녁으로 이어지고

다듬이 소리는 가까이서 한나라 궁궐의 가을을 알린다.

성긴 소나무 그림자가 드리운 빈 제단은 조용하고

가는 풀의 향기가 이는 작은 동굴은 그윽하다.

어찌 따로 세속 밖을 찾아갈 필요가 있는가?

인간 세상에도 절로 신선이 사는 곳이 있는데.

同題仙遊觀

仙臺初見五城樓, 風物淒淒宿雨收.[1]

山色遙連秦樹晚, 砧聲近報漢宮秋.[2]

疏松影落空壇靜, 細草香生小洞幽.

何用別尋方外去,[3] 人間亦自有丹丘.[4]

[주석]

1) 風物(풍물): 풍광과 경물. 淒淒(처처): 쌀쌀한 모양. 처청淒淸한
   모양. 宿雨(숙우): 밤새 내린 비. 오래도록 내린 비.

2) 砧聲(침성): 다듬이 소리. 漢宮(한궁): 한나라 궁궐. 여기서는 당

나라 궁궐을 가리킨다.

3) 別(별): 별도로. 특별히. 方外(방외): 신선 세계.

4) 人間(인간): 인간 세상. 丹丘(단구): 신선이 사는 곳.

[해설]

이 시는 한굉이 여러 사람과 함께 선유관仙遊觀에 갔다가 그
감회를 적은 것이다. 누구와 같이 갔는지에 대해서는 알려져 있
지 않다. 선유관은 당나라 고종 때 건립한 도관道觀으로 지금의
섬서성 인유현麟游縣 북쪽 교외에 있었다. 전설에 따르면 적각선
赤脚仙이 이곳에서 노닐었다고 한다. 이 시에서는 선유관의 고즈
넉한 경관을 그리며 신선이 살 만한 곳이라고 칭송하였다.

신선이 머물던 높은 대에 올라서 오성루를 바라보게 되었다.
오성루는 옛날 황제黃帝 때 지은 오성십이루五城十二樓로 신선을
기다리는 곳이었다고 하니, 이는 전설상의 이야기이고 실상은
여기의 선유관을 가리키는 것이다. 밤새 내리던 비가 그친 뒤
날씨가 쌀쌀하지만 정신은 더욱 맑아지고 풍광도 더욱 깨끗해
보인다. 산의 푸른빛은 저 멀리 진 땅의 숲으로 이어져 장엄한
산세를 자랑하고 있다. 가까이에서는 겨울옷을 준비하는 다듬이
소리가 들리니 우리 당나라 조정에도 가을이 왔음을 알려주고
있다. 여기는 장안과 가까운 곳이기도 하지만 진 땅의 험준한
산세를 그대로 지니고 있는 곳이기도 하다. 이곳을 오래도록 지
키고 있던 늙은 소나무의 그림자가 텅 빈 제단에 드리우고 있는
데 세속의 시끄러운 소리가 들리지 않아 조용하다. 그리고 가느

다란 이름 없는 풀의 향기가 퍼져 있는 작은 동굴은 깊고도 그윽하다. 이런 곳이라면 절로 세속의 욕심이 사라지고 신선의 깨끗한 마음이 생길 것이다. 그러니 무엇 하러 세속 바깥에서 신선 세계를 찾을 것인가? 바로 여기 장안 근처의 인간 세상 안에도 신선 세상이 있는데.

187. 봄날의 그리움

황보염皇甫冉

꾀꼬리 울고 제비 지저귀며 새해를 알리는데
마읍과 백룡퇴는 길이 몇천 리인가요?
집은 높은 성에 있어 궁원과 이웃하지만
마음은 밝은 달을 따라 오랑캐 땅의 하늘로 갑니다.
베틀에서 비단에 새긴 글자는 긴 원한을 토로하고
누대 가의 꽃가지는 홀로 잔다고 비웃습니다.
사령관이신 두헌 거기장군께 묻나니
언제 연연산에 공을 새기고 깃발을 돌리실 건지요?

春思

鶯啼燕語報新年, 馬邑龍堆路幾千.
家住層城隣漢苑,¹⁾ 心隨明月到胡天.
機中錦字論長恨, 樓上花枝笑獨眠.
爲問元戎竇車騎,²⁾ 何時返旆勒燕然.³⁾

[주석]

1) 層城(층성): 원래는 전설상 곤륜산崑崙山 위에 있다는 높은 성을
   가리키는데 여기서는 장안성을 말한다. 漢苑(한원): 한나라의

궁원. 여기서는 당나라의 궁원을 가리킨다.

2) 元戎(원융): 총사령관.

3) 返旆(반패): 깃발을 돌리다. 군대가 돌아온다는 말이다. 勒(륵):
바위에 글을 새기다. 燕然(연연): 지금의 몽골에 있는 산.

[해설]

이 시는 황보염이 여인의 입을 빌려 봄날 원정 나간 이를 그
리워하는 마음을 표현한 것이다. 이를 통해 잦은 변방 원정으로
힘들어하는 백성들의 마음을 드러냈다.

꾀꼬리가 울고 제비가 우니 새해가 오고 봄이 왔다. 하지만
봄을 즐길 생각보다는 멀리 변방으로 전쟁하러 나간 임이 먼저
생각난다. 지금의 산서성에 있던 마읍인가? 아니면 지금의 신
강자치구에 있던 백룡퇴인가? 동북쪽 변방인가, 서북쪽 변방인
가? 그곳까지는 몇천 리나 되는가? 내가 있는 곳은 궁궐이 있
는 곳이지만 마음은 달빛을 따라 변방의 하늘로 날아간다. 베틀
에서 비단을 짤 때도 글을 새겨 넣는데 그 글에는 헤어짐의 원
망이 가득하다. 춘추전국시대 진秦나라 진주자사秦州刺史 두도
竇滔의 처는 소혜蘇蕙이다. 두도가 서역 변방으로 간 뒤, 소 씨
가 그를 그리워하며 비단에 회문선도시廻文旋圖詩(처음과 끝이 정
해진 시가 아니라, 빙빙 돌려가며 어디서 읽기 시작해도 뜻이 통하
는 시)를 수놓아 두도에게 부쳤는데, 그 내용이 읽는 이로 하여
금 눈물을 줄줄 흘리게 했다고 한다. 내가 지금 비단에 새긴 글
도 그러할 것이다. 봄이 되어 누대 가에 꽃이 피었지만 난 이 꽃
의 아름다움을 감상할 여유도 없고 같이 감상할 짝도 없다. 그

러니 홀로 잠만 잘 뿐인데 마치 그 꽃이 날 비웃는 것만 같다. 이 외로움은 언제 끝날 것인가? 한나라의 거기장군車騎將軍 두헌竇憲은 흉노와 싸워서 대승하고는 연연산燕然山에 올라가 바위에 그 공을 새겨놓았다고 한다. 지금 우리 임과 함께 싸우고 있는 변방의 장군에게 묻는다. "언제나 연연산에 공을 새겨놓고 장안으로 돌아올 것인가?" "당신에게는 한나라의 두헌과 같은 용맹함과 재능이 있는가?" "싸움을 이기지도 못하고 질질 끌기만 할 것이라면 차라리 그냥 돌아오는 것이 좋지 않은가?" "승산도 없는 싸움을 왜 자꾸 하는 것인가?" 원망의 질문은 변방에 있는 무능한 장군과 궁궐에 있는 어리석은 황제에게까지 울릴 것이다.

188. 저녁에 악주에서 묵다

노륜盧綸

구름이 걷히니 멀리 한양성이 보이는데
그래도 외로운 배로 하루는 걸린다.
상인이 낮에 잠을 자니 파도가 조용함을 알겠고
사공이 밤에 말을 하니 조수가 생길 걸 알겠다.
세 상강에서 근심에 센 흰머리로 가을빛을 만나니
만 리 밖 고향으로 돌아가려는 마음에 밝은 달을 마주한다.
대대로 내려온 가업이 이미 전쟁으로 사라졌는데
또 강가에서 나는 북소리를 견뎌야 한다.

晚次鄂州

雲開遠見漢陽城, 猶是孤帆一日程.
估客晝眠知浪靜, 舟人夜語覺潮生.
三湘愁鬢逢秋色, 萬里歸心對月明.
舊業已隨征戰盡,[1] 更堪江上鼓鼙聲.[2]

[주석]

1) 舊業(구업): 선대의 사업. 집안 대대로 해오던 일.

2) 鼓鼙(고비): 큰북과 작은북. 군중에서 쓰던 악기이다.

[해설]

이 시는 노륜이 안녹산의 난으로 고향인 산서성을 떠나 강남 지역을 떠돌다가 어느 날 저녁 악주鄂州에 머물면서 그 감회를 적은 것이다. 악주는 지금의 호북성 무한시 무창武昌이다. 이 시는 정처 없이 떠도는 상황과 고향으로 가고 싶어 하는 마음을 표현하였다.

안녹산의 난이 일어났다. 고향인 산서성은 열흘도 채 되지 않아 함락되었다. 그래서 이리저리 배를 타고 강남으로 피난을 하고 있다. 오늘 밤에는 악주에 머물렀다. 구름이 걷히자 강 건너로 한양성이 보인다. 내일은 저곳에 가야 할 것이다. 바로 눈앞에 보이지만 또 하루는 가야 할 것이다. 힘겨운 길이다. 나는 원래 산골 사람이라 배를 탄 적이 없었다. 하지만 이제 배를 오래 타다 보니 여러 가지를 알게 되었다. 배를 많이 타고 다니는 상인과 뱃사공을 보면 대략 파도가 조용할지 조수가 일지 알 수 있다. 상인이 낮잠을 자면 물결이 잔잔하다는 것을 알지만 그래도 나는 혹여 풍랑이 일까 조바심이 나고, 밤에 잠을 자다가도 뱃사공이 말하는 소리가 들리면 조수가 크게 일어나리란 걸 알기에 배가 뒤집히는 것 아닐까 하고 잠을 설치게 된다. 이제 상강湘江으로 들어가야 할 터인데 내 머리는 이런저런 근심으로 하얗게 되었다. 벌써 계절은 가을이 되었으니 만물이 쇠락할 것이고 이내 마음도 쓸쓸해질 것이다. 그리고 한 살 더 먹게 될 것이다. 이런 밤에 밝은 달을 바라보니 만 리 떨어진 고향으로 돌아가고 싶은 마음이 더욱 커진다. 하지만 고향에 가면 무엇이 있나? 이미 전쟁으로 가업은 다 사라지고 없다. 돌아가도 남은 것이 없으니 고향이라고 할 수도 없다. 또다시 강가에는 경계의 북소리가 울린다. 이 북소리도 이제는 지긋지긋하다. 언제나 이 전쟁이 끝날까? 비록 아무것도 남지 않은 고향이지만 얼른 돌아가고 싶다. 내 집에서 편히 눕고 싶다.

189. 유주 성루에 올라서 장주, 정주, 봉주, 연주
네 주의 자사에게 부치다

유종원柳宗元

성 위의 높은 누대에서 드넓은 황야를 바라보니
바다 같고 하늘 같은 근심과 그리움이 정말 아득하다.
거센 바람이 연꽃 핀 물을 어지러이 뒤흔들고
세찬 비가 줄사철나무 엉긴 성벽에 비끼며 들이치는데,
고개의 나무는 겹겹으로 천 리 보고 싶은 눈을 가리고
강의 물결은 구불구불 아홉 번 도는 창자와 같다.
문신한 이들이 사는 변방인 백월에 함께 왔지만
그래도 소식은 각자의 고을에 막혀 있다.

登柳州城樓寄漳汀封連四州刺史

城上高樓接大荒,[1] 海天愁思正茫茫.
驚風亂颱芙蓉水,[2] 密雨斜侵薜荔牆.[3]
嶺樹重遮千里目, 江流曲似九迴腸.[4]
共來百越文身地, 猶是音書滯一鄉.[5]

[주석]

1) 大荒(대황): 황량한 대지.

2) 颭(점): 뒤흔들다.

3) 薜荔(벽려): 줄사철나무. 덩굴식물로 사철 푸르다.

4) 九迴腸(구회장): 아홉 번 도는 창자. 사마천의 「임안에게 답하
   는 편지報任安書」에 "이 때문에 창자가 하루에 아홉 번 도니, 집
   안에 있으면 갑자기 뭔가 잃어버린 듯하고 집 밖을 나가면 가
   야 할 곳을 잊게 된다是以腸一日而九回, 居則忽忽若有所亡, 出則不知其
   所往"라는 말이 있다.

5) 音書(음서): 소식. 편지.

[해설]

이 시는 유종원이 유주자사柳州刺史로 폄적된 뒤 같은 시기에
폄적된 장주자사漳州刺史 한태韓泰, 정주자사汀州刺史 한엽韓曄, 봉
주자사封州刺史 진간陳諫, 연주자사連州刺史 유우석劉禹錫에게 부친
것이다. 이들은 원화 원년(806)에 왕숙문王叔文의 일당으로 몰려
함께 폄적되었으며 원화 10년(815)에 다시 조정으로 돌아왔다
가 다시 영남의 각 지역으로 폄적되었다. 유주는 지금의 광서자
치구에 있었고 장주와 정주는 지금의 복건성에 있었으며 봉주와
연주는 지금의 광동성에 있었다. 정치적 부침에 따라 함께 폄적
되었기에 더욱 그리워할 수밖에 없는 심정을 토로하였다.

유주성의 높은 누대에 올라보니 드넓은 황야가 펼쳐진다. 이
아득한 경관을 보노라니 하늘과 같이 넓고 바다와 같이 막막한
근심과 그리움이 솟아난다. 이렇게 편벽한 곳에서 외롭게 살아
갈 수 있을지에 대한 근심과 동고동락했던 조정의 동지들을 보
고 싶은 그리움이 아득히 생긴다. 이렇게 넓은 황량한 대지 위

어딘가에서 그대들도 나머지 사람들을 그리워하고 있을 것이다. 깨끗한 모습으로 피어난 연꽃은 거센 바람에 이리저리 흔들리고 성벽에서 늘 푸르게 자라난 줄사철나무는 세찬 빗줄기 속에 아슬아슬하게 붙어 있다. 아마도 연꽃과 줄사철나무는 고결하고 변함없는 우리의 마음을 상징하는 것일 터인데 지금 거센 바람과 세찬 비에 힘겨워하고 있다. 천 리 먼 곳에 있는 그대들을 보려고 눈 닿는 데까지 시선을 보내지만 고개의 숲이 층층으로 가리고 있다. 성 주위를 감도는 강물은 구불구불한데 마치 내 창자가 하루에도 아홉 번씩 돌아 아파하는 것과 같다. 내가 편지를 써서 보내면 갈 수 있을까? 이곳은 말도 풍습도 중원과 완전히 다른 백월百越 지역이다. 이곳 사람들과는 상종할 수도 없고 말도 통하지 않는다. 그래도 같은 백월 지역이라 소식은 통할 줄 알았는데, 광활한 천지에 산과 물로 가로막혀 소식을 전할 수가 없다. 그대들 모쪼록 몸 건강히 살아남으시게나.

190. 서새산에서 옛일을 생각하다

유우석劉禹錫

왕준의 누선이 익주에서 내려오자
금릉에는 왕의 기운이 어둑하게 거두어졌으니,
천 길짜리 쇠사슬이 강바닥에 가라앉고
한 조각 항복 깃발이 석두성에 나타났지.
인간 세상에서 몇 번이나 지난 일을 슬퍼했는가?
산의 모습은 예전처럼 차가운 강물을 베고 있구나.
지금부터 온 천하가 한집이 된 때여야 하는데
옛 보루는 쓸쓸하게 가을 갈대 속에 있다.

西塞山懷古

王濬樓船下益州,[1] 金陵王氣黯然收.[2]

千尋鐵鎖沈江底, 一片降旛出石頭.[3]

人世幾回傷往事, 山形依舊枕寒流.

從今四海爲家日, 故壘蕭蕭蘆荻秋.[4]

[주석]

1) 樓船(누선): 왕준王濬이 여러 배를 묶어서 만든 것으로 배 가운
데 성을 만들고 망루를 세웠다. 2천 명의 군사가 승선할 수 있

었으며 그 위에서 말을 달릴 수 있었다고 한다.

2) 黯然(암연): 어둑한 모양.

3) 降旛(항번): 항복의 깃발.

4) 蕭蕭(소소): 쓸쓸한 모양. 蘆荻(노적): 갈대.

[해설]

이 시는 유우석이 기주자사夔州刺史로 있다가 화주자사和州刺史로 부임하러 가던 도중 서새산西塞山에 들러서 옛날 있었던 일을 회고하면서 감회를 적은 것이다. 서새산은 지금의 호북성 대야현大冶縣 동쪽의 장강 기슭에 있는 산으로 산세가 험해서 군사 요충지가 되었다. 진晉나라 무제武帝가 익주자사益州刺史인 왕준을 용양장군龍驤將軍으로 삼아 오나라를 공격하게 하니 누선을 만들어 대규모 수군을 이끌고 와서는 서새산 인근에서 오나라 수군을 대파했고 그 기세로 곧장 수도인 금릉을 제압해 오나라를 멸망시켰다. 이 시는 이러한 옛일을 회고하면서 당시 당나라가 천하를 통일하기 바라는 마음을 표현했다.

진나라의 장군 왕준이 누선으로 무장한 대규모 수군을 이끌고 익주에서 내려오니 오나라 수도인 금릉에는 왕의 기운이 어둑해졌다. 오나라가 누선을 막기 위해 커다란 쇠사슬을 강에 설치했지만 왕준은 횃불을 이용하여 그 쇠사슬을 끊어 강바닥에 잠기게 했다. 그렇게 패배하자마자 금릉의 석두성에는 항복의 깃발이 걸리게 되었다. 한 나라의 패배는 순식간에 결정되었다. 이렇게 나라가 패망한 것에 대해 인간 세상에서는 몇 번이나 슬퍼했던가? 금릉은 대대로 오나라, 동진東晉, 송宋나라, 제齊나라,

양梁나라, 진陳나라의 수도였는데 이 여섯 조대가 지금은 다 망하고 말았으니, 금릉에서만도 여섯 번의 패망을 슬퍼했던 것이다. 하지만 서새산은 예나 지금이나 강물을 휘감으며 우뚝 서 있다. 이러한 흥망성쇠를 모두 다 지켜보았을 터인데 아는지 모르는지 내색을 하고 있지 않다. 그러한 혼란 끝에 세워진 나라가 바로 당나라이다. 당나라가 천하를 통일한 뒤 몇백 년이 지났는데 지금 당나라는 어떠한가? 온 나라에 번진이 할거하고 있기에 혼란스럽기는 옛날과 다름없다. 오늘부터라도 다시 천하 통일을 이루어 한집안이 되어야 할 터인데, 세상 사람들은 서새성의 보루가 쓸쓸하게 가을 갈대 속에 파묻혀 있는 사정을 알지 못하니 그 교훈을 깨닫지 못하고 있다. 잘못 대처하면 또다시 패망의 길로 빠질 수 있을 것이다. 하지만 서새성의 패배를 반면교사로 삼아 조치를 취한다면 통일 제국을 이룩할 수 있을 것이다.

191-1. 슬픈 감회를 풀다 제1수

원진元稹

사 씨 어른이 유독 사랑한 가장 어린 딸
검루에게 시집온 뒤로 만사가 어긋났다.
내게 옷이 없는 걸 보면 옷상자를 뒤지고
그녀에게 술 사달라고 조르면 금비녀를 뽑았으며,
채소로 반찬 만드니 기다란 콩잎도 달게 먹고
낙엽을 땔감에 보태려고 오래된 홰나무를 올려보았다.
이제는 봉급이 십만 전이 넘지만
그대를 위해 제사상을 차리고 재를 올린다.

遣悲懷 其一

謝公最小偏憐女,　自嫁黔婁百事乖.
顧我無衣搜藎篋,[1]　泥他沽酒拔金釵.[2]
野蔬充膳甘長藿,[3]　落葉添薪仰古槐.
今日俸錢過十萬,　與君營奠復營齋.[4]

[주석]

1) 藎篋(신협): 풀로 엮어 만든 상자. 여기서는 부인이 자신의 물
품을 넣어둔 상자를 가리킨다.

2) 泥(니): 조르다. 치근거리다. 他(타): 그 사람. 여기서는 부인을 가리킨다. 沽酒(고주): 술을 사다.

3) 充膳(충선): 반찬에 충당하다. 藿(확): 콩잎.

4) 營奠(영전): 제사상을 차리다. 營齋(영재): 재를 올리다. 절에 가서 스님에게 부탁하여 죽은 사람의 복을 기원하는 것이다.

[해설]

이 시는 원진이 죽은 부인 위혜총韋蕙叢에 대해 애도하는 마음을 표현한 것으로 세 수의 연작시 중 첫번째이다. 살아 있을 때 자신과 집안을 위해 헌신하며 고생했는데 지금은 비록 부유해졌지만 죽고 없는 것을 애달파했다.

동진東晉의 사혁謝奕에게 사도온謝道韞이라는 딸이 있었는데 재주가 많고 아름다워 귀여움을 많이 받았다. 또한 사 씨는 당시 명문가로 이름이 나 있었는데 그 사도온에 비견되는 여인이 바로 나의 부인이다. 장인의 귀여움을 독차지한 막내딸이 검루黔婁 같은 나에게 시집왔다. 검루는 춘추시대 제齊나라의 은자로 집안은 곤궁했으나 절조가 있어 벼슬을 구하지 않았다. 그의 부인 역시 어질어서 좋은 부부였다. 가난을 일상으로 알고 관직도 구하지 않으려는 내게 그녀가 시집을 왔으니 어찌 편히 살 수 있었겠는가? 내가 밖에 나갈 때 변변한 옷이 없는 것을 보면 자신의 옷상자를 뒤져서 괜찮은 옷가지나 비단을 내다 팔아 내 옷을 사주었다. 내가 술을 사달라고 보채면 군소리하지 않고 금비녀를 뽑아 술을 사주었다. 내가 고기를 살 수 없으니 매일 채소로 반찬을 만들었으며 콩잎도 맛있다고 잘 먹어주었다. 땔감이 부족하면 낙엽이라도 긁어모으려고 앙상해진 홰나무를 올려다보기도 했다. 그렇게 나와 가난한 청춘을 같이 보내면서도 아무런 투정도 하지 않았다. 오히려 내가 잘되기만을 바라며 헌신을 다했다. 이제 내가 재상이 되어 봉급이 10만 전이 넘지만 이 돈으로 부인을 위해 할 수 있는 것은 아무것도 없다. 그저 제사상을 차리고 스님을 불러서 복을 빌어주는 재를 지내는 데 사용할 뿐이다. 부인에게 좋은 옷도 해주고 맛있는 음식도 먹이고 싶지만 죽고 없으니 어쩌겠는가? 왜 그렇게 일찍 저세상으로 갔는가?

191-2. 슬픈 감회를 풀다 제2수

원진元稹

옛날에 죽은 뒤의 뜻에 관해 농담을 했는데
오늘 아침에 모두 눈앞에 오고 말았다.
옷은 이미 남에게 주어 곧 다 없어진 걸 보겠고
바느질해서 만든 건 아직 있으나 차마 펴지 못했다.
옛정을 여전히 생각해보니 하인들을 가련히 여기고
또한 일찍이 당신 꿈을 꾸었기에 돈과 재물을 보냈다.
이런 한스러움이 사람마다 다 있는 줄 진실로 알지만
가난한 부부였기에 온갖 일이 슬프다.

遣悲懷 其二

昔日戲言身後意,[1] 今朝都到眼前來.
衣裳已施行看盡,[2] 鍼線猶存未忍開.[3]
尙想舊情憐婢僕, 也曾因夢送錢財.
誠知此恨人人有,[4] 貧賤夫妻百事哀.

[주석]

1) 身後意(신후의): 죽고 난 뒤의 뜻. 죽고 난 뒤에 다른 사람이 해
   줬으면 하고 생각한 것이다.

2) 行(행): 곧.

3) 鍼線(침선): 바느질하다. 여기서는 아내가 직접 바느질해서 만든 옷을 가리킨다.

4) 誠(성): 진실로.

[해설]

옛날에 같이 살 때 죽은 뒤에 이렇게 저렇게 하자고 농담 삼아 말했는데, 이제 그 말을 실제로 행해야 할 때가 되어버렸다. 그때 당신은 자신의 물건을 다른 사람들에게 다 나눠주라고 했지. 그 말에 따라 당신이 입던 옷은 남들에게 다 나눠주어 이제 곧 다 없어지려고 한다. 그 물건을 하나하나씩 나눠주면서 당신 생각을 했는데 이제 저걸 다 나눠주면 당신 생각을 하지 않게 될까? 그래도 당신이 직접 바느질하여 만든 것은 아직 상자 속에 고이고이 넣어놓았다. 차마 그걸 꺼내 볼 수가 없다. 보는 순간 또 눈물이 날 것 같다. 아마도 저건 영원히 상자 속에 넣어 두어야 할 것이다. 영원히 내 옆에 둘 것이다. 당신이 또 살아생전에 하인들을 살갑게 대했던 것이 생각나니 나도 그 하인들에게 잘해주어야 할 것이다. 덕분에 나도 인자한 상전이라는 소리를 들을 것이다. 그리고 일전에 당신이 꿈에 나왔다. 그러니 오늘 또 당신이 저승에서 쓸 돈과 재물을 보내줘야 하겠다. 살아서는 당신에게 변변한 옷이나 맛있는 음식도 못 해줬는데 이제야 지전을 태워 돈과 재물을 보내는구려. 이렇게 부부간에 사별하는 것이 사람들마다 다 있는 일이지만 내가 남들보다 더 슬퍼하는 건 마음씨 좋고 헌신적인 당신에게 내가 가난하여 살아생

전에 잘해주지 못했기 때문이다. 못난 남편 만나 고생만 하다가
간 당신 이제는 좀 편히 쉬시구려.

191-3. 슬픈 감회를 풀다 제3수

원진元稹

일없이 앉아 그대를 슬퍼하다가 또 나 자신을 슬퍼하니

인생 백 년이 길어봐야 얼마나 길겠나?

등유는 아들이 없자 금방 운명임을 알았고

반악은 아내가 죽은 뒤에 오히려 글만 낭비했지.

한 구덩이에 묻혀 깜깜한 곳에 있는 걸 어찌 바라겠는가만

다음 세상에 만나는 건 더욱 기대하기 어렵다.

다만 장차 밤이 다하도록 길이 눈을 뜨고는

평생 얼굴 한번 펴보지 못한 그대에게 보답하리라.

遣悲懷 其三

閒坐悲君亦自悲, 百年多是幾多時.

鄧攸無子尋知命,[1] 潘岳悼亡猶費詞.

同穴窅冥何所望,[2] 他生緣會更難期.

唯將終夜長開眼, 報答平生未展眉.[3]

[주석]

1) 尋(심): 곧. 금방.

2) 同穴(동혈): 무덤에 같이 묻히는 것을 말한다. 窅冥(요명): 어둑

한 모양.

3) 展眉(전미): 눈썹을 펴다. 즐겁게 지내는 것을 의미한다.

[해설]

당신이 죽고 나니 일이 손에 잡히지 않는다. 일없이 홀로 지내는데 하는 거라곤 당신이 죽은 것을 슬퍼하는 일뿐이다. 그러다 보니 내 자신이 슬퍼진다. 사람 사는 인생 백 년밖에 되지 않는데 길다고 해봐야 얼마나 길겠는가? 그러니 내가 앞으로 살아봐야 얼마나 살 것이며 이렇게 슬퍼해야 얼마나 슬퍼할 것인가? 서진西晋의 하동태수河東太守 등유鄧攸는 석륵石勒의 난이 일어났을 때 처자와 조카를 데리고 도망가다가 두 아이를 다 데리고 갈 수 없어서 결국 자신의 아들을 버렸는데 후에 결국 아들을 얻지 못하지 않았던가? 나도 역시 아들이 없지만 등유가 자신의 운명이라고 여겼듯이 나도 운명이라고 여긴다. 서진의 반악潘岳이 아내의 죽음을 애도하며 「도망시悼亡詩」를 세 수 지었는데 그 시를 어찌 아내가 들을 수 있었겠는가? 그저 자신의 마음을 위로했을 따름이다. 나도 이제 아내를 그리워하는 시를 세 수 지었지만 마찬가지로 글만 허비했을 따름이다. 다 부질없는 짓이다. 내가 죽어서 아내와 함께 묻힌들 무덤 속 깜깜한 데서 무엇을 할 수 있겠는가? 그렇게 바라는 것도 부질없는 짓이다. 그렇다고 내세에서 다시 만나는 건 더욱 기약하기 어려운 일이다. 이것이야말로 하늘의 뜻이지 않겠는가? 내가 진정 아내를 위해 할 수 있는 것은 무엇일까? 밤이 다하도록 눈을 뜨고 지내는 것이리라. 예로부터 홀아비를 '환鰥'이라고 했는데 이는 눈을 항상 뜨고 있는 물고기를 말한다. 그러니 나는 결코 다른 아내를 맞아들이지 않고 홀로 살 것이다. 이것만이 내가 죽은 아내에게 보답하는 길일 것이다.

192. 하남에서 전란을 겪은 이래로 관내에서 굶주림에 시달리다가 형제들이 뿔뿔이 흩어져 각자 다른 곳에 있게 되었는데, 달을 바라보다가 느낀 바가 있기에 아쉬운 대로 생각한 바를 적어서 부량의 큰 형, 오잠의 일곱째 형, 오강의 열다섯째 형에게 부치면서, 아울러 부리와 하규의 남동생과 여동생에게 보여주다

백거이白居易

시절이 어렵고 흉년이 들어 가업이 몰락하였기에
형제들이 떠돌며 각기 동쪽과 서쪽에 있는데,
전원은 전쟁 이후에 황폐해졌고
골육은 길 가운데에 흩어져 있습니다.
그림자를 가여워하며 천 리 떨어진 기러기가 되어 나뉘었고
뿌리에서 떨어져 가을날의 쑥대가 되어 흩어졌기에,
밝은 달을 함께 보며 응당 눈물 흘릴 터이니
밤새도록 고향 생각하는 건 다섯 곳에서 같을 것입니다.

自河南經亂, 關內阻饑, 兄弟離散, 各在一處, 因望月有感, 聊書所懷, 寄上浮梁大兄於潛七兄烏江十五兄, 兼示符離及下邽弟妹[1]

時難年饑世業空, 弟兄羈旅各西東.[2]

田園寥落干戈後,³⁾ 骨肉流離道路中.⁴⁾

弔影分爲千里雁,⁵⁾ 辭根散作九秋蓬.⁶⁾

共看明月應垂淚, 一夜鄕心五處同.

[주석]

1) 阻饑(조기): 굶주리다. 大兄(대형): 맏형. 七(칠), 十五(십오): 친
   척 형제간의 순서를 나타낸다.

2) 羈旅(기려): 떠돌다.

3) 寥落(요락): 쇠락한 모양. 干戈(간과): 방패와 창. 전쟁을 상징
   한다.

4) 流離(유리): 전쟁 등으로 흩어져 떠돌다.

5) 弔影(조영): 자신의 그림자를 보며 슬퍼하다. 홀로 있음을 슬퍼
   하는 것이다.

6) 九秋(구추): 가을 석 달을 열흘씩 나눈 아홉 개를 아울러 말하
   는 것으로 가을을 뜻한다.

[해설]

이 시는 백거이가 난리로 인해 각처로 흩어진 형제들에게 부
친 것이다. 당시 선무군宣武軍(지금의 하남성 개봉開封)의 절도사
節度使 동진董晉이 죽은 뒤 부하 장병들이 반란을 일으켰고 창의
군彰義軍(지금의 하남성 여남汝南)의 절도사 오소성吳少誠이 반란
을 일으키자 강남의 식량이 장안을 비롯한 관내 지역으로 수송
되지 못하여 기근이 심하였다. 이에 백거이의 큰형은 부량浮梁

(지금의 강서성 경덕景德)에 있었고 일곱째 형은 오잠於潛(지금의 절강성 오잠)에 있었으며 열다섯째 형은 오강烏江(지금의 안휘성 화현和縣)에 있었고 남동생은 부리符離(지금의 안휘성 숙현宿縣)에 있었으며 여동생은 고향인 하규下邽(지금의 섬서성 위남渭南)에 있었다. 백거이는 당시 낙양에 있었던 것으로 보인다. 어느 날 달을 보다가 여러 형제가 생각이 나서 외로움을 달래는 마음을 적어 보내주었다.

시절은 어렵고 흉년도 들었기에 대대로 내려오던 가업도 다 없어졌다. 형제들이 동서로 다 흩어졌으니 고향의 전원은 다 황폐해져버렸다. 천 리 먼 곳에 떨어진 기러기 신세가 되어 스스로 자신의 그림자를 보고 슬퍼하고, 뿌리에서 떨어진 가을 쑥대처럼 이리저리 떠돌고 있다. 한 뿌리에서 자랐지만 모두 고향을 떠나 각자 다른 곳에 있는 것이다. 지금 밝은 달이 떴는데 아마 모두들 자신이 있는 곳에서 이 달을 보고 있을 것이다. 그리고 형제들을 그리워하며 눈물을 흘리고 고향을 그리워할 것이다. 그래도 저 달만은 고향에서 보던 것과 같으니, 비록 몸은 멀리 떨어져 있지만 저 달을 보며 서로를 생각하면서 외로움을 삭이자.

193. 금슬

이상은李商隱

금슬은 까닭 없이 오십 줄이나 되어
현 하나 안족 하나가 꽃다운 시절을 생각하게 한다.
장자는 새벽 꿈속에서 나비에 혼란스러웠고
망제는 봄마음을 두견새에게 기탁했다.
푸른 바다에 달이 밝아 진주로 눈물을 흘린 듯하고
남전에 해가 따뜻하니 옥이 안개를 피운다.
이 마음이 추억이 되기를 기다릴 수 있으리라
그저 당시에는 이미 망연해져 있었지만.

錦瑟

錦瑟無端五十絃, 一絃一柱思華年.[1)]
莊生曉夢迷蝴蝶, 望帝春心託杜鵑.
滄海月明珠有淚, 藍田日暖玉生煙.
此情可待成追憶, 只是當時已惘然.

[주석]

1) 柱(주): 현악기에서 음의 높낮이를 조절하기 위해 현 밑에 받치
   는 기러기발을 말한다.

　이 시는 이상은이 예전에 있었던 슬픈 일을 회상하며 지은 것이다. 그 내용에 대해 아내를 잃어버린 슬픔, 사랑하는 이를 잃어버린 슬픔, 자신의 청춘이 지나간 것에 대한 슬픔 등으로 추측을 하는데 시의 내용으로는 정확히 알 수 없다. 제목의 '금슬錦瑟'은 시의 첫 두 글자를 따서 제목으로 삼은 것이며 시의 내용과는 별 관계가 없다. 금슬은 비단 무늬처럼 장식한 화려한 슬瑟을 말한다. 슬은 가야금과 비슷한 현악기이다.

　금슬은 현이 50줄이나 된다. 그 현을 하나하나 퉁기다 보니 옛날 젊었을 때를 생각나게 한다. 현의 개수가 많은 만큼 생각나는 일이 많다. 옛날 장자는 꿈을 꾸다가 나비가 되어 즐거워 자신이 장자인지 모르다가 깨고 보니 장자였다. 그는 자신이 꿈에 나비가 된 것인지 나비가 꿈에 자신이 된 것인지 모르겠다고 하였다. 지난 일이 다 허망한 것이다. 그것이 내가 직접 겪었던 일인지 꿈에서 벌어진 일인지 몽롱할 뿐이다. 망제는 촉나라 임금인데 나라를 잃고는 두견새로 변해서 슬프게 울었다고 한다. 나도 청춘을 잃어버리고 나의 귀한 것을 잃어버리고 애달프게 운 적이 있었다. 푸른 바다에 달이 밝게 뜨면 마치 밝은 진주와 같다. 전설에 따르면 남해의 교인鮫人이 흘리는 눈물이 진주로 변한다는데, 저 달도 누군가의 눈물이 아닐까? 달을 봐도 슬픔의 눈물이 난다. 남전에는 옥이 유명하다. 하지만 날이 따뜻해지면 땅에 묻힌 옥에서 아지랑이가 피어오르는데, 멀리서 보면 그 아지랑이가 어렴풋이 보이지만 가까이 가면 보이질 않는다. 인생에서 귀중한 것은 손에 넣으려 하면 아지랑이처럼 어느

새 멀리 달아나버려 얻을 수가 없다. 옛일을 생각하면 슬프지만 이 모든 것은 부질없는 짓이다. 옛날 당시에는 상실감과 슬픔으로 망연자실해 있었지만 언젠가는 추억으로 여기며 담담해질 수 있을 것이다. 하지만 과연 그럴 수 있을까? 이 슬픔은 죽을 때까지 지속될 것 같다.

194. 무제

이상은李商隱

어젯밤의 별 어젯밤의 바람
화려한 누대의 서쪽 계수나무 건물의 동쪽.
몸에는 오색 봉황의 날개 한 쌍이 없지만
마음에는 신령한 무소의 한 점 뿔이 있다.
한 자리 건너 앉아 송구할 때 봄술이 따뜻하고
편을 나눠 석복할 때 촛불이 붉다.
아아 내가 북소리를 듣고는 응당 관청으로 가야 하니
난대로 말을 달리는 것이 굴러가는 쑥대와 같다.

無題

昨夜星辰昨夜風, 畫樓西畔桂堂東.
身無彩鳳雙飛翼, 心有靈犀一點通.[1]
隔座送鉤春酒暖,[2] 分曹射覆蠟燈紅.[3]
嗟余聽鼓應官去, 走馬蘭臺類轉蓬.[4]

[주석]

1) 靈犀(영서): 신령한 무소의 뿔. 뿔에 하나의 흰 선이 머리까지 관통하고 있다고 한다. 이는 두 사람의 마음이 서로 통하는 것

을 비유할 때 사용하는 표현이다.

2) 送鉤(송구): 손바닥 안에 고리를 감춰놓고 이리저리 돌리면서 어느 손에 있는지 알아맞히는 놀이.

3) 分曹(분조): 조를 나누다. 射覆(석복): 모자나 그릇을 엎어놓고 그 안에 물건을 넣어놓은 뒤 무엇인지 알아맞히는 놀이.

4) 類(류): 비슷하다.

[해설]

이 시는 이상은이 자신의 생각을 마음대로 적은 것이다. 이상은에게는 '무제'라는 제목의 시가 많이 있는데 같은 시기에 지은 것도 아니고 시상이 관련되어 있는 것도 아니다. 제목이 없는 것과 마찬가지이기에 시의 의미를 파악하기가 매우 어렵다. 이 시는 지난밤 연회에서 즐겁게 놀다가 아침에 허겁지겁 출근하는 모습을 묘사하였는데, 이를 통해 현실의 낮은 관직 생활에 대한 애환을 표현한 것으로 보인다.

어젯밤에는 별이 반짝이고 바람도 산들산들 불었다. 좋은 밤이라 사람들과 같이 모여 놀기로 하였다. 화려하게 채색한 누대와 계수나무로 만든 좋은 집의 중간이다. 비록 우리가 오색 봉황과 같이 훌륭한 신분은 아니지만 신령한 무소의 뿔처럼 서로 마음이 통한다. 무소의 뿔에는 신령한 힘이 있어서 그것이 머리로 연결되어 서로서로 마음이 절로 통한다고 한다. 손바닥에 고리를 감춰놓고 알아맞히는 놀이도 하고 모자나 그릇에 물건을 숨겨놓고 알아맞히는 놀이도 한다. 진 사람은 술을 한 잔씩 마시기로 하고 따뜻하게 데워놓았다. 즐겁게 노는 동안 촛불은 붉게 탄다. 어느새 시간이 이렇게 지났을까? 갑자기 아침 시각을 알리는 북소리가 들린다. 출근해야 한다. 말을 빨리 달려 난대, 즉 비서성秘書省으로 출근하는 내 모습이 마치 쑥대가 바람에 굴러가는 것과 같다. 어젯밤 좋은 곳에서 마음 통하는 이와 즐겁게 놀 때와는 완전히 다른 모습이다. 오늘도 힘겨운 일을 해야 하는구나.

195. 수나라 궁궐

이상은李商隱

자천의 궁전은 안개와 노을 속에 닫아놓고
무성에 황궁을 지으려 하였으니,
옥새가 고조에게 돌아가지 않았다면
비단 돛이 마땅히 하늘 끝까지 갔겠지.
지금까지도 썩은 풀에 반딧불이가 없고
예전부터 수양버들에는 저녁 까마귀가 있다.
지하에서 만일 진나라 후주를 만난다면
어찌 마땅히 「옥수후정화」를 엄중히 문책할 수 있겠는가?

隋宮

紫泉宮殿鎖煙霞,[1] 欲取蕪城作帝家.[2]

玉璽不緣歸日角,[3] 錦帆應是到天涯.

於今腐草無螢火,[4] 終古垂楊有暮鴉.

地下若逢陳後主, 豈宜重問後庭花.[5]

[주석]

1) 紫泉(자천): 장안 북쪽에 있던 연못의 이름. 원래는 자연紫淵이
   었는데 당 고조의 이름인 이연李淵을 피하여 고쳤다.

2) 蕪城(무성): 남조시대 송나라 시인 포조鮑照가 「무성부蕪城賦」를 지어서 전란으로 황폐해진 광릉廣陵(지금의 양주)의 모습을 묘사하였는데 그 뒤로 이곳을 무성이라고 불렀다.

3) 日角(일각): 이마 가운데가 태양 모양으로 불룩 튀어나온 관상을 말한다. 당나라 고조가 이러한 관상을 가지고 있었기에 대체로 그를 지칭한다.

4) 腐草(부초): 썩은 풀. 옛날 사람들은 반딧불이가 썩은 풀에서 생겨난다고 믿었다.

5) 重問(중문): 큰 죄에 대해 엄중히 문책하다.

[해설]

이 시는 이상은이 수나라 양제煬帝가 지은 행궁에 대해 읊은 영사시詠史詩이다. 양제는 대업大業 원년(605)부터 대업 12년(616)까지 세 차례 강도江都(지금의 강소성 양주시揚州市)로 유람을 하면서 대규모 토목공사를 하였으며 곳곳에 강도궁江都宮, 현복궁顯福宮, 임강궁臨江宮과 같은 행궁을 지었다. 그리고 화려하고 큰 누선을 타고 행차하였는데 그 행렬이 천 리에 이를 정도였다고 하며 그 행렬의 향기는 백 리까지 퍼졌다고 한다. 이 시에서는 양제가 이러한 무도한 향락을 일삼다가 결국 나라가 망하게 되었음을 비판하였다.

수나라 양제는 장안의 자천紫泉 앞에 있는 궁궐은 잠가놓은 채로 무성蕪城, 즉 양주에도 황궁을 지어놓고 왔다 갔다 하며 노닐었으니, 만일 당나라 고조가 수나라를 멸망시키지 않았다면 양제의 호화찬란한 배는 아마 하늘 끝까지 가서 노닐었을 것이다. 그만큼 그의 향락은 끝을 모르고 진행되었다. 특히 밤에 놀기를 좋아하여 전국의 반딧불이를 잡아다가 밤에 풀어놓고 즐기며 놀았으니 이제는 반딧불이가 멸종되었을 정도였다. 그리고 그가 파놓은 운하에는 수양버들을 심어놓아 장관을 이루었는데, 지금은 어떠한가? 양제의 부귀영화는 간 곳이 없고 이곳에는 그저 날이 저물면 까마귀가 와서 깃들일 뿐이다. 양제는 남조 진陳나라를 멸망시키고 천하를 통일하였다. 당시 진나라의 후주後主 역시 환락과 방탕을 일삼았기에 나라를 패망으로 빠뜨렸다. 특히 장려화張麗華를 총애하였고 후주는 직접 「옥수후정화玉樹後庭花」라는 노래를 만들어 그녀에게 춤을 추라고 하였다. 양제는 진나라를 멸망시킨 뒤 후주를 장안으로 압송하고서는 그의 방탕함을 심히 꾸짖었다고 한다. 하지만 이제 양제 역시 향락으로 수나라를 망하게 하였으니, 양제는 저승에 가서 진 후주를 무슨 낯으로 볼 것인가? 아직도 그를 질책할 수 있을 것인가? 이는 다만 과거의 역사적 사실일 뿐만은 아니다. 지금 우리 당나라의 황제 역시 이를 마음에 새기고서 향락을 자제하고 나라를 올바로 이끌어야 할 것이다.

196-1. 무제 제1수

온다던 말은 빈말이 되었고 가더니 종적이 끊어졌는데
달 기우는 누대 위에 오경의 종소리 울린다.
꿈에서 멀리 작별하는데 우느라 부르지도 못하고
편지는 재촉받아서 먹이 진하지 않았다.
촛불은 금빛 비취새 문양의 휘장을 반쯤 덮었고
사향은 부용 수놓은 이불에 은은히 스미는데,
유랑은 봉래산이 멀다고 이미 한탄했지만
우리 사이는 봉래산 만 겹보다 더 떨어져 있다.

無題 其一

來是空言去絶蹤, 月斜樓上五更鐘.
夢爲遠別啼難喚, 書被催成墨未濃.[1]
蠟照半籠金翡翠, 麝薰微度繡芙蓉.[2]
劉郎已恨蓬山遠,[3] 更隔蓬山一萬重.

[주석]

1) 被催成(피최성): 완성하라고 재촉을 당하다.

2) 麝薰(사훈): 사향 냄새. 芙蓉(부용): 연꽃. 남편의 얼굴이란 뜻인

'부용夫容'과 발음이 같아서 임을 비유하기도 한다.

3) 劉郎(유랑): 유씨 남자. 한나라 무제武帝 유철劉徹을 가리킨다는 설이 있다. 그는 도교 방사方士의 말을 믿고 동쪽 바다의 봉래산蓬萊山을 찾아갔다고 한다. 이와 달리 동한 때 친구와 함께 천태산天台山에서 약초를 캐다가 선경으로 들어가 살다가 나온 유신劉晨을 가리킨다는 설도 있다. 그들은 이후 선경을 찾아 나섰지만 결국 찾지 못했다고 한다. 蓬山(봉산): 중국 동쪽 바다에 신선이 산다고 하는 전설의 산인 봉래산.

[해설]

이 시는 이상은이 지은 애정시로 떠나간 임을 그리워하는 여인의 모습과 마음을 표현했다. 이상은은 '무제'라는 제목의 시를 많이 지었는데 그 주제가 모호하여 해석이 다양하게 되는 특징이 있다. 하지만 이 시는 비교적 그 주제가 뚜렷하다.

임이 떠나갈 때 곧 온다고 했지만 떠나가고 난 뒤로는 종적이 끊어졌으니 그 말은 결국 빈말이었다. 임이 없는 이 밤 홀로 누대에 올라 달이 지는 것을 본다. 임을 생각하다 보니 어느새 오경의 종소리가 들리고 날이 샌다. 어젯밤에 또 꿈을 꾸었다. 임과 헤어지는 꿈이다. 이별이 슬퍼서 우느라고 이름을 제대로 부르지도 못하고 말도 제대로 하지 못했다. 그래서 내 마음을 적은 편지를 쓰려고 했는데 배가 곧 떠나가야 한다는 재촉에 먹도 제대로 갈지 못해 글자가 흐릿하다. 이 흐릿한 글을 임은 잘 읽어줄 수 있을까? 내 마음이 잘 전달될 수 있을까? 못내 아쉽기만 하다. 그렇게 꿈속에서 울며 아쉬워하다가 결국 잠이 깬다. 방 안에는 금빛 비취새 문양을 새긴 휘장이 있다. 그리고 부용을 수놓은 이불이 있다. 모두 다 임과 함께 밤을 지내며 사용했던 것이다. 그가 남겨놓은 사향 냄새가 아직도 은은하게 남아 있는 것만 같다. 하지만 촛불은 어둑어둑해져 휘장 절반만 비추고 있다. 임이 있던 곳은 어둑하다. 임과 함께 있었던 곳에서 그의 자취를 찾으려고 하지만 희미할 뿐이다. 옛날 유랑이란 젊은이는 중국 동쪽 바다에 신선이 산다는 봉래산이 멀어서 찾아갈 수 없다고 한스러워했는데 지금 우리 사이에는 그 봉래산이 만 겹이나 있는 것만 같다. 신선 세계를 찾기 어렵다고 말하지만 우리 임을 만나는 것은 그것의 만 배나 어렵다.

196-2. 무제 제2수

이상은李商隱

쇄쇄 부는 봄바람에 가랑비가 오는데
연꽃이 핀 연못 바깥에 가벼운 우레 소리가 난다.
금두꺼비가 쇠사슬을 물고 있어도 향을 살라 스미게 하고
옥호랑이로 줄을 당기고 있어도 우물물을 길어 돌아온다.
가 씨는 주렴 사이로 젊은 관리 한수를 엿보았고
복비는 재주 있는 위왕에게 베개를 남겼지.
봄마음은 다투어 핀 꽃과 함께하지 말지니
한 마디의 그리움이 한 마디의 재가 되리라.

無題 其二

颯颯東風細雨來,[1] 芙蓉塘外有輕雷.
金蟾嚙鎖燒香入,[2] 玉虎牽絲汲井迴.
賈氏窺簾韓掾少,[3] 宓妃留枕魏王才.
春心莫共花爭發, 一寸相思一寸灰.

[주석]

1) 颯颯(삽삽): 바람이 부는 소리. 대체로 가을바람을 형용한다.

2) 嚙鎖(설쇄): 자물쇠를 깨물다.

3) 掾(연): 관청의 책임자를 보좌하는 관리의 통칭이다.

[해설]

이 시 역시 이상은이 떠나간 임을 그리워하는 마음을 표현한 것이다.

봄이 왔다. 가랑비가 온다. 그런데 바람은 가을바람처럼 쇄쇄 불어온다. 을씨년스럽다. 연못 바깥에는 우레 소리도 가볍게 들린다. 그런데 계절에 맞지 않게 연못에 연꽃이 피었다. 연꽃을 말하는 '부용芙蓉'은 남편의 얼굴이란 뜻인 '부용夫容'과 발음이 같아서 임을 비유하기도 한다. 그러니 첫 두 구는 떠나간 임을 그리워하노라니 봄이 되어도 가랑비가 오고 우레가 쳐서 을씨년스럽게 느껴진다는 말일 것이다. 향로에 금두꺼비 장식이 있는데 향로 뚜껑의 쇠사슬을 물고 있는 형상이다. 비록 두꺼비가 뚜껑을 물고 있어 열지 못할 것 같지만 그래도 향을 사르면 향기가 스미게 할 수 있다. 우물의 도르래에 옥호랑이를 장식해놓았고 그 호랑이가 두레박줄을 끌어당기는 모습을 하고 있다. 그 호랑이가 무서워서 두레박을 끌어 올릴 수 없을 것 같지만 그래도 우물물을 길어서 돌아올 수 있다. 아무리 험난한 시련이 있어도 다 극복할 수 있는 방도가 있다. 우리의 사랑도 그러할 것이다. 서진西晉의 시중侍中이었던 가충賈充의 부하 관원 중에 한수韓壽라는 자가 있었는데 가충의 딸 가오賈午가 주렴 사이로 엿보고는 그에게 반해 정을 통하였고 결국 가충은 가오를 한수에게 시집보냈다. 우리의 사랑도 그렇게 이루어졌다. 위왕魏王은 위나라 문제文帝 조비曹丕의 동생인 조식曹植이다. 원소袁紹에게 승리한 뒤 조식은 그의 며느리인 견후甄后를 부인으로 삼고자 하였지만 조조가 조비의 부인으로 삼자, 조식은 식음을 전폐하며 그녀를 그리워하였다. 이후 견후가 모함을 받아 자결하였는데 후에 조비가 조식에게 견후의 베개를 보여주자 조식은 하염없이 눈물을 흘렸고 그의 마음을 눈치챈 조비는 조식에게 그 베개를 주었다. 조식이 궁을 떠나 돌아가던 중 낙수에서 머물 때 한 여인이 나타나 "이 베개는 제가 시집올 때 가져온 것인데 전에는 황제와 함께하였지만 지금은 군왕과 함께하고자 한다" 하고는 사라져버렸다. 이에 조식은 슬픔을 이기지 못하고「감견부感甄賦」를 지었는데 이것이 바로「낙신부洛神賦」이며 낙수의 신이 복비宓妃이다. 이들의 사랑은 결국 성사되기는 하였지만 죽음 뒤의 사랑이고 베개만 남은 사랑이니 즐길 수 있는 사랑이 결코 아니다. 우리의 사랑도 이와 같다. 결국 성사되기는 하였지만 다시 헤어지게 되었고 이제는 서로 그리워하기만 할 뿐 만날 수 없는 사랑이 되어버렸다. 그러니 봄이 왔다고 다투어 피고 있는 봄꽃을 즐기려고 하지 마라. 저 봄꽃을 볼 때마다 같이 보고 즐기던 임이 생각나니. 그 임을 한 번 생각할 때마다 내 마음은 타들어가 한 줌의 재가 되니. 봄이 되어 꽃이 만발하지만 더 이상 봄을 즐기지 마라. 봄을 즐길수록 내 마음은 새카만 재가 될 뿐이다. 그러니 쏴쏴 부는 바람 속의 가랑비에 저 꽃들은 가을에 낙엽 지듯이 다 떨어져야 할 것이다.

197. 주필역

이상은李商隱

물고기와 새가 아직도 문서를 두려워하는 듯하고
바람과 구름이 항상 대신하여 울타리를 지키고 있다.
상장군이 신묘한 붓을 휘두른 건 헛일이 되게 하였고
항복한 왕이 역참의 수레 타고 간 건 끝내 보았다.
관중과 악의는 재주가 있어 진정 부끄러울 게 없지만
관우와 장비는 천명이 없어서 어찌할 수 있겠는가?
왕년에 성도에서 제갈량의 사당을 지나갈 때
「양보음」을 완성하였어도 한스러움은 남아 있었다.

籌筆驛

魚鳥猶疑畏簡書,¹⁾ 風雲常爲護儲胥.²⁾

徒令上將揮神筆, 終見降王走傳車.³⁾

管樂有才眞不忝,⁴⁾ 關張無命欲何如.

他年錦里經祠廟,⁵⁾ 梁父吟成恨有餘.

[주석]

1) 簡書(간서): 관청에서 사용하는 문서.

2) 儲胥(저서): 울타리. 여기서는 군영 주위를 둘러친 울타리를 말

한다.

3) 傳車(전거): 역참에서 사용하는 수레.

4) 不忝(불첨): 부끄러워하지 않다.

5) 錦里(금리): 지금의 사천성 성도를 가리킨다. 옛날부터 성도의
   특산물이 비단이었기에 이렇게 불렀다. 經(경): 지나가다.

[해설]

이 시는 이상은이 주필이란 역을 지나면서 느낀 감회를 적은
것이다. 주필역은 지금의 사천성 광원廣元 북쪽에 있던 역참으로
제갈량이 위나라를 공격할 때 이곳에 주둔하면서 군사를 지휘하
였다. '주필籌筆'은 붓을 휘둘러 책략을 세운다는 뜻이다. 이 시
는 제갈량이 뛰어난 재능을 이곳에서 펼쳤지만 결국은 뜻을 이
루지 못한 것을 애달파하였다.

당시 이곳에서 제갈량이 군대를 얼마나 엄격하게 지휘하였으
며 그가 써낸 책략이 얼마나 날카로웠던가? 심지어 물고기와 새
도 아직 그 여파로 문서만 보면 두려워하고 있다. 하지만 군영
의 울타리는 지금 텅 빈 채 그저 바람과 구름이 대신 지키고 있
다. 상장군이던 제갈량이 신들린 듯한 붓으로 책략을 써냈지만
결국 실패하였고 그 결과 촉나라의 왕 유선劉禪은 관을 수레에
싣고 스스로 결박한 채 항복하지 않았던가? 그 옛날의 일을 이
주필역은 다 목도하였을 것이다. 관중은 춘추시대 제나라 환공
을 도와서 패업을 이루었고 악의는 연나라 소왕을 도와서 제나
라 성 70여 개를 함락시키는 공을 이루었다. 그러니 그들은 성
공한 신하였고 부끄러워할 일이 없다. 하지만 제갈량을 도왔던

관우와 장비는 천명을 얻지 못해 일찍 죽고 말았으니 그들이 어찌할 수 있었겠는가? 그저 황천에서 고개를 숙이고 눈물을 흘릴 뿐이다. 제갈량 역시 마찬가지였을 것이다. 왕년에 성도에 있는 제갈량의 사당을 지나간 적이 있었다. 제갈량이 평소 잘 읊었던 「양보음」을 나도 지어보면서 그를 애도하고 그의 아픔을 달래려고 하였지만, 노래가 다 끝났어도 여전히 한스러움은 남아 있었다. 이 한스러움을 어찌해야 없앨 수 있을까?

198. 무제

이상은李商隱

만났을 때도 시기가 좋지 않더니 헤어질 때도 좋지 않아
봄바람은 힘이 없고 온갖 꽃들이 시든다.
봄누에는 죽어서야 실이 바야흐로 다하며
촛불은 재가 되어야 눈물이 비로소 마르리라.
새벽에 거울 보며 구름 같던 머리칼 변했음을 그저 근심하고
밤에 읊조리며 달빛 차가운 것을 응당 느낄 테지만,
봉래산은 여기서 멀리 떨어진 길이 아니니
청조는 성심을 다해 나 대신 찾아가 살펴보려무나.

無題

相見時難別亦難, 東風無力百花殘.
春蠶到死絲方盡, 臘炬成灰淚始乾.[1]
曉鏡但愁雲鬢改,[2] 夜吟應覺月光寒.
蓬山此去無多路,[3] 靑鳥殷勤爲探看.[4]

[주석]

1) 臘炬(납거): 초.

2) 雲鬢(운빈): 구름같이 풍성한 머리카락. 젊은 여인의 머리카락

을 비유한다.

3) 蓬山(봉산): 신선이 산다고 전해지는 중국 동쪽 바다의 산인 봉

래산蓬萊山. 無多路(무다로): 먼 길이 아니다. 멀지 않다는 말

이다.

4) 靑鳥(청조): 서왕모西王母의 새로서 소식을 전해준다고 한다.

殷勤(은근): 정성스러운 모양.

[해설]

이 시는 이상은이 임과 헤어진 뒤 슬퍼하며 다시 임을 만나고
자 하는 여인의 모습을 묘사했다. 이를 통해 이상은이 표현하고
자 하는 뜻이 무엇인지에 대해서는 설이 분분한데, 이러한 다양
한 해석의 가능성이 이상은이 지은「무제」시의 묘미이다.

임과 처음 만났을 때도 시기가 안 좋았다. 힘들고 어려운 시
절에 만났기 때문에 우리의 사랑이 어떻게 진행될지 불안하기만
했다. 지금 헤어질 때 역시 시기가 좋지 않다. 이렇게 헤어지면
언제 또다시 만날지 기약이 없다. 지금 봄은 다 지나가서 봄바
람은 힘이 없고 온갖 꽃이 시든다. 청춘이 지나갔다. 나의 젊음
도 지나갔다. 지금 헤어지면 다시 나를 찾아올까? 지난날과 같
은 사랑을 할 수 있을까? 지금 이러한 상황이 너무 힘들다. 봄
누에는 고치가 되고 사람들이 실을 뽑아낸다. 그 실을 다 뽑아
내면 누에는 죽는다. 죽어서야 비로소 실을 안 뽑는 것이다. 여
기서 실은 한자로 '사絲'인데 그리움을 뜻하는 '사思' 자와 발음
이 같아서 의미가 통한다. 즉 임을 향한 내 그리움은 내가 죽어
서야 그만둘 수 있을 것이다. 그를 그리워하는 나의 마음은 너

무 고통스럽고 힘들다. 촛대는 자신을 태우면서 눈물 같은 촛농을 떨어뜨린다. 자신의 몸을 다 태우고 꺼져야 촛농 떨어뜨리는 일을 그만둔다. 나도 임을 그리워하면서 눈물을 흘리는데, 결국 내 마음이 새카맣게 타서 재가 되고 내 몸이 모두 사라져야 이 눈물이 그칠 것이다. 그를 그리워하는 나의 몸은 너무 고통스럽고 힘들다. 새벽에 거울을 보면 젊었을 때의 구름 같던 머리카락이 이제는 빠지기도 하고 하얗게 새기도 했다. 세월이 흘러 늙어버렸으니 과연 임이 나를 좋아해줄 수 있을까? 다시 나를 찾아줄 수 있을까? 밤에 그리움을 읊조리다 보면 밝은 달을 바라보며 임을 생각할 것이고 싸늘한 기운에 사무치는 외로움을 느낄 것이다. 언제까지 이러한 고통을 견뎌야 하는가? 만고 이래로 사람들은 신선이 산다는 봉래산을 찾기 위해 부단히 노력했지만 결국 찾지 못했다. 우리 임이 있는 곳으로 가는 것이 지금 그러한 사정이 되어버렸다. 하지만 내 생각에 그 봉래산은 결코 여기서 멀지 않다. 내가 못 찾아갈 리가 없다. 바로 지척이다. 내가 마음만 먹으면 찾아갈 수 있다. 신선의 여왕인 서왕모의 편지를 전해주던 청조를 찾아 부탁하겠다. 부디 임이 있는 곳에 가서 지금 어떻게 지내고 있는지 잘 살펴보고 오기를. 우리는 다시 만날 수 있을 것이다.

199. 봄비

이상은李商隱

새봄에 흰 겹옷 입고 처량하게 누웠는데
백문은 쓸쓸하니 바란 일에 어긋난 것이 많다.
붉은 누대를 빗줄기 너머로 바라보노라니 싸늘하고
주렴에서 흔들리는 등불 보다가 홀로 돌아왔다.
길이 멀어졌기에 응당 봄의 황혼을 슬퍼할 것이고
밤의 끄트머리에서 그래도 희미한 꿈을 꾼다.
옥귀걸이와 편지를 어떻게 전달할까?
만 리 비단 구름에 기러기 한 마리 날아간다.

春雨

悵臥新春白袷衣,[1] 白門寥落意多違.[2]
紅樓隔雨相望冷, 珠箔飄燈獨自歸.[3]
遠路應悲春晼晚,[4] 殘宵猶得夢依稀.[5]
玉璫緘札何由達,[6] 萬里雲羅一雁飛.[7]

[주석]

1) 袷衣(겹의): 안감과 겉감으로 이루어진 겹옷. 한가하게 지낼 때
   입는 옷이다.

2) 白門(백문): 남경성의 남문. 寥落(요락): 쓸쓸한 모양.

3) 珠箔(주박): 구슬을 엮어 만든 발.

4) 腕晩(원만): 해가 지다.

5) 殘宵(잔소): 남은 밤. 새벽녘을 말한다. 依稀(의희): 희미한 모양.

6) 玉璫(옥당): 옥귀걸이. 緘札(함찰): 봉함한 편지.

7) 雲羅(운라): 비단처럼 펼쳐진 구름.

[해설]

이 시는 이상은이 봄비가 내릴 때 헤어진 임이 있는 곳을 찾아갔다가 만나지 못하고 돌아왔다는 내용이다. 자신의 이야기일 수도 있고 다른 이의 이야기를 읊은 것일 수도 있다. 봄비는 소재로만 사용되었을 뿐이니 여타 「무제」 시와 같은 성격의 시이다.

봄이 새로 왔다. 밖에 나가 봄을 즐겨야 할 터인데 집 안에 처량하게 누워 있다. 옷은 겹옷을 입었다. 겹옷은 '겹의裌衣'인데 '겹' 자에 남녀의 만남을 의미하는 '합슴'이 있어서 예로부터 정인들끼리 주고받던 옷이다. 예전에 임이 주었던 그 옷을 입고는 같이 지내던 때를 생각해본다. 남경성의 남문인 백문이 쓸쓸하다. 남조의 민가 「양반아楊叛兒」에 "잠시 백문 앞으로 나오세요, 버드나무가 까마귀 숨기에 좋아요. 그대는 침수향이 되고 나는 박산향로가 되겠어요暫出白門前, 楊柳可藏烏. 歡作沈水香, 儂作博山爐"라고 하였다. 버드나무에 까마귀가 숨는다는 것과 박산향로에서 향 연기가 쌍으로 나는 것은 모두 남녀의 만남을 비유하는 것이니, 백문은 남녀가 모여 즐기는 곳을 상징한다. 그러니 지금 백문이 쓸쓸하다는 것은 임이 멀어져 만나지 못한다는 말이다. 뜻대로 되는 일이 하나도 없다. 오늘 마침 봄비가 온다. 무의식중에 발걸음이 절로 임이 있는 곳으로 향한다. 빗줄기 너머로 임이 있는 붉은 누대를 바라보노라니 싸늘한 기운이 느껴진다. 임의 따뜻한 기운은 온데간데없으니 이제는 날 생각하지 않는 것이 아닐까? 구슬로 장식한 주렴 너머에 임이 있을 터인데 그곳에는 등불만 바람에 흔들릴 뿐 임의 모습은 보이질 않는다. 쓸쓸히 발걸음을 돌려 집으로 돌아온다. 뜻대로 되는 일이 없다. 이제 임이 있는 곳으로 가는 길은 가깝지 않다. 쉽게 갈 수 있는 길이 아니게 되었다. 임의 마음은 그만큼 멀어졌다. 그러니 봄날을 어찌 즐기겠는가? 석양을 보며 슬퍼할 수밖에 없을 것이다. 임을 생각하며 밤을 지새우는데 밤이 끝나갈 즈음에야 비로소 꿈에 임의 모습이 희미하게 보인다. 이제 임을 꿈에서조차 만나는 것이 힘들어진다. 임의 얼굴도 이제 생각이 나지 않을 듯하다. 다시 만나야 한다. 옥귀걸이 선물을 장만하였다. 내 마음을 적은 편지도 썼다. 하지만 이걸 어떻게 전할 것인가? 누구를 통해 전할 것인가? 막막한 마음에 하늘을 쳐다보니 너른 하늘에 기러기 한 마리가 날아간다. 예로부터 기러기는 편지를 전해 줄 수 있다고 하였는데. 저 기러기라도 잡아보려 하지만 그러기에는 하늘이 너무 높고 멀다. 기러기도 한 마리뿐이다. 내가 어떻게 저 기러기를 잡을 수 있겠는가? 뜻대로 되는 일이 하나도 없다.

200-1. 무제 제1수

이상은李商隱

봉황 꼬리 무늬의 향기로운 비단은 얇은 것이 몇 겹인가?
푸른 문양의 둥근 휘장 머리를 밤 깊도록 꿰맨다.
부채를 보름달처럼 만들어도 부끄러움을 가리기 어렵고
수레가 우레 소리 내며 지나가 말이 통하지 않았다.
결국 적막 속에 금빛 심지는 꺼져버렸고
석류가 붉어졌지만 소식은 끊어져 없다.
반추마만 그저 수양버들 강기슭에 묶여 있는데
어느 곳이 서남쪽인가? 좋은 바람을 기다려본다.

無題 其一

鳳尾香羅薄幾重, 碧文圓頂夜深縫.[1]
扇裁月魄羞難掩,[2] 車走雷聲語未通.
曾是寂寥金燼暗,[3] 斷無消息石榴紅.
斑騅只繫垂楊岸,[4] 何處西南待好風.

[주석]

1) 碧文圓頂(벽문원정): 푸른 문양이 있고 위가 둥근 휘장. 대체로
   혼례를 치를 때 많이 사용한다고 한다.

2) 月魄(월백): 원래는 달이 기울어 보이지 않는 부분을 말하는데 여기서는 보름달 모양을 가리킨다.

3) 寂寥(적료): 적막한 모양. 金燼(금신): 금빛 심지. '신'은 원래 심지가 타고 남은 부분을 말한다.

4) 斑騅(반추): 좋은 말의 이름.

[해설]

이 시는 이상은이 임과 만나지 못하기에 애달파하는 상황과 만나기를 고대하는 마음을 표현하였다. 이상은의「무제」시는 대체로 임을 기다리는 여성의 마음을 노래하였는데, 그 의미가 모호하며 기탁이 있을 거라고 추정하는 설이 많다. 이러한 다양한 해석의 가능성이 이상은「무제」시를 읽는 맛이다.

한 여인이 밤이 깊도록 바느질을 한다. 봉황 꼬리 무늬가 있는 향기로운 비단이다. 고운 실로 만들었기에 얇기가 그지없는 고급스러운 비단이다. 그래서 몇 겹으로 겹쳐서 푸른 문양이 있는 둥그런 휘장을 만든다. 임과 함께 지낼 때 사용할 휘장이다. 좋은 재료로 아름답게 만들어 임과 행복한 시간을 보낼 것이다. 그 임과 처음 만났을 때는 부끄러워서 보름달같이 둥근 부채로도 내 속내를 다 숨기지 못할 정도였다. 하지만 수레가 우레 소리를 내며 지나가기에 미처 말을 제대로 나누지도 못하였다. 수레 소리가 시끄러웠다는 건 아마 핑계일 것이다. 수줍어서 그랬을 것이다. 그렇게 만난 이후로 임은 내 마음을 다 차지하였고 나는 밤새워 휘장을 바느질하면서 그 임을 그리워하며 다시 만나고 싶어 한다. 하지만 오늘 밤도 적막함 속에 촛불은 꺼져버렸다. 석류가 붉게 피는 여름이 지나고 붉게 익는 가을이 지나도록 소식 하나 없다. 임이 나를 잊어버린 것일까? 강둑으로 나가보니 버드나무에 임이 타고 다니던 반추마가 매여 있다. 하지만 임의 모습은 보이질 않는다. 어디로 간 것일까? 분명 근처에 있을 것인데. 왜 나를 찾지 않는 것일까? 조식曹植의 「칠애시七哀詩」에 "그대가 맑은 길의 먼지라면 저는 탁한 물속의 진흙입니다. 뜨는 것과 가라앉는 것이 각기 다른 형세이니 만남은 언제나 이루어질까요? 원컨대 서남풍이 되어 멀리 날아가 그대 품에 들어가고 싶습니다君若淸路塵, 妾若濁水泥. 浮沈各異勢, 會合何時諧. 願爲西南風, 長逝入君懷"라고 하였다. 나를 그대의 품속으로 데려다줄 서남풍은 어디 있는가? 아무도 날 임에게 데려다주지 않는구나.

200-2. 무제 제2수

이상은李商隱

겹겹의 휘장을 막수의 방에 깊이 드리우고
누운 뒤에 맑은 밤은 더디 지나가며 길다.
신녀는 생애가 원래 꿈이었고
젊은 처자는 사는 곳에 본래 낭군이 없었다.
바람과 물결은 마름의 줄기가 약한 것을 믿지 않고
달빛과 이슬로 누가 계수나무의 잎을 향기롭게 할까?
그리움은 전혀 무익하다고 대놓고 말하지만
슬픔을 마다하지 않으니 나는 사랑에 미쳤다.

無題 其二

重帷深下莫愁堂, 臥後淸宵細細長.[1]
神女生涯原是夢, 小姑居處本無郎.
風波不信菱枝弱, 月露誰敎桂葉香.[2]
直道相思了無益,[3] 未妨惆悵是淸狂.[4]

[주석]

1) 細細(세세): 가늘고 가늘다는 뜻으로 밤에 물시계의 물이 천천
히 떨어지며 시간이 아주 느리게 흘러가는 것을 말한다.

2) 敎(교): ~하게 하다.

3) 直道(직도): 곧장 말하다. 직접적으로 말하다. 了(료): 전혀.

4) 未妨(미방): 상관없다. 무방하다. 惆悵(추창): 슬픔. 淸狂(청광): 온전한 미치광이. 여기서는 오로지 사랑만 추구하는 것을 말한다.

[해설]

이 시는 이상은이 임을 만나지 못해 그리워하는 여인의 마음을 표현하였는데 누가 뭐래도 사랑을 이루고자 하는 의지를 드러내었다.

막수莫愁는 옛 악부시에 나오는 여인인데 여러 가지 의미를 담고 있지만 여기서는 홀로 지내는 여인을 가리키는 것으로 보인다. 겹겹의 휘장을 깊은 방에 쳤다. 앞의 시에 나오는 그 휘장인 것으로 보인다. 깊은 곳에 있다고 한 것으로 보아 아무도 만나고 싶지 않은 것일 수도 있겠다. 홀로 누워 있자니 맑아서 더욱 서글픈 밤이 너무나도 더디게 지나간다. 그만큼 외로움의 시간이 길어진다. 무산의 신녀는 초나라 왕의 꿈에 나타나서 사랑을 나눴다. 그러고는 구름과 비가 되어 항상 왕을 기다리겠다고 하였다. 옛 노래인 「청계소고곡淸溪小姑曲」에서 "젊은 처자가 사는 곳, 혼자 살며 낭군이 없다小姑所居, 獨處無郞"라고 하지 않았던가? 원래 젊은 처자가 사는 곳에는 낭군이 없는 법이다. 하지만 그녀는 그렇게 외로워하였던 것이다. 이리저리 옛날이야기를 가져다가 그런 사랑은 꿈에서나 하는 것이다, 원래 젊은 처자에게는 낭군이 없는 법이다라고 하면서 애써 위로를 해보지만, 무산의 신녀처럼 왕을 하염없이 그리워하고 청계의 젊은 처자처럼 낭군을 그리워하게 된다. 마름 줄기는 약해서 바람과 물결이 조금만 거세지면 금방이라도 끊어진다. 하지만 바람과 물결은 매정하게 휘몰아쳐 마름 줄기를 힘들게 한다. 임을 향한 나의 마음은 원래 약한 것인데도 주위 사람들은 이런저런 말과 행동으로 나를 시련에 빠뜨린다. 계수나무의 잎이 아무리 향기로워도 달빛이 비추어주고 이슬이 내려야 향기가 퍼져나갈 수 있을 것인데, 계수나무의 향기와 같은 나의 사랑을 누가 알아주어 임에게 전해줄 수 있을 것이며 다른 사람이 이해하게 할 수 있을까? 날 도와줄 사람은 없고 모두 날 힘들게만 한다. 그들은 단도직입적으로 나에게 "그리워해봤자 아무런 도움이 되지 못한다. 이제 잊어버려라. 네 몸만 상할 뿐이다"라고 말한다. 진정 내 마음을 이해할 사람은 없다. 나는 슬픔 따위는 아무래도 상관없다. 내 사랑을 이루기 위해서라면 절대로 굽히지 않을 것이다. 그를 그리워하다 보면 언젠가는 임을 만나 행복하게 살 수 있을 것이다. 나는 사랑에 미쳤다. 아무것도 누구도 날 말릴 수 없다. 난 사랑밖에 모른다.

201. 이주에서 남쪽으로 건너다

온정균溫庭筠

깨끗한 하늘과 물이 비낀 석양을 마주하고
굽이진 섬은 아득히 푸른 산과 닿아 있다.
물결 가에서 말은 울며 노 저어 가는 것을 보고
버드나무 가에서 사람은 쉬며 배 돌아오길 기다리는데,
여러 무더기 모래톱 풀숲에는 갈매기 떼가 흩어지고
만경창파의 강물에는 해오라기 한 마리가 날아간다.
누가 알겠는가? 배를 타고 범려를 찾아가서
오호의 안개 낀 물에서 홀로 기심을 잊었음을.

利州南渡

澹然空水對斜暉,¹⁾ 曲島蒼茫接翠微.²⁾

波上馬嘶看棹去, 柳邊人歇待船歸.

數叢沙草群鷗散, 萬頃江田一鷺飛.³⁾

誰解乘舟尋范蠡⁴⁾ 五湖煙水獨忘機.

[주석]

1) 澹然(담연): 깨끗한 모양. 空水(공수): 하늘과 물. 또는 드넓은 물.

2) 蒼茫(창망): 아득한 모양. 翠微(취미): 희미한 푸른빛. 대체로 산

허리의 모습이나 산의 푸르스름한 기운을 가리킨다.

3) 萬頃江田(만경강전): 넓은 강을 뜻한다. '경'은 밭의 면적 단위
로 '만경'은 넓은 밭을 말한다. '강전'은 '만경'에서 만든 말로
강을 밭으로 비유한 것이다.

4) 解(해): 이해하다. 알다.

[해설]

이 시는 온정균이 지금의 사천성 광원廣元인 이주利州에서 가
릉강嘉陵江을 건너 남쪽으로 갈 때 본 경관과 느낌을 적은 것이
다. 한가롭고 맑은 경관을 묘사하면서 세속의 욕심을 버리고 유
유자적하게 살겠다는 뜻을 표현하였다.

하늘도 맑고 물도 맑다. 날이 저물어 석양이 지고 있다. 구불
구불한 물가의 섬 저 너머로는 푸른 산이 펼쳐져 있다. 어디에
서 이런 아름답고 평화로운 경관을 만날 수 있을까? 이런 곳에
서 살면 절로 마음이 편안해질 것 같다. 남쪽으로 건너가는 배
를 기다리려고 말에서 내렸다. 강가에서 말은 노 저어서 떠나가
는 배를 보고는 히힝거린다. 아마 자기도 저 배를 타고 가야 하
는 걸 알고 있는 듯한데, 무서워하는 것일까 아니면 배를 타고
물 위를 떠다니는 것을 기대하고 설레는 것일까? 나는 버드나
무 아래 그늘에서 쉬면서 배가 돌아오기를 기다린다. 배를 타고
간다. 배가 지나가자 모래톱의 풀숲에서는 갈매기 떼가 흩어진
다. 이것도 장관이다. 저 갈매기 떼들과 함께 나의 모든 번뇌가
사라지는 듯하다. 눈을 돌려 드넓은 강물을 바라보니 창공에 해
오라기 한 마리가 날아간다. 하얀 해오라기. 나도 저렇게 유유자

적하게 날아다니고 싶다. 이제 이 강을 건너면 나는 범려를 찾아갈 것이다. 그는 춘추시대 초楚나라 사람인데 월越나라의 대부가 되어 구천勾踐을 20여 년 동안 섬기면서 오나라를 멸망시켰다. 그러고는 관직을 버리고 강남의 다섯 호수를 떠돌면서 살았는데 아무도 그가 간 곳을 모른다고 한다. 나도 그를 좇아서 오호를 떠돌며 세속의 욕심을 버리고 살아갈 것이다. 오늘 목격한 경관은 내가 그렇게 살도록 하기에 적합한 것이다. 이러한 자연 속에서 유유자적하게 살고 싶다.

202. 소무의 사당

온정균溫庭筠

소무가 한나라 사신 앞에 있을 때 넋이 나가 있었다는데
오래된 사당과 높은 나무 둘 다 망연하다.
구름 가에 기러기는 오랑캐 지역 하늘의 달과 끊어졌고
언덕 위에서 양 떼는 변새 초원의 안개 속에 돌아왔다.
돌아오던 날 누대에는 무제가 만든 갑장이 아니었고
떠날 때는 관모와 검이 장정의 것이었다.
무릉의 무제는 봉후인을 보지 못할 테니
그저 가을 물결을 향하고는 흘러가는 강물에 곡을 했으리.

蘇武廟

蘇武魂銷漢使前,[1] 古祠高樹兩茫然.

雲邊雁斷胡天月,   隴上羊歸塞草煙.

迴日樓臺非甲帳,[2] 去時冠劍是丁年.[3]

茂陵不見封侯印,[4] 空向秋波哭逝川.

[주석]

1) 魂銷(혼소): 넋이 나가다.

2) 甲帳(갑장): 무제가 각종 보석으로 장식하여 만든 장막인데, 여

러 장막 중에 가장 훌륭했으며 신이 거처하게 했다.

3) 丁年(정년): 장년壯年. 여기서는 힘센 젊은이를 말한다.

4) 茂陵(무릉): 한나라 무제의 능. 封侯印(봉후인): 제후에 봉하며
주는 인장.

[해설]

이 시는 온정균이 소무蘇武의 사당에 갔다가 그 감개를 적은
것이다. 그의 사당이 어디에 있었는지는 확실치 않은데 아마 장
안 근처에 있었을 것이다. 소무는 한나라 무제 때 사람으로 흉
노에게 사신으로 갔다가 억류되어 19년이 지난 뒤 비로소 돌아
왔다. 흉노의 협박과 유혹에 굴하지 않고 절조를 지켰으며 바이
칼호로 쫓겨나 양을 치고 살았다. 한나라 소제昭帝가 흉노에게
사신을 보내 소무를 보내달라고 했지만 흉노의 선우는 그가 이
미 죽었다고 거짓말을 했다. 이에 상혜常惠가 한나라 사신을 시
켜 선우에게 "한나라 천자가 상림원에서 사냥을 하다가 기러기
발에 묶여 있는 소무의 편지를 발견했다"라고 거짓말을 하도록
하니 선우는 소무를 풀어주었다. 이 시는 소무가 오랜 시간 동
안 흉노 지역에서 고생했으며, 그가 돌아온 뒤에는 무제가 죽고
없어 안타까워했으리라는 상황을 표현했다.

소무가 다시 한나라의 사신을 만나 돌아가게 되었을 때 이미
그는 19년 동안의 고생으로 넋이 나가 있었다고 한다. 지금 오
랜 시간이 지난 후 그의 사당에 와보니 오래된 건물과 높은 나
무 역시 망연한 기운이 느껴진다. 아마도 한나라로 돌아온 뒤
소무의 허탈함과 그 이후 아무도 그를 기억해주지 않는 세태로

인한 것이리라. 그가 흉노 지역에 있을 때 하늘의 달을 바라보며 자신의 소식을 전해줄 기러기를 찾아봤겠지만 도무지 찾을 수가 없었을 것이다. 그리고 한나라에서 그에게 소식을 전해줄 사신을 기다렸지만 아무도 오지 않았다. 그저 변방의 초원에서 양을 치면서 살았을 뿐이다. 그가 한나라에서 사신으로 떠날 때는 관모와 검을 찬 젊은 장정이었지만, 다시 한나라로 돌아왔을 때는 세월이 흐르고 흘러 무제는 죽고 없었다. 비록 소제가 전속국典屬國을 배수하였고 선제宣帝가 관내후關內侯에 봉해주었지만 무제는 이미 죽어 이 사실을 알지 못할 터이니 그는 그저 흘러가는 강물을 보고 통곡했으리라. 19년 동안 타국에서 고생을 했지만 자신에게 돌아온 것은 그저 흘러가버린 세월뿐이다. 이까짓 봉후인이 무어 대수인가. 내 청춘과 내 절조를 어디서 보상받겠는가? 지금 온정균이 이 소무의 사당에 와보고 역시 같은 심정으로 암울한 세태를 슬퍼하면서 흘러가는 강물을 바라보며 눈물을 흘리고 통곡을 했을 것이다.

203. 궁중의 일을 적은 시

설봉薛逢

십이루 안에서 새벽 단장을 마치고
망선루 위에서 임금님을 바라본다.
금빛 짐승이 물고 있는 자물쇠에는 이어진 고리가 차갑고
구리 용이 떨어뜨리는 물에는 낮의 물방울이 오래다.
구름 같은 머리칼에 빗질을 마치고 다시 거울을 대하고는
비단옷을 갈아입으려고 또 향을 더한다.
멀리 정전에 주렴 걷힌 곳을 엿보자니
옷을 갖춰 입은 궁녀가 황제의 침상을 청소하고 있다.

宮詞

十二樓中盡曉妝, 望仙樓上望君王.
鎖銜金獸連環冷, 水滴銅龍晝漏長.
雲髻罷梳還對鏡,[1] 羅衣欲換更添香.
遙窺正殿簾開處, 袍袴宮人掃御牀.[2]

[주석]

1) 雲髻(운계): 구름같이 풍성하게 올린 머리. 여인의 아름다운 머
리를 가리킨다. 罷梳(파소): 빗질을 마치다.

2) 袍袴(포고): 단포수고短袍繡袴, 즉 짧은 웃옷과 수놓은 바지를 말하며 궁녀의 일상적인 복장을 가리킨다.

[해설]

이 시는 설봉이 궁녀들의 애환을 노래한 것이다. 궁녀들이 새벽부터 일어나 단장한 뒤 임금님이 자신을 찾아주기를 기다리지만 결국 선택받지 못한다는 이야기를 적었다. 이를 통해 황제의 인정을 받지 못하는 지식인의 애환을 비유적으로 표현한 것으로 보인다.

십이루十二樓와 망선루望仙樓는 모두 신선이 사는 곳이다. 여기서는 궁전 안에 궁녀들이 사는 곳을 말한다. 아마도 궁녀를 선녀에 비유하고 황제를 신선에 비유한 것일 수도 있겠다. 궁녀들이 새벽에 일어나 예쁘게 단장하고는 임금님이 계신 곳을 바라본다. 오늘은 이곳에 와서 나를 찾으시려나? 하염없이 기다린다. 임금님이 머무는 곳으로 통하는 문의 자물쇠에는 금빛 짐승이 꽉 물고 있는 형상이 새겨져 있고 쇠사슬이 감겨 있다. 저 문이 열려야 할 터인데, 굳게 닫힌 자물쇠에는 짐승이 유난히 사나워 보이고 싸늘한 냉기마저 도는 것 같다. 구리 용으로 장식한 물시계에서는 용의 입에서 물방울이 똑똑 떨어지는데 오늘은 유난히도 천천히 떨어지는 것 같다. 임금님은 언제 찾아오실까? 조바심이 일어난다. 그새 내 모습이 흐트러지지나 않았을까? 구름같이 풍성한 머리카락을 한 번 더 빗질하고 또 거울을 보고 화장을 고친다. 이 옷은 임금님이 안 좋아하실 것 같은데, 다른 옷으로 갈아입어야겠다. 그 옷에 향기가 배도록 훈증을 해야겠다. 이렇게 다시 임금님을 맞을 채비를 하면서 저 멀리 임금님이 계신 곳을 몰래 훔쳐본다. 아뿔싸. 이미 그곳에는 주렴이 걷혀 있고 궁녀가 임금님 침상을 정리하고 있다. 오늘도 임금님께서는 다른 궁녀를 선택하셨구나. 새벽부터 일어나 하루 종일 조바심에 단장하였으나 허사로 끝났다. 내일은 나를 찾으시려나? 오늘 밤도 허탈함과 외로움에 잠들기가 어렵다.

204. 가난한 처녀

진도옥秦韜玉

가난한 집에서 살아 비단과 향에 대해 알지 못하니
좋은 중매쟁이에게 부탁하려 해도 또한 스스로 마음 아프다.
누가 풍류와 높은 격조를 가진 나를 사랑할까?
모두 세상에 유행하는 기이한 화장을 좋아하는데.
감히 열 손가락으로 좋은 바느질을 자랑하지
두 눈썹으로 잘 그리는 걸 다투려 하지 않는다.
해마다 금실로 수놓는 것이 몹시 한스럽나니
다른 사람을 위한 혼인 예복을 만들기 때문이다.

貧女

蓬門未識綺羅香,[1] 擬托良媒亦自傷.[2]
誰愛風流高格調, 共憐時世儉梳妝.[3]
敢將十指誇鍼巧,[4] 不把雙眉鬪畫長.[5]
苦恨年年壓金線,[6] 爲他人作嫁衣裳.

[주석]

1) 蓬門(봉문): 쑥대로 만든 대문. 가난한 집을 상징한다.

2) 擬托(의탁): 부탁하다. 良媒(양매): 훌륭한 중매쟁이.

3) 時世(시세): 시대. 여기서는 '그 시대에 어울린다'는 뜻으로 '유행한다'는 말이다. 儉(검): 여기서는 '險험'과 통해서 기이하다는 뜻이다. 당시 기이한 화장법이 유행하였다. 梳妝(소장): 빗질하고 단장하다.

4) 將(장): ~을 가지고서. 鍼巧(침교): 바느질이 훌륭하다.

5) 把(파): ~을 가지고서. 畫長(화장): 그리기를 잘하다.

6) 壓金線(압금선): 금실로 수놓다.

[해설]

이 시는 진도옥이 가난한 여인의 원망을 적은 것이다. 가난한 여인은 바느질을 잘하고 훌륭한 풍류와 높은 격조를 가지고 있지만 세상 사람들은 기이한 화장을 한 여인만 좋아하기에 좋은 배필을 만나지 못하고 있으며, 자신이 만든 수놓은 비단은 그저 다른 사람의 예복으로만 사용되는 상황을 한탄하였다. 이를 통해 진정한 인품과 학식을 가진 이가 인정받지 못하고 세속의 시류만 따라가는 천박한 이가 등용되는 세태를 비유적으로 풍자하였다.

나는 가난한 집안의 여인이다. 그래서 비단이 무엇인지 좋은 향이 어떤 것인지에 관해 알지 못한다. 그러니 좋은 중매쟁이에게 부탁해서 멋진 남자를 소개받고 싶지만 그러기에는 내가 내세울 게 별로 없다. 그래서 그런 생각을 할 때마다 마음이 아프다. 하지만 정말로 내세울 게 없는 것은 아니다. 훌륭한 풍류와 높은 격조를 가지고 있다. 하지만 지금 이 세상에서 누가 이런 것을 좋아하겠는가? 세상 사람들은 그저 요즘 유행하는 기이한 화장만 좋아하지 않는가? 이상하게 그린 눈썹 화장을 보고는 좋아하지만 내가 수놓은 고아한 무늬에 대해서는 신경도 쓰지 않는다. 난 열 개의 손가락으로 직접 수놓은 아름다운 무늬를 자랑할 뿐이다. 저네들처럼 누가 눈썹을 잘 그렸는지를 가지고 다투지는 않을 것이다. 그건 속된 사람들이나 하는 짓이고, 시류에 영합하는 짓이기 때문이다. 그러니 나는 그저 묵묵히 내 일을 할 뿐이다. 초연하게 나의 본업을 하면서 살고자 한다. 하지만 그마저도 날 편하게 만들지 않는다. 내가 수놓은 비단이 바로 그 시류에 영합한 여인들, 그런 천박한 기예로 멋진 남자와 결혼하는 여인들, 그들이 결혼할 때 입을 예복으로 쓰이기 때문이다.

내가 아무리 고아한 글을 짓고 시를 읊어도, 아무리 백성을 위한 올바른 정책을 내놓아도 그건 저들이 연회할 때 흥을 돋우는 유희로만 사용되고 조정에서 자신들의 지식을 자랑하고 남을 헐뜯을 때 사용되는 자료로만 사용된다. 나의 고고한 뜻을 인정하지 않는 것은 그래도 감내할 수 있지만, 나의 지식을 함부로 곡해하거나 사용하지는 마라. 그건 나를 두 번 죽이는 일이다.

205. 홀로 만나지 못하다

심전기沈全期

노씨네 집 젊은 부인의 울금향 나는 방

제비 한 쌍이 대모 대들보에 깃들였다.

구월 늦가을 싸늘한 다듬이질이 낙엽을 재촉하는데

십 년 동안 수자리 서는 요양의 임을 생각한다.

백랑하 북쪽에서 편지가 끊겨

단봉성 남쪽에는 가을밤이 길다.

누가 근심을 머금고 홀로 만나지 못하게 하고

또 밝은 달을 시켜 유황빛 휘장을 비추게 하였는가?

獨不見

盧家少婦鬱金堂,[1] 海燕雙棲玳瑁梁.[2]

九月寒砧催木葉, 十年征戍憶遼陽.

白狼河北音書斷,[3] 丹鳳城南秋夜長.[4]

誰爲含愁獨不見, 更敎明月照流黃.[5]

[주석]

1) 盧家少婦(노가소부): 양梁나라 무제武帝의 「하중의 물을 읊은 노

래河中之水歌」에 "하중의 물이 동쪽으로 흐르는데 낙양의 여인은 이름이 막수이다. 막수는 열세 살에 비단을 짤 줄 알았고 열네 살에 남쪽 두둑에서 뽕잎을 땄다. 열다섯 살에 시집가 노씨 집안의 며느리가 되어 열여섯 살에 아이를 낳으니 자가 아후였다. 노씨 집의 규방은 계수나무로 대들보를 만들었고 그 안에는 울금향과 소합향이 풍겼다河中之水向東流, 洛陽女兒名莫愁. 莫愁十三能織綺, 十四采桑南陌頭, 十五嫁爲盧家婦, 十六生兒字阿侯. 盧家蘭室桂爲梁, 中有鬱金蘇合香"라고 했다. 이로 인해 '노가소부'는 일반적으로 결혼한 여인을 가리키게 되었다.

2) 海燕(해연): 제비. 제비는 바다 건너 갔다가 봄이 되면 돌아오기 때문에 이렇게 이름 붙였다.

3) 白狼河(백랑하): 요녕성에 있는 강의 이름. 音書(음서): 소식. 편지.

4) 丹鳳城(단봉성): 당나라의 수도인 장안을 가리킨다. 춘추시대 진秦나라 목공穆公의 딸 농옥弄玉이 남편 소사簫史에게 배워 소簫를 잘 불었는데 봉황이 내려왔다고 한다. 이들이 산 곳이 진나라의 수도 함양성이었기에 이후 수도를 봉성鳳城이라고 불렀다. 그리고 함양성은 장안과 같은 지역에 있었다.

5) 流黃(유황): 유황빛. 여기서는 여인이 머물던 방의 휘장이나 여인이 다듬이질하던 옷감의 색을 가리키는 것으로 보인다.

[해설]

이 시는 심전기가 요녕遼寧으로 수자리 떠난 낭군을 그리워하는 장안 여인의 외로움과 안타까움을 표현하였다.「홀로 만나지 못하다獨不見」는 원래 옛 악부시의 제목인데, 심전기는 그 제목을 그대로 차용하여 옛 악부시와 유사한 내용의 시를 지었다. 판본에 따라 제목이 「옛 시의 뜻을 적어 보궐 교지지께 드리다古意呈補闕喬知之」로 되어 있기도 하다. 교지지喬知之는 무측천 때 우보궐을 지냈다. 아마도 이 시에 그를 만나고자 하는 그리움을 담은 것으로 보인다.

노씨 집안으로 시집온 젊은 부인이 울금향을 벽에 바른 방에 살고 있다. 좋은 방이다. 아마도 신혼방이었을 것이다. 대들보는 거북 종류인 대모의 껍질로 장식을 하였으니 역시 좋은 집이다. 이 집에 제비 한 쌍이 깃들여 있다. 이 부인도 남편과 함께 이 제비처럼 같이 살았다. 하지만 남편은 지금 요양(지금의 요녕성 대요하大遼河 동쪽)으로 수자리를 살러 나갔다. 이미 10년이 지났다. 올해도 가을이 되자 부인은 남편이 추운 겨울을 따뜻하게 보낼 옷을 만드느라 다듬이질을 한다. 이 다듬이질 소리에 낙엽이 또 떨어진다. 임이 있는 북쪽의 백랑하白狼河에서 소식이 끊어졌다. 살았는지 죽었는지도 알 수 없다. 그러니 남쪽의 단봉성丹鳳城, 즉 장안에 있는 젊은 부인이 보내는 가을밤은 유난히 길다. 이 기나긴 밤을 외로움 속에 어떻게 보낼 것인가? 근심을 머금고 홀로 지내며 남편을 보지 못하고 있다. 그저 밝은 달이 여인이 있는 유황빛 휘장 안을 비추고 있다. 달빛 속에 홀로 있는 여인의 모습이 더욱 슬퍼 보인다. 누가 이 여인을 이렇게 만들었고, 누가 이 슬픈 여인을 남들이 보도록 하였는가? 하루속히 전쟁이 끝나 변방의 군사들이 모두 가족들 품으로 무사히 돌아와야 할 것이다. 두 사람은 반드시 만나야 한다.

권 5

오언절구五言絶句

206. 녹채

왕유王維

텅 빈 산에 사람은 보이질 않고
다만 사람의 말소리만 들리는데,
석양빛이 깊은 숲으로 들어와
다시 푸른 이끼 위에 비친다.

鹿柴

空山不見人, 但聞人語響.
返影入深林,[1] 復照青苔上.

[주석]

1) 返影(반영): 석양.

[해설]

이 시는 왕유가 녹채鹿柴라는 곳에 대해 읊은 것이다. 왕유는
장안성 남쪽의 망천輞川에 별장을 지어놓고 자주 가서 노닐었다.
그곳에서 스무 군데의 빼어난 경관을 찾아 이름을 붙이고 하나
하나마다 시를 지었는데 이 시는 그중 하나인 녹채에 관한 것
이다.

녹채에 홀로 앉아 있다. 텅 빈 산에 사람은 보이질 않는다. 사실 산이 텅 빈 것은 아니다. 새도 있고 나무도 있고 풀도 있고 꽃도 있다. 다른 사람이 없으니 텅 빈 것이다. 그렇다고 해서 주위의 모든 사물이 자신에게 의미가 없으며 외로운 것일까? 그렇지는 않은 것 같다. 세속의 사람들이 보이지 않는 것이 그저 좋다. 간간이 근처를 지나가는 사람들의 말소리는 들린다. 그러니 사람들이 있는 곳에서 멀리 떨어진 곳은 아니다. 조금만 더 들어오면 내가 있는 이곳을 찾을 수 있지만 사람들은 내가 있는 녹채를 알지 못한다. 사람들의 말소리가 지나가고 다시 조용해진다. 어느새 석양빛이 숲속으로 들어와 푸른 이끼 위를 비춘다. 석양의 붉은빛이 푸른 이끼 위에서 요동친다. 이 아름다운 장면을 나만 볼 수 있다. 다른 사람은 아무도 모른다. 어제도 여기 와서 하루 종일 있었고 오늘도 그러하였다. 내일도 그럴 것이다. 세속에서 멀리 떨어져 있지는 않지만 정적과 자연의 오묘한 기운을 나 혼자 독점하고 있다. 조금만 걸어 나가면 다시 사람들의 세상으로 돌아갈 것이다. 하지만 이곳에 대해서는 말하지 않을 것이다. 나만의 영원한 비밀 장소이다.

207. 죽리관

왕유王維

그윽한 대나무 숲 속에 홀로 앉아서
금을 타고 또 휘파람을 부는데,
깊은 숲이라 남들은 알지 못하고
밝은 달이 와서 나를 비춘다.

竹里館

獨坐幽篁裏,[1] 彈琴復長嘯.
深林人不知, 明月來相照.

[주석]

1) 篁(황): 대나무 숲.

[해설]

이 시는 앞의 시와 마찬가지로 왕유가 망천의 별장에 있던 죽리관竹里館에 관해 읊은 것이다.

그윽한 대숲 속에 있는 죽리관에 홀로 앉았다. 여기서 하는 것이라곤 금을 타서 음악을 연주하고 또 휘파람을 부는 것뿐이다. 혼자 있지만 전혀 외롭지 않다. 혼자만의 흥취를 즐길 수 있기 때문이다. 이곳은 깊은 숲속이라 다른 사람들은 이런 곳이 있는지 알지 못한다. 그저 저녁이 되어 달이 뜨면 달빛만이 나를 찾아와서 비춰줄 뿐이다. 혼자 즐기는 이 흥취를 달빛은 알아주는 것 같다. 그러니 나는 저 달과 함께 또 음악을 연주하고 술을 한잔할 것이다. 나만의 흥취를 즐기면서.

208. 송별

왕유王維

산속에서 그대를 보내고 난 뒤
해 저물자 사립문을 닫았다.
봄풀은 해마다 푸를 터인데
그대는 돌아오려나 안 돌아오려나?

送別

山中相送罷,[1] 日暮掩柴扉.[2]
春草年年綠, 王孫歸不歸.[3]

[주석]

1) 罷(파): 마치다.

2) 柴扉(시비): 사립문. 가난한 은자의 집을 비유한다.

3) 王孫(왕손): 원래는 왕족이나 귀족의 자손이란 뜻인데, 일반적으로 상대방에 대한 존칭으로 사용되었다.

[해설]

이 시는 왕유가 누군가와 송별하고 난 뒤 감회를 적은 것이다. 누구와 송별하였는지는 알려져 있지 않으나 아마도 별장이 있던 망천輞川 주위에 사는 은자인 것으로 보인다.

산속에서 같이 머물다가 그대가 떠나가게 되었다. 아마 무슨 일이 있어서 가는 것이리라. 그대가 가고 난 뒤 날이 저물었다. 사립문을 닫는다. 이제 사립문을 열어놓을 일은 없을 것이다. 나와 왕래할 사람이 없기 때문이다. 날 찾아올 사람이 없을 것이기 때문이다. 그저 문을 닫고 내가 하는 일이라고는 그대를 그리워하며 그대가 오기를 기다리는 것이다. 봄이 오면 풀은 해마다 푸르게 돋아날 것이다. 그 푸른 풀을 보며 봄날을 즐겨야 할 터인데, 누가 나와 함께 있을 것인가? 그때가 되면 그대가 더욱 그리워질 것이다. 그대는 과연 그때까지 돌아올 것인가? 안 돌아올 것인가? 사립문을 닫아놓고 그저 나는 이것만 생각한다.

209. 그리움

왕유王維

홍두는 남쪽 지방에서 나는데
봄이 오니 몇 가지에 열렸을까?
그대는 많이 따놓으시길
이것은 가장 그리워하는 마음이니.

相思

紅豆生南國, 春來發幾枝.
願君多采擷,[1] 此物最相思.

[주석]

1) 采擷(채힐): 따다.

[해설]

이 시는 왕유가 남쪽에 있는 이를 그리워하는 마음을 홍두紅豆
라는 열매에 비유하여 표현한 것이다. 홍두는 덩굴식물의 하나
로 완두콩과 같은 붉은 열매가 열리는데 상사자相思子라고 불리
기도 한다. 그 때문에 연인 사이에 그리움을 상징하는 열매로
많이 비유된다.

홍두는 그대가 있는 남쪽 지방에서 많이 나는데 봄이 되었으니 얼마나 열렸는가? 홍두는 내가 그대를 그리워하는 마음의 결정체이니 그대는 이것을 많이 따서 나의 그리움을 확인하고 날 생각해주게나. 봄이 오면 항상 생각나는 것이 멀리 떠나간 임이다. 봄이 와도 즐겁지가 않다. 임이 없기 때문이다. 그 임이 언제 올까 그리워하고 있으며, 그 임 역시 그곳에서 자신을 생각해주기를 바라는 마음이 간절하다.

210. 되는대로 읊은 시

왕유王維

그대는 고향에서 왔으니
응당 고향의 일을 알겠지.
떠나오던 날 비단 창문 앞에
매화가 꽃을 맺었던가?

雜詩

君自故鄕來, 應知故鄕事.
來日綺窓前, 寒梅著花未.[1]

[주석]

1) 寒梅(한매): 매실나무. 매실나무는 추울 때 꽃을 피우기 때문
에 이렇게 이름 붙였다. 著花(착화): 꽃을 맺다. 꽃을 피우다. 未
(미): 문장 끝에서 의문문을 만들어준다.

[해설]

이 시는 왕유가 고향에서 온 사람을 만나 고향 소식을 묻는
내용이다. 원래 세 수의 연작시인데 이 시는 그 두번째 시이다.
고향을 떠나온 지 오래되었다. 그렇다고 고향에 갈 형편은 못

되고 그저 고향에서 온 사람을 만나면 고향 소식을 물어볼 뿐이다. 오늘 마침 고향 사람을 만났다. 그는 고향의 일을 알고 있으리라. 그런데 무엇을 물어봐야 하나? 고향의 것 중에서 무엇이 가장 궁금한가? 그대가 올 때는 아마 봄이 오고 있었을 터인데, 내가 지내던 그곳의 비단 창문 앞에 매화가 꽃을 피웠던가? 예전에 내가 고향에 있을 때도 기나긴 겨울이 지나고 봄을 가장먼저 알려준 것이 바로 그 매화였는데, 올해도 변함없이 봄에꽃을 피웠는가? 매화 핀 고향의 봄은 정말 잊을 수가 없다. 그이후로 나는 봄을 제대로 즐기지 못했으니. 그 매화가 다시 보고 싶다.

고향의 가족, 친지, 친구들의 소식도 궁금했을 터인데 시인은매화꽃을 물어보았다. 그의 고아하고 느긋한 풍격이 느껴진다.혹 비단 창문이 있던 방이 자신이 머물던 곳이 아니라 고향에서사랑했던 이의 거처일지도 모르겠다.

211. 최 씨를 보내다

배적裵迪

돌아가는 산에서 깊은 곳 얕은 곳으로 가서
모름지기 언덕과 골짜기의 아름다움을 다 봐야 하리라.
배우지는 말지니, 무릉 사람이
잠시 도화원 안에서 노닐었던 것을.

送崔九[1]

歸山深淺去, 須盡丘壑美.
莫學武陵人, 暫游桃源裏.

[주석]

1) 九(구): 친척 형제간의 순서를 나타낸다.

[해설]

　이 시는 제목이 「최 씨가 남산으로 가려고 하기에 말 위에서
즉흥시를 지어 그와 작별하다崔九欲往南山馬上口號與別」로 되어 있
는 판본도 있다. 이 시는 배적이 종남산終南山으로 은거하러 가
는 최흥종崔興宗을 보내며 지은 것으로 그가 그곳에서 계속 은거
하기를 바라는 마음을 표현했다. 최흥종은 우보궐右補闕을 지냈

으며 일찍이 왕유, 배적과 종남산에서 은거하며 자주 시를 주고 받았다.

그대가 이제 종남산으로 돌아가게 될 터인데 가서는 산의 깊은 곳이든 얕은 곳이든 다 돌아다니면서 그곳의 언덕과 골짜기의 아름다움을 모두 다 봐야 할 것이다. 옛날 도연명陶淵明의 「도화원기桃花源記」에 보면, 어떤 무릉 사람이 도화원에 들어가 잠깐 지내다가 고향 생각이 나서 돌아왔는데 다시 찾아가려고 했지만 결국 못 찾았다고 한다. 그대는 절대로 옛날 무릉 사람처럼 하지는 말게나. 고향 생각은 하지 말고 돌아올 생각도 하지 말고 그곳에서 영원히 은거하며 자연과 더불어 살기를 바란다. 아마 그대가 그곳에 있으면 우리도 조만간 갈 터이니 같이 그곳에서 즐겁게 살아보자.

비록 작별하면서 지은 시이지만 상대방이 가는 곳이 좋은 곳이기에 전혀 슬픈 감정이 없다. 친구의 행복을 축원할 뿐이다.

212. 종남산에서 남아 있는 눈을 바라보다

조영祖詠

종남산의 북쪽 고개가 빼어난데
쌓인 눈이 구름 끝에 떠 있다.
숲 바깥에서는 맑게 갠 빛이건만
성안에서는 저녁 추위를 더해준다.

終南望餘雪

終南陰嶺秀,[1] 積雪浮雲端.
林表明霽色,[2] 城中增暮寒.

[주석]

1) 陰嶺(음령): 산의 북쪽 고개. 산의 북쪽을 '음'이라고 한다.

2) 林表(임표): 숲의 겉. 숲의 바깥. 霽色(제색): 비나 눈이 갠 후의
   하늘빛.

[해설]

이 시는 조영이 종남산終南山 북쪽에서 남쪽에 있는 종남산에
쌓인 눈을 바라보며 지은 것이다. 종남산은 장안성 남쪽에 있는
큰 산맥이다.『당시기사唐詩紀事』의 기록에 따르면, 이 시는 조영

이 과거 시험 답안으로 제출한 것이라는데, 규정에는 열두 구의 시를 지으라고 했지만 조영은 네 구만 쓰고는 자신의 뜻을 다하였다면서 더 이상 짓지 않았다고 한다. 사실인지는 확실치 않지만 그만큼 이 시의 완성도가 높다는 의미일 것이다.

지금 조영이 있는 곳에서 보이는 종남산의 북사면은 경관이 매우 빼어나다. 특히 오늘은 눈이 내려서 산에 쌓여 있는데 그것이 구름 끝에 떠 있다. 산이 워낙 높기에 구름 바깥으로 솟아 있는데 그 위에 하얀 눈이 쌓였다. 하얀 눈이 쌓인 산봉우리가 하얀 구름 위에 둥실둥실 떠 있는 모습이니 어느 것이 구름이고 어느 것이 산인지 모르겠다. 종남산의 숲은 무성하여 항상 어둑한 모습이지만 눈이 갠 뒤 맑은 빛이 숲 바깥에 환히 비치고 있다. 눈은 반짝이고 태양빛이 환히 비치고 있다. 하지만 이런 아름다운 광경을 마냥 즐길 수는 없다. 왜냐하면 장안성에는 이 눈이 저녁의 추위를 더해주기 때문이다. 눈은 아름다운 경치를 제공하기는 하지만 가난한 이들에게는 생계에 지장을 주는 불편함을 초래하는 데다 추위까지 더해준다. 그저 자신의 먹거리에 아무 걱정 없는 귀족들이나 저 눈을 바라보며 술을 마시고 즐길 수 있을 뿐이다. 저 눈 속에서 굶주리고 힘들어하는 백성들을 항상 생각해야 할 것이다.

213. 건덕강에서 묵다

맹호연孟浩然

배를 옮겨 안개 낀 물가에 정박하니
해질 무렵 나그네의 시름이 새롭다.
들은 드넓어 하늘은 나무보다 낮아 보이고
강물은 맑아 달은 사람 가까이로 온다.

宿建德江

移舟泊煙渚, 日暮客愁新.
野曠天低樹, 江淸月近人.

[해설]

이 시는 맹호연이 이리저리 떠돌다가 건덕강建德江에 묵으면서 본 경관과 느낌을 적은 것이다. 건덕강은 지금의 절강성 건덕현을 지나가는 강이다.

맹호연은 배를 타고 타향을 이리저리 떠돈다. 오늘은 건덕강이란 곳에 도착하였다. 가는 곳마다 낯선 곳이어서 이방인의 외로움을 항상 느끼고 있었다. 그리고 어느덧 그 낯섦과 외로움에 익숙해지기도 한 것 같다. 하지만 오늘 이 안개 낀 물가에 해질 무렵에 정박하니 나그네의 시름이 새롭게 느껴진다. 나그네의 외로움을 처음 느껴보는 것인 양 내 마음을 급습한다. 왜 그럴까? 지금 보이는 경관 때문이다. 항상 보아온 비슷한 경관이지만 오늘은 새롭게 다가온다. 강 양쪽으로 펼쳐진 들은 광활하다. 그 넓은 들을 끝까지 바라보다 보니 들과 하늘이 맞닿는다. 가까운 곳에 있는 나무가 그 하늘 위로 솟아 있다. 이 세상이 이렇게 넓단 말인가? 내가 떠돌아야 하는 세상이 이렇게 광활하단 말인가? 그 가운데 홀로 있으니 나는 너무나 하찮은 존재이다. 다시 시선을 당겨 강을 바라보니 강이 유난히 맑다. 그 맑은 강물에 달빛이 비친다. 달빛이 유난히 밝다. 강물에 비친 달빛이 어른거린다. 내가 머물고 있는 배에 달빛이 비친다. 달빛은 나의 외로움을 위로하려는 듯 가까이 와서 비추지만, 정작 나는 그 달빛을 받고는 고향 생각에 외로움이 사무친다.

214. 봄날 날이 새다

맹호연孟浩然

봄잠에 날이 새는 줄도 몰랐는데
곳곳에서 새 지저귀는 소리 들린다.
밤이 되자 비바람 소리 들렸는데
꽃이 얼마나 떨어졌는지 아는가?

春曉

春眠不覺曉, 處處聞啼鳥.
夜來風雨聲, 花落知多少.

[해설]

　이 시는 맹호연이 봄날 잠을 자고서 날이 샌 뒤의 느낌을 적은 것이다.

　겨울이 가고 봄이 오면서 날이 길어지고 유난히 아침잠이 많아진다. 어제 봄놀이에 노곤해서 그럴 수도 있겠다. 노곤한 몸으로 눈을 뜨니 어느새 날이 밝다. 방 안에서 눈만 뜬 채 정신을 차리고 있는데 곳곳에서 새가 지저귄다. 봄날이다. 날씨도 좋아 보인다. 오늘도 밖에 나가 봄날을 즐기며 놀아야겠다. 그런데 꿈이었는지 생시였는지 어젯밤에 비바람 소리가 들렸던 듯하다.

곰곰이 생각해보니 실제로 비바람이 쳤던 것 같다. 아! 그 비바람에 혹시 봄꽃이 다 떨어지지나 않았을까? 이제 봄놀이는 끝난건가? 봄날이 가버린 것인가? 아쉽다. 밖에 나가서 직접 확인해봐야겠다.

봄날을 한가롭게 즐기는 시인이 간밤의 비바람에 꽃이 떨어져 봄날의 즐거움을 더 이상 이어갈 수 없을까 안타까워하고 있다.

215. 밤중의 그리움

이백李白

침상 앞의 밝은 달빛
땅 위의 서리인가?
고개 들어 밝은 달을 바라보고
고개 숙여 고향을 생각한다.

夜思

牀前明月光, 疑是地上霜.
擧頭望明月, 低頭思故鄕.

[해설]

이 시는 이백이 객지를 떠돌다가 어느 날 밤하늘에 뜬 달을
보고 고향을 그리워하며 지은 것이다. 이 시의 제목이 「고요한
밤의 그리움靜夜思」으로 된 판본도 있다.

이백은 거의 중국 전역을 돌아다녔다. 그 목적은 다양했지만
단순한 유람만은 아니었고 대체로 관직을 구하기 위해서였다.
하지만 그럴듯한 관직은 한 번밖에 못 했으니, 평생 관직을 구
하기 위해 떠돌았지만 성과는 없었던 셈이다. 관직을 구해야 고
향으로 돌아가서 가족들을 떳떳하게 만나볼 수 있을 터인데, 아

직 아무런 성과가 없으니 고향으로 돌아갈 수가 없다. 오늘도 낯선 지방의 객사에 머물며 잠을 청한다. 하루의 허망함을 안은 채 잠자리에 누웠는데 밝은 달빛이 스며든다. 잠에서 깬다. 마당으로 나가본다. 마당이 온통 하얗다. 벌써 가을 서리가 내렸나? 벌써 한 해가 가버리는 건가? 올해도 아무 성과 없이 지나가고 또 한 살을 먹게 되고 그렇게 늙어가는 건가? 이런 걱정이 엄습한다. 하지만 다행히 가을 서리는 아니다. 밝은 달빛이다. 고개를 들어 바라보니 보름달이다. 고향에서 보던 그 보름달과 똑같이 생겼다. 객지를 떠돌면서 항상 보는 것은 고향과 다른 경물들이었다. 숲의 나무도 다르고 풀이나 꽃도 다르고 사람들 사는 모습도 다르고 들과 산의 모양도 다르다. 모두 낯선 것들뿐이다. 하지만 하늘의 달만은 고향에서 보던 것과 같다. 저 달을 바라보다 보니 고향 사람들이 생각난다. 아마 고향의 가족들도 저 달을 보면서 날 생각하겠지. 고향 생각에 차마 달을 바라보지 못하고 고개를 숙인다. 하지만 고향 생각은 사그라지지 않는다. 오늘도 그리움에 밤을 지새겠구나.

유난히 객지 생활을 오래 한 이백에게 사무치는 그리움이 밤마다 있었을 것이고, 그때마다 달을 바라보며 그리움을 삭였을 것이다. 이백에게 달은 술을 같이 마셔주는 유일한 친구이자 향수를 달래주는 진정한 친구였다.

216. 원망하는 마음

이백李白

아름다운 여인이 주렴을 말아 올리고
심각하게 앉아 눈썹을 찌푸리고 있다.
다만 촉촉한 눈물 흔적만 보이는데
마음으로 누구를 원망하는지 모르겠다.

怨情

美人捲珠簾, 深坐蹙蛾眉.[1]
但見淚痕濕, 不知心恨誰.

[주석]

1) 深坐(심좌): 심각하게 앉아 있다. 또는 오래도록 앉아 있다. 방
   깊숙한 곳에 앉아 있다. 蹙(빈): 찡그리다.

[해설]

이 시는 이백이 근심으로 눈물짓는 여인에 관해 읊은 것이다.
이 여인을 통해 무엇을 비유하고자 했는지는 알 수가 없다.

아름다운 여인이 문에 걸린 주렴을 말아 올렸다. 바깥을 보려
는 것이다. 누가 오기를 기다리는 듯하다. 하지만 표정을 보니

심각하여 눈썹을 찌푸리고 있다. 그 사람이 오기로 한 시간이 되었는데 오지 않나 보다. 이제는 눈가에 촉촉이 눈물 자국이 보인다. 오늘의 기다림이 큰 의미가 있는 것으로 보인다. 그 사람과의 만남이 이제 영원히 이루어지지 않을 것 같은 절망감이 느껴진다. 이러한 상황을 보고 시인은 그 여인이 마음속으로 누구를 원망하는지 모르겠다고 한다. 기다려도 오지 않는 그 사람을 원망하는 것이 분명할 터인데. 도대체 또 누굴 원망한단 말인가? 그 사람의 마음을 사로잡지 못한 나 자신인가? 아니면 그 사람을 유혹하여 나로부터 멀어지게 한 또 다른 여인인가? 그 사람을 나와 만나지 못하게 하는 그 집안사람들인가? 아니면 그 사람을 멀리 떠나버리도록 한 다른 사람들인가? 그 사람이 오지 않는 것에 대해 여인은 이런저런 상상을 한다. 자신을 원망해보기도 하고 그 사람을 원망하기도 하고 그 사람 주변의 여러 사람을 의심해보기도 한다. 그만큼 여인의 마음은 복잡하고 어지럽다.

217. 팔진도

두보杜甫

공적은 천하를 삼분한 나라들을 덮었고
명성은 팔진도로써 이루어졌다.
강물이 흘러가도 돌은 굴러가지 않는데
한으로 남은 건 오나라를 삼키려던 실책이다.

八陣圖

功蓋三分國, 名成八陣圖.
江流石不轉, 遣恨失吞吳.[1]

[주석]

1) 失吞吳(실탄오): 오나라를 병탄하려던 것이 실책이다, 또는 오
   나라를 병탄하지 못하다, 오나라를 병탄하려던 유비의 책략을
   막지 못하다, 오나라를 병탄할 때 팔진도를 사용하지 못하다
   등 풀이에 관한 여러 가지 설이 있다.

[해설]

　이 시는 두보가 제갈량이 만든 팔진도八陣圖를 보고 느낀 감화
를 적은 것이다. 팔진도는 고대 전쟁의 여덟 가지 진법을 말하

는데 이를 통해 군사훈련이나 작전계획을 수행할 수 있었다. 제
갈량은 여러 군데 팔진도를 만들어놓았는데, 두보는 지금의 중
경시인 봉절현奉節縣 장강 가에 있던 것을 보았다.

제갈량의 공적은 삼국을 통틀어 가장 뛰어났고 그 명성은 팔
진도로 상징되는 그의 기묘한 군사작전으로 이룬 것이다. 그의
뛰어남은 오랜 시간이 흘러도 여전하다. 장강이 유구하게 흘러
가지만 그가 만든 팔진도의 돌은 전혀 움직이지 않고 그대로 있
다. 이러한 사실이 영원히 변치 않는 그의 명성을 입증하고 있
다. 하지만 이러한 제갈량도 촉나라가 망하는 것을 막지는 못하
였다. 원래 제갈량은 오나라와 연합해서 위나라를 공격하고자
했지만, 유비는 관우의 원수를 갚기 위해 오나라를 공격했고 결
국 대패하여 유비가 죽고 말았다. 결국 삼국통일의 대업은 이룰
수 없었던 것이다. 황제의 뜻을 온전히 이루는 것이 신하의 절
대적인 사명이거늘 제갈량은 그 사명을 완수하지 못했다. 이것
이야말로 제갈량이 죽고 난 뒤에도 가지고 있는 원통함이다. 그
리고 두보 역시 제갈량의 그 원통함에 공감한다. 자신 역시 황
제를 제대로 보필하지 못한 채 변방을 떠돌고 있으니.

218. 관작루에 오르다

왕지환王之渙

하얀 태양은 산에 의지하여 다했고
누런 황하는 바다로 들어가며 흐른다.
천 리까지 보는 눈을 다하고자
다시 누각 한 층을 올라간다.

登鸛雀樓

白日依山盡, 黃河入海流.
欲窮千里目, 更上一層樓.

[해설]

이 시는 왕지환이 관작루鸛雀樓에 올라 본 경관과 느낌을 적은
것이다. 관작루는 지금의 산서성 영제현永濟縣 남서쪽 황하 가에
있는 누각이다. 관작이라는 전설상의 새가 날아왔다는 이야기가
있다.

하얀 태양이 하루의 운행을 마치고 서쪽 산에 의지하여 사라
지고 있다. 누런 황하는 서쪽 끝에서 흘러와 동쪽 끝까지 흘러
저 바다로 흘러들어 간다. 이곳에서 바다가 보이지는 않지만 시
인은 황하가 바다를 향해 가고 있음을 알고 있기에 눈에 보이는

듯 말하고 있다. 서쪽으로 지는 해는 소멸과 상실을 의미한다. 이제 더 이상 희망이 없음을 말하는 것일 수도 있다. 끊임없이 흐르는 황하는 쉬지 않고 흘러가는 세월을 상징한다. 그렇게 자연의 시간은 흐르고 흘러 쇠락의 시점까지 온 것이다.

당시 왕지환은 늦도록 과거에 급제하지 못해 애달파하고 있었다고 한다. 자신에게 더 이상 희망이 없음에 절망하고 있었을지도 모르겠다. 하지만 관작루에 오른 왕지환이 본 것은 자연의 시간 앞에 선 무기력한 인간의 모습이 아니다. 소멸의 시점에서 예상한 인간의 허망함이 아니다. 바로 우주 전체의 웅대한 장관이다. 왕지환의 시야에 누각 앞의 새나 나무 따위는 보이지 않는다. 우주가 생겨난 이래로 하루도 빼먹지 않고 운행하는 태양의 존재가 보이고, 자연이 생겨난 이래로 끊임없이 흘러온 황하의 존재가 보인다. 이미 그는 온 우주를 아우르는 가슴과 눈을 가지고 있다. 하지만 그는 이에 만족하지 못한다. 더 먼 곳을 바라보고자 한다. 그래서 더 높은 곳으로 올라가고자 한다. 여기서 관작루에 더 높은 층이 있었는가는 중요하지 않다. 자신의 마음가짐이 중요하기 때문이다. 자신이 더 큰 포부를 가지려면 보다 더 높은 실력을 쌓아야 하는 법이다. 더 훌륭한 사람이 되려면 한 단계 더 향상된 재능을 가져야 하는 법이다. 더 높이 올라갈수록 더 멀리 볼 것이고, 그만큼 더 위대한 사람, 더 여유로운 사람이 될 수 있을 것이다. 좀더 노력하자. 그러면 더 높은 곳에 도달할 것이고 더 멀리 볼 수 있을 것이다. 결국 그는 과거에 급제했다.

219. 영철을 보내다

유장경劉長卿

초목이 무성한 죽림사
아스라이 종소리 울리는 저녁.
연잎 삿갓에 비낀 태양빛 받으며
푸른 산으로 홀로 멀리 돌아간다.

送靈澈

蒼蒼竹林寺,[1] 杳杳鍾聲晚,[2]
荷笠帶斜陽,[3] 靑山獨歸遠.

[주석]

1) 蒼蒼(창창): 푸릇한 모양. 무성한 모양. 아득한 모양. 竹林寺(죽
   림사): 지금의 강소성 진강시鎭江市에 있던 절.

2) 杳杳(묘묘): 아득한 모양.

3) 荷笠(하립): 연잎을 엮어서 만든 삿갓. 소박한 복장을 상징한다.

[해설]

이 시는 유장경이 영철靈澈 스님을 송별하며 지은 것이다. 영
철은 시를 잘 지었으며 당대 문인과 교유가 많았다.

그대가 지금 돌아가는 죽림사는 초목이 무성한 곳이다. 그곳에 저녁이 되면 종소리가 울리는데 마치 그 소리가 여기까지 아스라이 들리는 것만 같다. 그대같이 고아한 스님이 참선하며 불도를 닦는 데 가장 좋은 곳이리라. 이제 연잎으로 만든 허름한 삿갓을 쓰고 석양빛을 받으며 가고 있다. 해가 지고 있으니 얼른 가야 할 것이다. 죽림사가 있는 푸른 산으로 멀리 홀로 돌아가는 뒷모습을 끝까지 바라본다. 푸른 산속으로 들어가 하나의 점이 되어버린다. 그대가 푸른 산과 하나가 되었고, 푸른 산과 같은 거대한 존재가 되었다. 그 속에서 훌륭한 스님의 면모를 갖추시게.

220. 금을 타다

유장경劉長卿

청량한 일곱 줄 위로
솔바람 차가운 소리 조용히 들린다.
옛 곡조를 비록 나 자신은 사랑하지만
요즘 사람들 대부분은 타지 않는다.

彈琴

泠泠七弦上,[1] 靜聽松風寒.
古調雖自愛,　今人多不彈.

[주석]

1) 泠泠(영령): 원래는 물이 맑게 흐르는 소리인데 여기서는 금의
　　맑은 소리를 가리킨다.

[해설]

　이 시는 유장경이 금琴을 타는 것에 관해 적은 것이다. 금은
가야금과 비슷하게 생긴 현악기이다.

　금의 일곱 줄이 맑은 소리를 내며 울린다. 그 소리를 자세히
들어보니 솔숲에 차가운 바람이 부는 소리가 들리는 듯하다. 옛

날 금의 곡조 중에 「바람이 소나무에 들다風入松」가 있는데 바로 그 음악인 듯하다. 소나무는 날이 추워져도 푸름을 잃지 않는다. 영원히 변치 않는 절조를 상징한다. 이 음악을 연주하는 이는 소나무의 절조를 가지고 있을 것이고, 그 음악을 알아보는 이도 소나무의 절조를 가지고 있을 것이다. 나는 이 음악을 좋아한다. 나는 이 연주를 사랑한다. 하지만 요즘 사람들은 이 악기를, 이 음악을 연주하지 않는다. 옛날 것이라서 그럴까? 요즘 사람들은 유행을 따라서 기이하고 속된 음악만 좋아한다. 나는 옛사람의 뜻을 저버리지 않을 것이고 옛사람의 정취를 잊지 않을 것이다. 하지만 지금은 나와 같은 뜻을 가진 사람이 드물다. 누구도 나의 고아한 뜻을 알아주지 않는다. 외롭고 안타깝다.

221. 스님을 보내다

유장경劉長卿

외로운 구름이 들판의 학을 보내나니
어찌 인간 세상에서 살겠는가?
옥주산을 사지는 마시라
세상 사람들 이미 다 아는 곳이니.

送上人¹⁾

孤雲將野鶴,²⁾ 豈向人間住.³⁾
莫買沃洲山,⁴⁾ 時人已知處.

[주석]

1) 上人(상인): 스님의 별칭.

2) 將(장): 송별하다.

3) 向(향): ~에서. 人間(인간): 인간 세상.

4) 沃洲山(옥주산): 지금의 절강성 신창현新昌縣에 있는 산으로 진晉
   나라의 고승 지둔支遁이 도를 닦던 곳이며 도가의 명산이다.

[해설]

이 시는 유장경이 산으로 돌아가는 스님을 보내며 지은 것이다. 스님이 누구인지는 알려져 있지 않다. 혹자는 앞 시에 나오는 영철 스님으로 추정하기도 한다.

외로운 구름이 들판의 학을 보낸다. 외로운 구름은 자신이고 들판의 학은 스님이다. 구름과 학은 본래 고고한 존재를 비유한다. 구름이 외로운 것은 자신의 지향을 알아주는 사람이 적기 때문이다. 그리고 구름 하나가 하늘에 떠 있는 모습은 외롭다기보다는 유유자적하다는 느낌을 더 많이 준다. 학은 들판에 있어야 한다. 도회지에 있어서는 안 된다. 원래 자연 속에서 지내야 하는 존재이다. 이러니 어찌 인간 세상에서 살 수 있겠는가? 지금 세속을 떠나 자연 속에서 불도를 닦고자 떠나는 것이니 본성에 따라 자신의 안식처로 가는 것이다. 그러니 어찌 이 이별이 슬프겠는가? 마땅히 축복해야 할 것이다. 하지만 스님이 떠나고 나면 나는 또 홀로 있어야 하니 외로울 것이다. 나도 조만간 이 인간 세상을 떠나 그대가 있는 곳으로 갈 것이다. 그대는 어디에 있으려고 하는가? 참선을 하고 도를 닦는다고 사람들이 북적거리는 옥주산의 땅을 사서 은거하지는 말게나. 그곳에 은일한 사람들은 모두 가짜이다. 종남첩경終南捷徑이라는 말이 있다. 장안 남쪽의 종남산에 거짓으로 은거하여 은자의 명성을 얻은 다음 관직을 쉽게 얻는다는 말이다. 지금 옥주산에는 이렇게 거짓 은자의 명성을 얻으려는 사람들이 많다. 진정 은일을 하고 진정 불도를 깨치기 위해서는 이런 곳은 안 된다. 세상 사람들이 모르는 깊숙한 곳으로 가길 바란다. 그곳에 터를 잡고 있으면 내가 곧 뒤따라갈 것이다.

222. 가을밤 원외랑 구단에게 부치다

위응물韋應物

그대를 그리워하는데 마침 가을밤이라
이리저리 거닐며 시원한 날을 읊어본다.
빈산에 솔방울 떨어지니
은자는 응당 잠들지 못하리라.

秋夜寄邱員外

懷君屬秋夜,[1] 散步詠涼天.
空山松子落,[2] 幽人應未眠.[3]

[주석]

1) 屬(속): 속하다. 마침.

2) 松子(송자): 솔방울.

3) 幽人(유인): 한갓진 곳에 사는 사람. 은자를 뜻하며 여기서는
   구단을 가리킨다.

[해설]

　이 시는 위응물이 친구인 구단邱丹을 그리워하는 마음을 적어
보낸 것이다. 구단은 일찍이 창부원외랑倉府員外郎, 사부원외랑祠府

員外郎을 역임하였다. 원외랑은 종육품상에 해당한다. 그는 이후 지금의 절강성에 있는 임평산臨平山에서 수도하였는데 이 시는 당시에 지은 것으로 보인다.

멀리 떠나가 있는 그대를 항상 그리워하였는데 이제 마침 가을밤이 되었다. 싸늘한 바람이 부는 가을이 되니 더욱더 그리움이 절실해진다. 그러니 밤이 깊어도 잠들지 못하고 이리저리 서성이며 그리움에 시를 읊어본다. 그대는 지금 무얼 하고 있을까? 아마 그곳의 빈산에도 솔방울이 떨어질 것이다. 산이 비어 있다는 건 황량해서가 아니라 구단이 홀로 지낼 것이기 때문이다. 세속의 사람과 인연을 끊고 한갓지고 그윽한 곳에서 홀로 살고 있기에 빈산이라고 하였다. 세속의 욕심을 비웠기에 빈산이다. 하지만 그래도 친구가 없으니 쓸쓸할 것이다. 솔방울이 바람에 떨어지는 소리를 들으며 그대도 역시 잠들지 못하고 나처럼 이렇게 서성이며 친구 생각을 하고 있겠지. 친구는 아무리 멀리 떨어져 있어도 생각이나 행동이 비슷하다.

223. 쟁 연주를 듣다

이단李端

황금꽃 장식 기러기발이 있는 쟁을 울리는데
옥으로 장식한 방 앞에서 흰 손을 놀린다.
주랑이 한 번 돌아보게 하려는지
때때로 현을 잘못 튕긴다.

聽箏

鳴箏金粟柱,[1] 素手玉房前.
欲得周郎顧, 時時誤拂絃.

[주석]

1) 金粟柱(금속주): '금속'은 계수나무꽃의 별칭으로 금과 같이 노
   랗고 꽃이 좁쌀만큼 작아서 이렇게 이름 붙여졌다. '주'는 쟁의
   현 아래에 받쳐 음높이를 조절하는 기러기발이다. 여기서는 기
   러기발을 계수나무꽃 모양의 금으로 장식한 것을 뜻한다.

[해설]

이 시는 이단이 여인이 타는 쟁箏 연주에 관해 적은 것이다.
쟁은 거문고와 비슷한 현악기이다.

옥으로 장식한 화려한 방 앞에서 하얀 손의 여인이 기러기발을 황금꽃으로 장식한 아름다운 쟁을 연주한다. 누구를 위해 연주를 하는 것일까? 옆에는 어떤 남자가 흐뭇한 표정으로 그 음악을 듣고 있다. 여인은 살짝 긴장한 듯 신중하게 한 줄 한 줄 튕긴다. 솜씨가 훌륭한 것이 분명함에도 가끔 현을 잘못 튕긴다. 왜일까? 주랑周郎은 삼국시대 오나라의 주유周瑜인데 음악에 정통해서 누가 연주할 때 잘못하면 반드시 알아채고는 돌아보았다고 한다. 지금 주유가 살아 있지는 않을 터이니 아마 옆에서 연주를 듣고 있는 이는 바로 주유와 같은 사람일 것이다. 그가 여인의 연주를 듣고 한 번씩 돌아봐주기를 바라면서 일부러 잘못 연주하는 것이다. 한 번 돌아봐주면 자신의 얼굴과 모습을 한 번 봐주는 셈이다. 그렇게라도 그이와 눈을 한번 마주치고 싶고 그이의 눈길을 한번 받고 싶다. 여인의 이런 속내를 그 사람은 알고 있을까? 이 시의 제목이 「쟁 연주를 듣다」이니 쟁을 듣는 남자는 이러한 여인의 마음을 꿰뚫고 있었던 것이다. 그렇기에 이 여인이 더욱 귀엽게 느껴진다.

224. 갓 결혼한 여인

사흘 만에 주방에 들어가서
손을 씻고 국을 끓인다.
시어머니 식성을 알지 못하여
먼저 시누이더러 맛보게 한다.

新嫁娘

三日入廚下, 洗手作羹湯.[1]
未諳姑食性,[2] 先遣小姑嘗.[3]

[주석]

1) 羹湯(갱탕): 국.

2) 諳(암): 알다. 姑(고): 시어머니.

3) 小姑(소고): 시누이. 嘗(상): 맛보다.

[해설]

이 시는 왕건이 갓 시집온 여인의 모습을 그린 것이다. 세 수의 연작시 중에서 세번째 시이다.

시집에 온 지 사흘이 되었다. 낯선 집에 왔기에 사흘 동안은

224. 갓 결혼한 여인 213

손님의 예로 대접을 받았지만 이제는 이 집의 며느리가 되어서 일을 해야 한다. 맨 먼저 하는 것이 주방으로 들어가 시부모님 진짓상을 마련하는 것이다. 먼저 손을 씻는다. 음식은 모름지기 정갈해야 한다. 그다음으로 국을 끓인다. 집집마다 입맛이 다 다른데 시부모님은 식성이 어떠할까? 이렇게 하면 입맛에 맞으실까? 혹시 맛없다고 날 타박하면 어떡하지? 첫날부터 시부모님께 칭찬을 받아야 하는데. 이런저런 걱정을 하다가 결국은 시누이를 부른다. 시누이도 어색하기는 마찬가지지만 그래도 시부모님의 식사를 거스르는 것보다는 낫겠지. 용기를 내어 시누이에게 자신이 끓인 국의 간을 보게 한다. 이제야 마음이 놓인다. 긴장된 첫날의 식사 준비가 이렇게 끝이 난다.

225. 『옥대신영』 형식의 시

권덕여權德興

어젯밤에는 치마끈이 풀리더니
오늘 아침에는 거미가 날아온다.
하얀 분을 버릴 수 없으니
혹시 남편이 돌아올 것 같다.

玉臺體

昨夜裙帶解, 今朝蟢子飛.[1]
鉛華不可棄,[2] 莫是藁砧歸.[3]

[주석]

1) 蟢子(희자): 갈거미. '희' 자에 기쁘다는 뜻의 '희喜'가 있어서 갈
   거미가 날아오면 좋은 일이 생긴다고 믿었다.

2) 鉛華(연화): 하얀 분가루.

3) 莫是(막시): 아마도. 藁砧(고침): 자리와 모탕. 옛날 죄인을 처형
   할 때 엎드리게 하고 목을 벨 때 사용하던 도구들이다. 이와 함
   께 사용되는 도구로 작두가 있는데 작두를 뜻하는 '부鈇'가 남
   편을 뜻하는 '부夫'와 음이 같아서 '고침'은 남편을 뜻하는 속어
   로 사용되었다.

이 시는 권덕여가 『옥대신영玉臺新詠』에 실린 시의 내용과 형식을 본떠 지은 것이다. 『옥대신영』은 남조 양梁나라의 서릉徐陵이 당시까지의 애정시를 모아 편집한 것이다. 대체로 여인의 생활이나 사랑 이야기를 읊었다.

어젯밤에는 치마끈이 저절로 풀렸다. 이는 남편이 돌아온다는 징조이다. 오늘 아침에는 거미가 날아온다. 이는 좋은 일이 생길 징조다. 이틀 동안 연속으로 좋은 징조가 보이니 아마도 우리 낭군이 돌아오지 않을까? 이제나 오려나 저제나 오려나 낭군을 기다리다가 지쳐서 화장도 안 하고 지냈다. 화장품을 다 버리려고도 했다. 이제 낭군이 돌아올 것 같으니 다시 화장을 하고 예쁜 모습으로 기다려야겠다.

낭군이 실제로 왔는지는 중요하지 않다. 완전히 포기했다가도 몇몇 징조만 보이면 다시 설렘에 기다리게 된다. 삶에 생기가 돈다. 이렇게 사는 것이 눈물 흘리며 기다린다거나 기다리다가 아예 포기하는 것보다는 낫다.

226. 강에 눈이 내린다

유종원柳宗元

천 개의 산에 날던 새가 끊어지고
만 개의 길에 사람 자취가 사라졌다.
외로운 배에 도롱이 삿갓의 늙은이
홀로 낚시하는데 차가운 강에 내리는 눈.

江雪

千山鳥飛絶, 萬徑人蹤滅.
孤舟簑笠翁,[1] 獨釣寒江雪.

[주석]

1) 簑笠(사립): 도롱이와 삿갓. 모두 비나 눈을 막는 복장이다.

[해설]

이 시는 유종원이 영주사마永州司馬로 폄적됐을 때 겨울날 눈 내리는 강에서 낚시하던 모습을 그린 것이다.

주위에 산이 천 개나 있다. 첩첩이 있는 그 산에 새가 날아다니질 않는다. 그 산 사이로 만 개의 길이 있는데 사람의 자취가 사라졌다. 눈이 오고 있기 때문이다. 새가 날지 못하고 사람이

다니지 못할 정도이니 눈이 많이 오는 것 같다. 동물이나 사람이 바깥에서 다니지 않고 모두 집에서 웅크리고 있다. 모든 움직임이 사라지고 오로지 세상에는 눈송이만 날리고 있다. 모든 소리가 사라지고 오직 눈 내리는 소리만 난다. 절대적인 정적과 새하얀 세상이다. 이곳에 무슨 욕심과 시기 질투가 있겠는가? 강에는 외로운 배가 한 척 있다. 그곳에 노인이 삿갓을 쓰고 도롱이를 입고는 낚싯대를 드리우고 있다. 차가운 강에는 눈이 내리고 있다.

한 편의 그림을 보고 있는 듯하다. 저 낚시꾼은 홀로 눈을 맞으며 차가운 강에서 낚시를 하고 있다. 물고기를 잡는 데 마음이 있는 것 같지는 않다. 이 세상의 고요한 적막과 새하얀 순결을 온몸으로 받아들이고 있는 것 같다. 홀로 있어서 외롭고 쓸쓸하지만 이러한 고요함과 순결을 같이할 수 있는 사람은 이 세상에 없다. 그러니 이 외로움은 감내해야 할 것이다. 나는 이 추위 속에서도 결코 나의 깨끗함을 버리지 않을 것이다. 아무도 몰라주고 내 곁에는 아무도 없지만.

227. 행궁

원진元稹

쇠락한 옛 행궁
궁 안의 꽃이 조용히 붉다.
흰머리의 궁녀가 남아
한가로이 앉아서 현종 때를 말한다.

行宮

寥落古行宮,[1] 宮花寂寞紅.[2]
白頭宮女在, 閑坐說玄宗.

[주석]

1) 寥落(요락): 쓸쓸한 모양. 쇠락한 모양.

2) 寂寞(적막): 조용한 모양. 쓸쓸한 모양.

[해설]

　이 시는 원진이 낙양洛陽에 있던 행궁行宮에서의 일을 적은 것
이다. 행궁은 황제가 경사를 나갔을 때 머무는 궁으로 여기서는
낙양의 상양궁上陽宮을 가리킨다.

　오래된 상양궁에 들어가니 쇠락한 모습이 완연하다. 기와가

떨어져 있고 단청은 희미해졌으며 계단에는 풀이 우거져 있다. 이 행궁에 황제가 오지 않은 지 오래되었을 것이고, 이제는 완전히 잊혔을 것이다. 옛 궁에는 그래도 꽃이 붉게 피어서 예전 모습 그대로이지만 궁 안은 조용하다. 아무도 이 꽃을 구경하러 오지 않는다. 물시인비物是人非. 사물은 변함이 없지만 사람은 바뀌었다. 흰머리의 궁녀가 남아 있다. 이 행궁을 아직도 지키고 있는 궁녀이다. 하지만 이제 흰머리가 되었으니 누가 그를 찾아줄 것인가? 황제가 행차하지도 않으니 행궁에서 할 일이라곤 하나도 없다. 한가롭게 앉아서 이런저런 이야기를 한다. 들어보니 현종 때의 일이다. 현종 때는 개원지치開元之治라고 불릴 정도로 태평성세로 이름이 났다. 이 궁녀는 옛날 현종 때에 행궁으로 들어왔다. 그 당시에는 아마도 젊고 아름다웠을 것이다. 현종이 이곳에 행차하면 그를 곁에서 보필했을 것이다. 이곳에서 연회를 베풀면 술을 따라주고 노래도 부르고 춤도 췄을 것이다. 현종의 총애를 받으며 한껏 신났을 것이다. 하지만 이후 안녹산의 난이 일어나면서 이곳에는 반군이 머물렀으며 난리가 종식되고 난 뒤에는 아무도 찾지 않는 곳이 되어버렸다. 인생은 일장춘몽이라고 했다. 화려한 청춘은 가고 흰머리만 남았다. 그래도 이렇게 누군가 찾아오면 또 옛날의 화려했던 시절을 이야기하며 생각에 잠긴다.

228. 유 씨에게 묻다

백거이白居易

푸른 개미 같은 거품의 새로 빚은 술
붉은 진흙으로 만든 조그만 화로.
저녁이 되자 하늘에 눈이 오려 하는데
한잔 마실 수 있는가?

問劉十九[1]

綠螘新醅酒,[2] 紅泥小火爐.
晚來天欲雪,[3] 能飮一杯無.[4]

[주석]

1) 十九(십구): 친척 형제간의 순서를 말한다.

2) 綠螘(녹의): 녹색 개미. 술이 익을 때 생기는 푸른 거품을 비유
   적으로 표현한 것이다. 잘 익은 술을 가리킨다. 醅酒(배주): 거
   르지 않은 술. 갓 익은 술을 가리킨다.

3) 欲(욕): ~할 것 같다.

4) 無(무): 문장 끝에서 의문문을 만든다.

이 시는 백거이가 이웃의 유劉 씨에게 술을 마시자고 부친 편
지이다. 유 씨가 누구인지는 알려져 있지 않다.

조그만 방이 있다. 아랫목의 단지에서는 뽀글뽀글 소리가 나
며 거품이 난다. 그 거품이 푸른 개미 같다. 술이 잘 익었다. 책
읽는 책상 옆에는 조그만 화로가 있는데 붉은 진흙으로 만든 것
이다. 숯을 몇 개 집어넣어 놓으니 붉은 진흙이 달아올라 더 붉
게 보인다. 방 안이 따뜻하다. 겨울날 이 정도만 있으면 더 이상
부러울 것이 없다. 저녁이 되자 하늘이 어두컴컴해지니 눈이라
도 한바탕 올 것만 같다. 이 밤 어이 홀로 잠잘 수 있겠는가? 그
대를 불러 술 한잔하고자 하는데 올 수 있겠는가? 밤새도록 따
뜻한 화롯가에서 맛있는 술을 마시며 이야기꽃을 피워보세. 이
시를 받은 유 씨는 한걸음에 달려왔을 것이다. 이웃 간의 소박
함과 정겨움에 절로 흐뭇해진다. 나도 이 술자리에 끼고 싶다.

229. 하만자

장호張祜

고향은 삼천 리
깊은 궁에서 이십 년.
한 곡조 「하만자」 부르고는
두 줄기 눈물을 임금 앞에 떨군다.

何滿子

故國三千里,[1] 深宮二十年.
一聲何滿子, 雙淚落君前.

[주석]

1) 故國(고국): 고향.

[해설]

　이 시는 장호가 「하만자何滿子」라는 노래를 부른 궁녀의 이야기를 적은 것이다. 하만자는 원래 개원開元 연간에 활동하던 창주滄州의 가수 이름인데 처형을 당하게 되자 노래를 바쳐 죽음을 면하고자 하였지만 결국 처형되었다. 그 노래가 「하만자」라고 불렸다. 또한 무종武宗이 병이 위중해지자 맹재인孟才人에게

"내가 죽으면 어떻게 할 것이냐?"라고 물으니 생활 주머니를 가리키며 "저것으로 목을 매어 죽겠습니다"라고 하고는 「하만자」한 곡을 부르고 죽어버렸다. 후에 무종이 죽은 뒤 관이 움직이지 않았는데 맹재인의 관을 가지고 오자 움직였다고 한다. 이러한 이야기로 보아 「하만자」는 슬픈 내용의 노래였을 것으로 보인다.

궁녀의 고향은 궁에서 3천 리 떨어진 곳이다. 궁전 깊숙한 곳에서 지낸 지는 20년이 지났다. 그동안 고향은커녕 바깥 구경도 제대로 못하면서 궁전에 갇힌 채 청춘을 보냈다. 처음 왔을 때는 젊고 아리따운 아가씨였지만 이제는 머리가 하얗게 된 늙은이가 되었다. 예전에는 그래도 황제의 은총을 기대하며 살았지만 이제는 아무런 희망도 없다. 오늘 임금님 앞에서 「하만자」한 곡을 부르고는 두 줄기 눈물을 흘린다. 그동안의 회한이 어지러이 교차한다. 이제는 궁전을 떠나 자유롭게 편히 쉬고 싶다.

230. 낙유원에 오르다

이상은李商隱

저녁 무렵 마음이 편치 않아
수레를 몰아 옛 동산에 올랐다.
석양은 한없이 좋다만
다만 황혼에 가깝구나.

登樂游原

向晚意不適,[1] 驅車登古原.
夕陽無限好, 只是近黃昏.

[주석]

1) 向晚(향만): 저녁 무렵.

[해설]

이 시는 이상은이 장안에 있는 낙유원樂游原에 오른 일과 그 감회를 적은 것이다. 낙유원은 원래 진秦나라의 의춘원宜春苑이었는데 한나라 선제宣帝가 이곳을 새로 꾸미고 낙유원이라 불렀다. 이곳에서는 장안성이 다 내려다보이며 삼짇날이나 중양절이 되면 남녀들이 여기에 모여 경치를 즐기며 놀았다.

해 질 무렵이 되었다. 갑자기 마음이 편치 않다. 왜 그런지는 모르겠다. 오늘 하루가 이렇게 그냥 지나가는 것이 허망하게 느껴졌을 수도 있겠다. 이 마음을 풀고 싶다. 어디로 갈까? 낙유원이 좋겠다. 수레를 몰아서 그곳에 올라간다. 과연 장안성이 환히 보이는 것이 절경이다. 마침 석양이 지니 울긋불긋한 풍경이 더욱 아름답다. 한없이 좋다. 이보다 더 좋은 일이 또 있을까? 가슴이 확 뚫린다. 근데 갑자기 생각에 잠긴다. 이 석양이 지고 나면 황혼이 올 것이고 그러면 세상은 깜깜해질 것이다. 이 장안성이 더 이상 보이지도 않고 한없이 좋기만 하던 석양도 사라진다. 모든 것이 소멸한다. 아! 인생이란 이런 것인가? 나의 전성기도 이제 흰머리와 함께 사라지는 것인가? 당나라의 찬란한 시절도 이제 이렇게 끝나는 것인가? 가장 좋은 절정의 날이 바로 쇠락이 시작되는 날이다. 나는 이미 쇠락이 시작되었고 우리 당나라도 마찬가지구나. 이제 끝이다.

231. 은자를 찾아갔다가 만나지 못하다

가도賈島

소나무 아래에서 동자에게 물어보니
스승은 약초 캐러 갔다고 말한다.
그저 이 산속에 있을 터인데
구름이 깊어서 어느 곳인지 알 수 없다.

尋隱者不遇

松下問童子, 言師採藥去.
只在此山中, 雲深不知處.

[해설]

이 시는 가도가 산속에 은일하고 있는 은자를 찾아갔지만 만나지 못하고 그 감회를 적은 것이다. 그 은자가 누구인지는 알려져 있지 않다.

산속에 은자가 살고 있다고 하기에 찾아 나섰다. 깊은 산중에 있는 그의 집에 도착하였다. 소나무가 한 그루 멋진 자태를 뽐내고 있다. 꺾이지 않는 그의 절조를 나타내는 듯 늠름하게 푸른빛을 발하고 있다. 하지만 집에 그 은자는 없다. 집에 있는 동자에게 물어본다. "스승님은 어디 가셨는가?" "약초 캐러 가셨

습니다." 그러고는 저 높은 산을 가리킨다. 산 중턱을 흰 구름
이 둘러싸고 있다. 이 산속에 계시긴 하겠지만 산이 이렇게 높
고 깊으니 어찌 찾을 수 있겠는가? 이 높은 산과 흰 구름은 그
은자의 고고하고 깨끗한 인품을 보여주고 있는 듯하다. 세속으
로부터 멀리 떨어진 이 깊은 산속의 구름 속에 살고 있으니 인
간 세상의 사람이 아니라 신선임이 분명하다. 그의 마음을 조금
이라도 배우고자 하지만 감히 그 자취를 확인할 방도조차 없다.
아득한 경지를 감히 엿보기도 힘들구나.

232. 한수를 건너다

이빈李頻

오령 이남에서 소식이 끊어진 채
겨울을 지내고 다시 봄을 맞이했다.
고향에 가까워질수록 마음은 더욱 두려워지니
그곳에서 오는 사람에게 감히 묻지도 못하겠다.

渡漢江

嶺外音書絶,[1] 經冬復歷春.
近鄕情更怯, 不敢問來人.[2]

[주석]

1) 音書(음서): 소식. 편지.

2) 來人(내인): 여기서는 고향에서 오는 사람을 가리킨다.

[해설]

이 시는 이빈이 영남 지역으로 폄적되었다가 다시 고향으로 돌아가던 도중 한수漢水를 지나면서 느낀 감회를 적은 것이다. 영남은 지금의 광동성과 광서자치구 지역이며, 한수는 장강의 지류로서 지금의 호북성 무한시에서 합류한다.

오령 이남으로 쫓겨나니 고향과 소식이 완전히 끊어졌다. 그렇게 기나긴 겨울이 지나가고 다시 봄이 왔다. 이제 풀려나서 고향으로 가게 되었다. 처음에는 고향으로 가는 것이 설레고 기쁘기만 했다. 하지만 고향에 점점 가까이 갈수록 마음이 점차 두려워진다. 그동안 다들 무사히 잘 지냈을까? 그새 집에 무슨 일이 생긴 건 아닐까? 그동안 연락이 전혀 없었는데 안 좋은 일이 생겨서 그랬던 건 아닐까? 내가 출발하기 전에 간다고 연락을 했는데 왜 아직 연락이 없을까? 이런저런 걱정이 갑자기 엄습해온다. 고향에 가까워지니 고향 말씨를 쓰는 사람들을 드물지 않게 만난다. 하지만 선뜻 그 사람들에게 식구들의 근황을 물어보기가 두렵다. 혹 안 좋은 소식을 들으면 어떡하나? 근심스러운 마음이 점점 커진 채 고향으로 조심스럽게 간다.

233. 봄날의 원망

김창서金昌緖

꾀꼬리를 쳐서 날려 보내
가지 위에서 울지 못하게 한다.
새가 울면 내 꿈을 깨게 해서
임이 계신 요서로 갈 수 없으니.

春怨

打起黃鶯兒, 莫敎枝上啼.[1)]
啼時驚妾夢, 不得到遼西.[2)]

[주석]

1) 敎(교): ~하게 하다.

2) 遼西(요서): 지금의 요녕성에 있는 요하遼河의 서쪽으로 변방 지
   역이다.

[해설]

이 시는 김창서가 변방에 나간 임을 그리워하는 여인의 마음
을 읊은 것이다.

봄날이다. 꾀꼬리가 창밖의 나뭇가지에 앉아서 노래한다. 그

런데 이 여인은 꾀꼬리에게 막대를 휘둘러 쫓아버린다. 더 이상 나뭇가지에서 노래하지 못하게 한다. 만일 새가 울면 내가 잠에서 깨게 되고, 그렇게 되면 꿈을 꿀 수 없게 된다. 꿈에서나마 요서로 정벌 나간 임을 볼 수 있는데 그 꿈조차 꾸지 못하는 것이다. 봄이 와서 꽃이 피고 꾀꼬리가 울면 여인은 응당 밖으로 나가 봄날을 즐겨야 한다. 하지만 이 여인은 그렇게 하지 못한다. 같이 즐길 임이 없기 때문이다. 그래서 아름다운 소리로 우는 꾀꼬리가 더 원망스럽다. 옛날 임과 함께 저 꾀꼬리 소리를 들으면서 즐거워하던 때가 더욱 생각나기 때문이다. 지금은 혼자이다. 그래서 봄날 날이 훤하지만 여인이 할 수 있는 건 잠을 자는 일밖에 없다. 꿈속에서라도 임을 만나고자 한다. 꿈속에서 드디어 임을 만나서 사랑을 나누고 있는데 꾀꼬리가 울어서 꿈에서 깬다. 또 나가서 몽둥이를 들고 꾀꼬리를 쫓아버린다. 언제나 임이 돌아와 봄날을 같이 즐길 수 있을까? 꾀꼬리는 아무 잘못이 없다.

234. 가서한의 노래

서쪽 변방의 사람(서비인西鄙人)

북두칠성 높은데
가서한이 밤에도 칼을 차고 있으니,
지금까지 말을 먹이려 엿보지만
감히 임조를 넘어오지는 못한다.

哥舒歌

北斗七星高, 哥舒夜帶刀.
至今窺牧馬, 不敢過臨洮.

[해설]

이 시는 서쪽 변방의 사람이 당나라의 장군 가서한哥舒翰을 칭송하며 부른 것이다. 『전당시』의 주석에 따르면 당나라 현종 때인 천보 연간에 가서한이 안서절도사安西節度使가 되었는데, 땅을 수천 리나 차지하여 명성이 자자하였으므로 서쪽 변방의 사람이 이를 노래하였다고 한다. 그러니 일종의 민가인 셈이다.

북두칠성이 높이 솟은 한밤중. 가서한 장군은 밤에도 칼을 차고 있다. 높이 솟은 북두칠성이 온 세상을 다 내려다보고 있듯이 장군은 변방 이민족이 쳐들어올까 봐 항상 경계하고 있다.

가을이 되면 말에게 풀을 먹이기 위해 침략하려고 엿보고 있지만 가서한 장군이 지키고 있으니 임조臨洮 너머로 오지는 못한다. 임조는 지금의 감숙성 민현岷縣인데 전하는 바에 따르면 진시황의 만리장성이 이곳에서부터 시작되었다고 한다. 그러니 이곳이 진정 중국 땅이 시작되는 곳이다. 너희가 그 너머에서는 자유롭게 말을 길러도 되지만 이곳은 절대 넘어오지 못한다. 넘어오는 순간 가서한 장군이 가만두지 않을 것이다. 그 덕분에 우리 백성들은 아무 걱정 없이 편안히 살 수 있게 되었다. 태평성세를 이루었다.

235-1. 장간의 노래 제1수

최호崔顥

"그대의 집은 어느 곳에 있습니까?
저의 집은 횡당에 있습니다."
배를 멈추고 잠시 묻는다
"혹시 같은 고향이 아닌가요?"

長干行 其一

君家何處住, 妾住在橫塘.
停船暫借問, 或恐是同鄕.[1]

[주석]

1) 或恐(혹공): 혹시.

[해설]

이 시는 최호가 지은 민가 형식의 시로 장간長干 마을 출신 두 남녀가 객지에서 만난 이야기를 적었다. 이 시는 원래 네 수로 이루어진 연작시인데 여기서는 첫째와 둘째 시를 수록하였다. 장간은 지금의 강소성 남경시 남서쪽의 지명이다.

어느 여인이 배를 타고 장강을 지나가고 있다. 그런데 갑자기 고향 마을 사람의 말투가 들려온다. 배를 멈추고는 그 배를 탄 남자에게 물어본다. "그대의 집은 어딥니까?" 남자가 대답을 하기도 전에 여인은 "저의 집은 횡당입니다." 횡당은 장간의 옆 동네이다. 아직 남자는 대답도 안 했는데 또 물어본다. "혹시 같은 고향 사람 아닌가요?" 이런 상황을 묘사하면서 최호는 배를 멈추고 묻는다는 상황은 제3구에 적었다. 처음에는 대뜸 여인의 질문으로 시작한다. 독자에게 궁금증을 유발함과 동시에 여인의 다급함이 드러난다. 이 여인은 객지를 떠돈 지 얼마나 오래되었기에 고향 말투를 쓰는 사람을 만나자마자 이렇게 질문을 쏟아부을까? 그것도 여자가 처음 보는 남자에게. 체면과 예의를 다 제쳐놓을 만큼 반가웠던 것이다.

235-2. 장간의 노래 제2수

최호崔顥

"집이 구강과 가까워
구강 옆을 왔다 갔다 하였습니다.
같은 장간 사람인데도
어려서는 서로 몰랐군요."

長干行 其二

家臨九江水, 來去九江側.
同是長干人, 生小不相識.[1]

[주석]

1) 生小(생소): 어렸을 때.

[해설]

제2수는 남자의 대답이다. 내가 사는 집은 구강九江 근처이다. 구강은 지금의 강서성 구강시로 장강 중하류 지역이며 장간과 멀지 않다. 그래서 구강 옆을 왔다 갔다 하였다. 여인은 횡강 사람이고 남자는 구강 사람이니 두 사람의 고향은 어찌 보면 다르고 장간과도 다르다. 하지만 남자는 지체 없이 "같은 장간 사람이다"라고 말한다. 객지를 떠돌다 보면 그 정도의 거리는 충분히 같은 고향으로 볼 수 있기도 하다. 그만큼 고향 부근의 사람조차도 만나기 힘들기 때문이다. 그렇게 왕래를 하다 보면 한 번쯤 봤을 법도 한데 어렸을 때는 서로 알고 지내지 못하다가 이렇게 이역만리 타향에서 서로 만나 인사를 하게 되었다. 어렸을 때야 모두 고향 사람이니 굳이 옆에 있는 사람이 누군지 알 것까지는 없었을 것이다. 더구나 같은 마을도 아니지 않은가? 하지만 지금 장성하여 객지에서는 그저 고향 사람이 좋고 반갑다. 이제 우리 친하게 지냅시다.

236. 옥과 같이 하얀 섬돌에서의 원망

이백李白

옥과 같이 하얀 섬돌에 흰 이슬이 생겼는데
밤이 오래되자 비단 버선에 스며든다.
돌아와 수정 발을 내리고는
영롱한 가을 달을 바라본다.

玉階怨

玉階生白露, 夜久侵羅襪.[1]
却下水精簾, 玲瓏望秋月.

[주석]

1) 羅襪(나말): 비단 버선.

[해설]

이 시는 이백이 규방에서 임을 밤새 기다리는 여인의 모습을 묘사한 것이다.

섬돌이 달빛을 받아 하얗게 빛난다. 그 섬돌에 흰 이슬이 맺혔다. 흰 이슬이 맺혔으니 가을날 저녁일 것이다. 쌀쌀한 날씨에 여인이 홀로 뜰에 나와 있다. 어느새 밤이 깊어졌다. 이슬이 버선에도 맺혔다가 신발 안으로 스며들어 축축해질 정도이다. 발이 시릴 수도 있겠다. 이 여인은 무엇 때문에 밤중에 뜰에 나와 홀로 서성이고 있을까? 임이 오기를 기다리는 것인가? 오늘 오기로 하였는데 오지 않은 것인가? 아니면 기약도 없이 무작정 기다리고 있는 것인가? 어찌 되었건 기다리는 임이 오지 않은 것만은 사실이다. 밤이 깊었고 날씨도 쌀쌀해졌고 몸도 몹시 춥다. 다시 방으로 돌아온다. 문에 걸린 수정 발을 내려놓는다. 이제 자야 하는데, 잠이 오지 않는다. 휘영청 밝은 달빛이 방 안으로 들어온다. 기다리는 임은 오지 않고 공연히 달빛만 여인의 방에 찾아온다. 그 달빛을 무심히 바라본다. 우리 임도 지금 저 달을 보고 있을까? 저 달을 보면서 날 생각하고 있을까? 여인은 오늘 밤도 잠 못 들고 그리움에 사무친다.

237-1. 변새의 노래 제1수

노륜盧綸

독수리 깃털의 금복고 화살

제비 꼬리 장식의 수놓은 모호 깃발.

홀로 서서 새로운 명령을 떨치니

천 개의 군영이 함께 일제히 소리친다.

塞下曲 其一

鷲翎金僕姑,[1] 燕尾繡蝥弧.[2]

獨立揚新令, 千營共一呼.

[주석]

1) 鷲翎(취령): 독수리 깃털. 金僕姑(금복고): 화살의 이름이다.

2) 蝥弧(모호): 원래는 춘추시대 제후인 정백鄭伯의 깃발 이름이었
   는데 후에 군대 깃발을 가리키게 되었다.

[해설]

　이 시는 노륜이 변방에서 씩씩하게 전쟁을 하는 장군의 모습
을 묘사한 것이다. 모두 여섯 수의 연작시인데 여기서는 앞의
네 수를 수록했다. 당나라 때는 변방의 상황을 그린 시가 유행

했는데 작자가 직접 변방에 가서 지은 것도 있지만 그렇지 않은 것도 많았다. 대체로 변방에서 종군하는 병사들의 애환을 그린 것이 많은데, 이 시는 장군의 용맹한 모습을 묘사했다. 특정 장군을 칭송하기 위한 것이라기보다는 작가 자신의 기개를 드러내기 위한 것으로 보인다.

장군은 독수리 깃털을 단 금복고金僕姑 화살을 차고 있으며 제비 꼬리 모양으로 장식한 화려한 모호蝥弧 깃발을 들고 있다. 용맹하고 위엄 있는 장군의 모습이다. 홀로 서서 명령을 큰 소리로 떨치니 천 개나 되는 군영에서 일제히 한목소리로 복창한다. 장군이 씩씩하니 병사들도 사기가 충천했으며, 군기가 삼엄하여 일사불란하다.

237-2. 변새의 노래 제2수

노륜盧綸

숲은 어둑하고 풀이 바람에 놀라자
장군은 밤에 활을 당겼다.
날 밝은 뒤 흰 깃 화살을 찾으니
바위 모서리 가운데에 박혀 있다.

塞下曲 其二

林暗草驚風, 將軍夜引弓.
平明尋白羽,[1] 沒在石稜中.[2]

[주석]

1) 平明(평명): 날 밝을 때.

2) 沒(몰): 파묻히다. 여기서는 화살이 박히는 것을 뜻한다. 石稜
   (석릉): 바위 모서리.

[해설]

숲이 무성하여 어둑하다. 바람이 갑자기 부니 풀이 어지럽게
흔들린다. 무언가 있는 것인가? 호랑이인가? 적군인가? 밤이라
서 아무것도 보이지 않지만 장군은 활을 가져다가 정신을 집중

하여 쏜다. 금세 바람도 잦아들고 아무 소리도 들리지 않는다. 날이 밝은 뒤 무엇이었는지 찾으러 가보니 바위에 화살이 박혔는데 흰 깃까지 들어가버렸다. 예로부터 용맹한 장군이 바위가 호랑이인 줄 알고 쏘았는데 화살이 바위에 박혔다는 이야기가 많다. 우리 장군님도 그 정도로 용감하시다. 우리가 믿고 따를 만한 분이시다.

237-3. 변새의 노래 제3수

노륜盧綸

달빛 깜깜하고 기러기 높이 날 때
선우가 밤에 도망간다.
날랜 기병을 거느리고 추격하려는데
눈이 많이 내려 활과 칼에 가득하다.

塞下曲 其三

月黑雁飛高, 單于夜遁逃.[1]
欲將輕騎逐,[2] 大雪滿弓刀.

[주석]

1) 單于(선우): 흉노족 우두머리의 호칭. 遁逃(둔도): 도망가다.

2) 將(장): 거느리다.

[해설]

달이 뜨지 않아 깜깜한 밤. 기러기가 높이 나는 가을. 북방 유목민인 흉노는 가을이 되면 말을 먹이기 위해 남쪽으로 내려와 중국을 침략한다. 깜깜한 밤이 되면 이들이 기습하기에 좋은 때이다. 하지만 오늘은 다르다. 우리 장군님의 용맹함에 흉노가 겁을 먹고 도망간다. 달이 비치지 않는 깜깜한 밤을 틈타 흉노의 우두머리인 선우單于가 몰래 도망간다. 이때를 놓쳐서는 안 된다. 도망가는 적들을 공격해야 한다. 그래야 다시는 침략하지 않을 것이다. 빨리 쫓아가야 하기에 가볍게 무장한 기병들을 선발하였다. 날쌔게 말을 달린다. 변방이라 가을인데도 눈이 온다. 펑펑 내리는 눈이 활과 칼에 쌓이지만 속도를 늦추지 않는다. 눈길을 뚫고 적들을 쫓아간다. 완전히 몰아내야 할 것이다.

237-4. 변새의 노래 제4수

노륜盧綸

야전 막사에서 성대한 잔치를 벌이니
강족과 융족이 개선을 축하하고 위로한다.
취하여 금빛 갑옷 입고 춤을 추는데
우레 같은 북소리가 산천을 뒤흔든다.

塞下曲 其四

野幕敞瓊筵,[1] 羌戎賀勞旋.[2]
醉和金甲舞,[3] 雷鼓動山川.[4]

[주석]

1) 敞(창): 열다. 펼치다. 瓊筵(경연): 화려한 연회. '경'은 옥의 일종이다.

2) 羌戎(강융): 강족과 융족. 서쪽 변방 이민족의 이름이다. 賀勞(하로): 경하하고 노고를 치하하다. 旋(선): 개선하다.

3) 和(화): 여기서는 입는다는 뜻이다.

4) 雷鼓(뇌고): 우레 소리같이 큰 소리를 내는 북.

   드디어 승리하였다. 적들이 다 물러갔다. 원정 나온 병사들이니 번듯한 건물은 없고 야전의 막사에서 성대한 잔치를 벌인다. 장군을 비롯하여 병사들은 말할 것도 없고 인근의 백성들도 다 모였다. 그리고 변방 이민족인 강족과 융족까지 찾아와서 개선한 병사들에게 축하를 하고 그간의 노고에 감사를 드린다. 이들 역시 흉노족의 침입에 피해를 입었기에 적들을 물리친 장군의 은덕에 고마워하고 있다. 장군의 용맹함과 고상한 인품이 변방 이민족들을 지키고 그들을 교화시켜 중국에 복종하게 한 것이다. 장군이 한잔 마시고 취하여 즐거움에 춤을 추지만 여전히 금빛 갑옷을 입고 계신다. 비록 승리하긴 했지만 여긴 아직 전쟁터이니 한시도 경계를 늦추지 않으신다. 이러한 정신력이 있었기에 승리할 수 있었고 병사들이 믿고 목숨을 바칠 수 있었던 것이다. 승리의 북소리를 크게 울린다. 온 산천이 뒤흔들릴 정도로. 이제 고향으로 돌아갈 것이다. 고향의 가족들도 이제 안심할 것이다. 이 모든 것이 용감하고 어진 장군님 덕분이다.

238. 강남의 노래

이익李益

구당의 상인에게 시집을 가니
매일매일 소첩과의 기대에 어긋난다.
조수가 믿음직하다는 걸 진작 알았다면
조수 따라 움직이는 뱃사람에게 시집갔을 텐데.

江南曲

嫁得瞿塘賈, 朝朝誤妾期,
早知潮有信, 嫁與弄潮兒.¹⁾

[주석]

1) 弄潮兒(농조아): 조수를 타는 사람. 조수에 따라 왔다 갔다 하는
   뱃사람을 가리키는 것으로 보인다.

[해설]

이 시는 이익이 상인에게 시집간 강남 여인의 원망을 표현한
것이다. 시 제목인「강남의 노래江南曲」는 옛 악부의 제목으로
대체로 강남 지역 남녀의 사랑 노래가 많다.

상인에게 시집을 갔다. 남편은 장강을 거슬러 올라가 험하기

로 유명한 구당협瞿塘峽을 거쳐 산이 첩첩이 있는 사천四川으로 들어가서 장사를 한다. 길이 멀고 험하다. 한번 장사하러 가면 언제 올지 모른다. 갈 때는 언제 오겠노라고 장담을 하고 가지만 번번이 그 약속을 어긴다. 약속한 날짜가 되면 포구에 나가서 남편이 탄 배가 오는지 기다리지만 허탕 치고 돌아온다. 다른 상인들은 다 돌아오지만 남편은 오질 않는다. 혹시나 사고가 난 것은 아닐까? 도둑을 만난 것은 아닐까? 다른 여인하고 눈이 맞은 것은 아닐까? 이런저런 걱정과 근심에 하루하루 애가 탄다. 내가 왜 상인에게 시집와서 이렇게 홀로 근심하는 걸까? 포구에 나와보니 조수 따라 왔다 갔다 하는 뱃사람들은 어김없이 정해진 날에 돌아온다. 차라리 뱃사람에게 시집갔으면 좋았을 것을. 상인인 남편은 도무지 신용이 없다. 믿음이 가지 않는다.

권 6

칠언절구 七言絶句

239. 고향에 돌아와 우연히 적다

하지장賀知章

어려서 집을 떠났다가 늙어서 돌아왔는데
고향 말투는 안 바뀌었지만 귀밑머리는 하얘졌다.
어린아이가 나를 보고는 알아보지 못하고
"손님께서는 어디서 오셨어요?"라고 웃으며 묻는다.

回鄉偶書

少小離家老大回,[1] 鄉音無改鬢毛衰.[2]
兒童相見不相識, 笑問客從何處來.

[주석]

1) 少小(소소): 어리다. 老大(노대): 늙다.

2) 鄉音(향음): 고향 사투리.

[해설]

　이 시는 하지장이 늙어서 고향으로 돌아온 뒤 우연히 있었던 일을 적은 것이다. 두 수의 연작시 중 첫번째 시이다.

　하지장은 30대에 고향인 지금의 절강성 영흥永興을 떠나 관직 생활을 하다가 86세가 되어서 다시 고향으로 돌아왔다. 여전히 고향의 사투리는 사용하고 있지만 자신의 외모는 늙어버렸다. 외지에서는 자신의 말투가 어색하게 느껴졌지만 여기서는 모두 다 같은 말을 사용하고 있다. 산천도 옛날 그대로이다. 하지만 고향의 산과 강을 한 번 더 보면 낯설게 느껴지기도 한다. 사람들도 마찬가지이다. 옛날에 알고 지내던 사람들이 더러 죽기도 하였고 나처럼 늙어 외모가 많이 달라지기도 하였다. 이런저런 옛날이야기를 하다 보면 당시 기억이 어렴풋이 나기도 하지만 어색한 기운이 없지는 않다. 미묘하고 복잡한 심사로 주위를 둘러보며 이 사람 저 사람 만나보고 있노라니 어느 꼬마 아이가 나를 보고는 웃으면서 묻는다. "손님께서는 어디서 오셨어요?" 나더러 손님이란다. 하긴 이 아이는 날 처음 봤을 터이니 날 외지인으로 여겼을 것이다. 두리번거리며 돌아다니는 모습이 아이에게는 객지 사람으로 보였던 모양이다. 뭐라고 대답해야 할까? 자기 집에서 손님 대접 받는 기분이 묘하다.

240. 복숭아나무 꽃잎이 떠 있는 계곡

장욱張旭

들판 안개 너머 희미하게 날 듯한 다리 있는데
물가 바위 서쪽 두둑에서 어부에게 묻는다.
"복숭아 꽃잎이 온종일 흐르는 물을 따라오는데
동굴은 맑은 계곡의 어느 쪽에 있습니까?"

桃花溪

隱隱飛橋隔野煙,[1] 石磯西畔問漁船.[2]
桃花盡日隨流水, 洞在淸溪何處邊.

[주석]

1) 隱隱(은은): 희미한 모양.

2) 石磯(석기): 물가에 있는 바위산.

[해설]

이 시는 장욱이 봄날 복숭아나무 꽃잎이 물에 떠내려오는 계
곡을 노닐다가 느낀 감회를 적은 것이다. 도연명陶淵明의 「도화
원기桃花源記」에 나오는 이야기에서 시상을 얻은 것으로 보인다.
어느 어부가 복숭아나무 꽃잎이 떠내려오는 계곡을 거슬러 올라

가다가 산 동굴 안의 어느 마을을 발견했는데 옛날 진秦나라의 난리를 피해 들어온 사람들의 후손이 살고 있었으며 세속과 인연을 끊은 채 평화롭게 지내고 있었다고 한다. 이후 어부가 밖으로 나왔다가 다시 그곳을 찾아가려고 했지만 발견하지 못했다고 한다.

장욱이 어느 봄날 화창한 날씨를 즐기며 들판으로 나갔다. 들판의 아지랑이 너머 희미하게 높다란 다리가 하나 보인다. 그 다리 쪽으로 가보니 둥그런 다리 아래로 시냇물이 흘러가는데 복숭아나무 꽃잎이 줄지어 떠내려오고 있다. 아! 이곳에 도연명의 이야기에 나오는 무릉도원이 있을 것 같다. 어디까지 올라가야 할까? 저기 물가 바위 옆에 어부가 있는데, 혹시 무릉도원에 갔다 온 그 어부는 아닐까? 한번 물어봐야겠다. "어디로 가야 무릉도원이 있습니까?" 무릉도원을 찾아가는 봄날의 나들이가 기분 좋다.

241. 구월 구일에 산동의 형제를 생각하다

왕유王維

홀로 낯선 고장에서 낯선 나그네가 되니
매번 명절이 되면 가족 생각이 배가 된다.
멀리서도 알겠구나, 형제들이 높이 오른 곳에
모두 수유 열매 꽂았지만 한 사람이 적을 것을.

九月九日憶山東兄弟

獨在異鄉爲異客, 每逢佳節倍思親.
遙知兄弟登高處, 遍揷茱萸少一人.

[해설]

이 시는 왕유가 음력 9월 9일 중양절重陽節이 되었을 때 고향인 산동山東의 형제들을 그리워하며 지은 것이다. 중양절은 중국의 최대 명절 중 하나로 온 가족이 모여서 높은 산에 함께 올라 붉은 수유 열매를 꽂아 사악한 기운을 물리치고 국화주를 마시며 즐겁게 노니는 날이다.

홀로 낯선 고장에서 낯선 나그네가 되었다. '낯설다'는 말을 두 번 연속해서 쓸 정도로 타향살이가 외롭고 쓸쓸하다. 아무리 정을 붙이려고 해도 낯선 것은 어쩔 수 없다. 평소에도 외로워서 가족 생각이 많이 나는데 명절이 되면 그 생각이 두 배 세 배가 된다. 특히 중양절과 같이 온 가족이 모이는 명절은 더 그러하다. 오늘 가족들은 무엇을 하고 있을까? 형제들이 다 모여서 높은 산에 올랐을 것이다. 수유 열매를 꽂고 국화주를 마시며 즐겁게 노닐 것이다. 예년에는 나도 그곳에 같이 있었는데 올해는 그러지 못하고 나만 빠졌겠구나. 한 사람이 빠진 줄을 형제들도 알고 있을 것이다. 내년 중양절에는 함께 노닐 수 있기를 바란다.

242. 부용루에서 신점을 보내다

왕창령王昌齡

차가운 비가 강물에 이어지는 밤에 오 땅에 들어왔는데
날 밝으며 나그네를 보내자니 초 땅의 산이 외롭다.
낙양의 친한 벗이 만일 내 소식을 물으면
한 조각 얼음 같은 마음이 옥병에 있다고 대답하시게.

芙蓉樓送辛漸

寒雨連江夜入吳, 平明送客楚山孤.[1]

洛陽親友如相問,[2] 一片冰心在玉壺.

[주석]

1) 平明(평명): 날이 밝다.

2) 如(여): 만약.

[해설]

  이 시는 왕창령이 부용루芙蓉樓에서 낙양으로 가는 신점辛漸을 보내며 지은 것이다. 두 수로 된 연작시 중 첫번째 시이다. 부용루는 지금의 강소성 진강시鎭江市 북서쪽에 있는 누대이다. 신점은 왕창령이 강녕현령江寧縣令으로 폄적되었을 때 사귄 친구이다. 강녕은 지금의 남경시의 지명으로 부용루와 가깝다.

　차가운 비가 강물에 내리는 밤. 서글픈 마음으로 배를 타고 비를 맞으며 옛날 오나라 땅인 이곳 강녕에 도착했다. 아는 사람이라고는 하나도 없다. 낯선 곳에서 누구에게 의지하며 살지 막막하기만 하다. 그때 신점 당신을 만났다. 같이 시도 짓고 노닐면서 날 위로해주고 격려해주었다. 그런데 지금 그대가 낙양으로 떠나려고 하니 마음이 아프다. 첫째 구를 작별하는 날 밤의 풍경으로 보기도 한다. 오늘 밤 온 오 땅의 강에 비가 내린다. 밤새도록 내린다. 하늘도 이별을 슬퍼하는 것 같다. 그대가 떠나고 나면 옛날 초나라 땅이었던 이곳의 산이 외로울 것이다. 그대는 강물 따라 배를 타고 멀리멀리 떠나가지만 나는 이곳의 외로운 산처럼 홀로 서 있을 것이다. 그대를 따라가고 싶어도 외로운 산과 같은 나는 따라갈 수가 없다. 낙양에는 내 친구들이 많이 있다. 그곳에 가면 꼭 그들을 찾아보아라. 내 이야기를 하면 마치 날 대해주듯이 잘 대접해줄 것이다. 그들이 내 안부를 물을 터인데, 이렇게 전해주게나. "한 조각 얼음 같은 마음이 옥병에 있다." 나의 마음은 얼음과 같이 투명하고 맑다. 그리고 그 마음이 또한 옥같이 깨끗한 병에 담겨 있다. 내 마음은 언제나 깨끗할 것이고 영원히 변치 않을 것이다. 비록 시기와 질투로 내가 쫓겨나기는 했지만 나는 고결함을 지키며 살아가고 있다. 너무 걱정하지 마라. 난 객지에서도 꿋꿋하게 잘 살아가고 있다. 다음에 다시 만날 때까지 건강히 잘 지내기를.

243. 규방에서의 원망

왕창령王昌齡

규방의 어린 아낙네 근심을 알지 못하는데
봄날 한껏 단장하고 푸른 누대에 올랐다.
문득 길가의 버드나무빛을 보고는
낭군더러 관작에 봉해질 길 찾도록 보낸 걸 후회한다.

閨怨

閨中少婦不知愁, 春日凝妝上翠樓.[1]
忽見陌頭楊柳色,[2] 悔敎夫婿覓封侯.[3]

[주석]

1) 凝妝(응장): 화려하게 단장하다.

2) 陌頭(맥두): 길가.

3) 敎(교): ~하게 하다. 夫婿(부서): 남편. 封侯(봉후): 관작에 봉해
   지다. 벼슬하는 것을 말한다.

[해설]

이 시는 왕창령이 남편을 멀리 떠나보낸 젊은 여인이 봄날 그
리움에 잠기는 내용을 읊었다.

규방의 어린 부인은 근심을 알지 못한다. 원래 부유한 집안에서 자라났기에 먹고 입는 것에 대한 근심이 없었다. 어린 나이에 시집을 왔기에 시부모를 모셔야 하는 스트레스도 별로 없다. 그저 즐겁고 재미나게 살면 된다. 봄날이 왔다. 꽃이 피었다. 봄나들이를 가려고 한껏 차려입고 예쁘게 단장하고는 푸른빛이 도는 아름다운 누대에 올랐다. 아름다운 봄이다. 봄바람이 살랑살랑 불어온다. 길가의 버드나무빛이 연둣빛으로 아름답게 빛난다. 바람에 금빛 가지가 한들한들 흩날리고 있다. 봄바람에 젊은 여인의 마음이 뒤숭숭해진다. 이 아름다운 봄날 남편과 같이 보내야 하는데. 남편과 지난봄에 이곳에서 헤어졌다. 저 버들가지를 꺾어주면서 멀리 떠나갔다. 관직을 구해서 돌아오겠다고 떠나갔지만 아직 돌아오지 않고 있다. 이런 외로움을 느낄 줄 알았더라면 보내지 말 것을.

 어린 나이에 남편을 멀리 떠나보내고서 혼자 신방을 지키고 있었지만 그게 외로움인 것도 모르는 철없는 신부였다. 남편이 보고 싶다는 생각도 못 하던 어린 신부가 봄날을 즐기기 위해 나갔다가 봄날의 아름다운 경관을 보고는 문득 남편을 그리워하게 된다. 봄날의 외로움은 철모르는 어린 여자아이를 근심으로 애달파하는 성숙한 여인으로 만들어주었다.

244. 봄날 궁중에서의 원망

왕창령王昌齡

어젯밤 바람에 우물가 복숭아꽃이 피고
미앙궁 앞의 궁전에 달이 높이 떴다.
평양공주의 집에서는 춤과 노래로 새로 은총을 입었기에
주렴 밖은 꽃샘추위라고 비단 솜옷을 하사하셨단다.

春宮怨

昨夜風開露井桃,[1] 未央前殿月輪高.[2]
平陽歌舞新承寵, 簾外春寒賜錦袍.[3]

[주석]

1) 露井(노정): 덮개가 없는 우물.

2) 未央(미앙): 한나라 궁전의 이름. 月輪(월륜): 수레바퀴처럼 둥근 달.

3) 春寒(춘한): 봄의 추위. 꽃샘추위.

[해설]

이 시는 왕창령이 봄날 궁궐에서 황제의 은총을 받지 못하는 궁녀의 원망을 적었다. 이를 통해 자신의 재능을 인정받지 못하는 답답한 신세를 드러낸 것으로 보인다.

어젯밤에 바람이 불더니 우물가의 복숭아나무에 꽃이 피었다. 봄바람이다. 꽃이 피었으니 좋은 일이 있을 것이다. 혹 황제가 날 찾지나 않을까? 하지만 그렇지 않다. 미앙궁의 궁전에 달이 높이 떠올랐다. 환히 세상을 비추고 있지만 저 달 가까이로 갈 수는 없다. 황제가 바로 곁에 있기는 하지만 황제의 은총이 내게 내려지지는 않는다. 저 달을 외로이 바라볼 뿐이다. 한나라 때 무제가 평양공주平陽公主의 집에 들렀다가 그 집의 가기歌妓인 위자부韋子夫를 보고는 총애하여 궁중으로 들여왔고 원래의 황후인 진아교陳阿嬌를 내쫓고 그녀를 황후로 삼았다. 어제도 그런 일이 발생하였다. 황제는 다른 궁녀를 총애하고 오늘도 미앙궁 안에서 같이 지내고 있다. 그 안은 따뜻할 것인데도 바깥에는 꽃샘추위가 있으니 추울 거라면서 비단 솜옷을 하사하셨다고 한다. 나는 추운 밤에 홀로 달빛만 바라보고 있는데.

245. 양주의 노래

왕한王翰

좋은 포도주와 야광 술잔

마시려 하는데 비파 소리가 말 위에서 재촉한다.

취해서 모래사장에 드러누워도 그대는 비웃지 마라

예로부터 전쟁에 출정하여 몇 명이나 돌아왔던가?

凉州曲

葡萄美酒夜光杯, 欲飮琵琶馬上催.[1]

醉臥沙場君莫笑, 古來征戰幾人回.

[주석]

1) 琵琶(비파): 서역에서 들어온 현악기로 기타와 비슷하게 생겼으
며 원래 말 위에서 연주한다고 한다.

[해설]

이 시는 왕한이 변방으로 출정 나간 이의 애환을 노래한 것이
다. 두 수로 된 연작시의 첫번째 시이다. 양주凉州는 지금의 감숙
성 무위현武威縣인데 당시에는 변방이었다. 「양주의 노래凉州曲」
는 악부시의 제목으로 대체로 변방에서의 생활을 노래하였다.

좋은 포도주와 야광 술잔이 차려져 있다. 출정한 병사를 위로하는 연회이다. 고급스러운 술과 술잔을 준비하였으니 정성껏 차린 자리이다. 아마 조만간 큰 전투가 있을지도 모르겠다. 그리고 다시는 살아서 보지 못할 마지막 자리일 수도 있다. 그러니 돈을 아끼지 않고 연회를 마련하였다. 마시려고 하니 말 위에서 비파를 연주하여 흥취를 돋운다. 오늘 마시지 못하면 또 언제 마시겠는가? 실컷 마시고 취해서 모래사장에 드러누울 것이다. 그렇더라도 그대는 비웃지 마라. 예로부터 전쟁에 나가서 몇 명이나 살아 돌아왔는가? 오늘이 내가 술을 마시는 마지막 날이고 동료들을 보는 마지막 순간일 수도 있다. 그러니 지금 이 순간만큼은 즐길 터이니 내 멋대로 하도록 내버려두라. 호기롭게 술을 마시지만 마음 한쪽에는 두려움과 슬픔이 밀려온다.

전쟁은 백성들을 죽음으로 내모는 행위이다. 해서는 안 될 짓이다.

246. 광릉으로 가는 맹호연을 보내다

이백李白

친구는 서쪽에서 황학루를 떠나

안개 같은 꽃이 핀 삼월에 양주로 내려간다.

외로운 돛배 먼 그림자가 푸른 하늘로 사라지고

그저 장강이 하늘 끝으로 흐르는 것만 보인다.

送孟浩然之廣陵[1]

故人西辭黃鶴樓,[2] 煙花三月下揚州.[3]

孤帆遠影碧空盡, 惟見長江天際流.

[주석]

1) 之(지): 가다.

2) 故人(고인): 친구.

3) 煙花(연화): 안개같이 무더기로 핀 꽃. 또는 봄의 아지랑이 속에 핀 꽃.

[해설]

이 시는 이백이 광릉廣陵으로 가는 맹호연孟浩然을 전송하며 지은 것이다. 맹호연은 당대의 유명한 문인이었다. 광릉은 지금의 강소성 양주揚州이다.

　내가 존경하고 사랑하는 맹호연 선생님이 양주로 가신다. 그와 나는 시와 술로 맺어진 친구이기도 하다. 그의 인품은 차마 올려다볼 수 없을 정도로 고아하다. 그런 분이 동쪽의 양주로 가신다니 송별회를 안 할 수가 없다. 옛날 신선이 탄 황학이 날아왔다가 떠났다는 황학루에서 모였다. 신선 같은 기풍을 가지고 있으니 이 장소가 송별하기엔 적격이다. 때는 삼월, 봄이 한창이다. 꽃이 안개처럼 피었으니 가는 길이 유난히 즐거우실 것이다. 양주 역시 봄날이 아주 멋질 것이니 그곳에서 좋은 구경을 하실 것이다. 돛배가 장강을 타고 점점 멀어진다. 유난히 외로워 보이는 것은 선생님이 가고 난 뒤 내가 외로울 것이기 때문이리라. 배가 강과 하늘이 맞닿은 곳까지 가더니 마침내 푸른 하늘로 사라졌다. 신선이 되어 하늘로 올라가신 것일까? 비록 그 모습이 보이지는 않지만 하염없이 흘러가는 장강을 바라본다. 저 하늘 끝까지. 다시 돌아오실 그날까지 계속 빈 강물을 바라볼 것이다.

247. 강릉으로 내려가다

이백李白

아침에 백제성의 채색 구름 사이를 떠나
천 리 강릉을 하루에 돌아간다.
양쪽 강기슭의 원숭이 울음 그치지 않았는데
가벼운 배는 벌써 만 겹의 산을 지났다.

下江陵

朝辭白帝彩雲間, 千里江陵一日還.
兩岸猿聲啼不住, 輕舟已過萬重山.

[해설]

이 시는 이백이 강릉江陵으로 가면서 느낀 흥취를 적은 것이다. 강릉은 지금의 호북성 강릉이다. 제목이 「아침에 백제성을 출발하다早發白帝城」로 된 판본도 있다. 이백이 영왕永王의 반란에 가담했다는 죄목으로 감옥에 갇혔다가 지금의 귀주성에 있던 야랑夜郞으로 유배를 가게 되었는데 지금의 중경시인 봉절현奉節縣에서 사면을 받아 다시 돌아가면서 지은 것이라는 설이 있다. 유배에서 풀려난 즐거움을 경쾌한 시어로 표현했다.

아침에 봉절현에 있는 백제성을 출발한다. 아침노을이 붉고 아름답게 들었다. 그 노을빛을 받은 구름 속의 성에서 출발하노라니 내가 마치 신선이 된 듯하다. 강릉까지는 천 리이다. 하지만 이곳은 물살이 빠르니 하루 만에 돌아갈 수 있을 것 같다. 전혀 과장이 아니다. 삼협 지역의 가파른 협곡에는 만 겹의 산이 있고 그곳에는 원숭이가 울어댄다. 예전에는 원숭이 소리가 처량하게 들렸는데 오늘은 전혀 그런 느낌이 들지 않는다. 나를 송별하는 원숭이 울음소리가 아직도 귀에 들리는 듯한데 이미 날 듯이 가벼운 배는 협곡을 빠져나와 너른 평야 지대를 상쾌하게 지나간다. 어느새 강릉이다. 험난한 곳을 빠져나왔으니 이제 이 광활한 곳에서 나의 뜻을 마음껏 펼쳐보리라.

248. 경사로 가는 사신을 만나다

잠삼岑參

고향을 동쪽으로 바라보니 길은 아득하여
두 소매가 축축해졌지만 눈물이 마르지 않는다.
말 위에서 만났기에 붓과 종이가 없는데
그대 편에 말을 전하노니 잘 지낸다고 알려주시게.

逢入京使

故園東望路漫漫,¹⁾ 雙袖龍鍾淚不乾.²⁾
馬上相逢無紙筆, 憑君傳語報平安.

[주석]

1) 故園(고원): 고향. 漫漫(만만): 아득한 모양.

2) 龍鍾(용종): 흠뻑 젖은 모양.

[해설]

이 시는 잠삼이 안서절도사安西節度使 고선지高仙芝 막부의 서기書記가 되어서 가던 도중, 경사로 돌아가는 사신을 만나 집안 가족에게 안부를 전해달라고 부탁하는 내용이다.

잠삼이 고향을 떠나 중원에서 서쪽 변방으로 가게 되었다. 공을 세워 높은 관직을 얻으려는 계획이다. 하지만 가는 길이 너무 멀고 험난하다. 특히 가족들과 떨어져 외롭게 지내는 것이 너무 힘들다. 동쪽으로 고향을 바라보니 이미 온 길이 아득히 멀다. 관직을 위해 나선 길이기에 되돌릴 수 없으며, 용감하고 씩씩하게 나아가야 하지만 고향 생각에 눈물이 줄줄 흐른다. 양쪽 소매가 다 축축해졌지만 눈물이 그치질 않는다. 그러다가 경사로 돌아가는 사신을 만났다. 마침 잘되었다. 고향의 가족들에게 소식을 전해야겠다. 말 위에서 만났기에 서로 시간이 많지 않아 붓과 벼루를 꺼내 종이에 편지를 쓸 시간이 없다. 막상 편지를 쓰자면 또 얼마나 길게 쓸 것인가? 자신의 외로움을 다 토로하며 보고 싶어 눈물이 난다고 적어야 할까? 그럴 수는 없다. 그런 편지를 받으면 가족들이 나를 더 걱정할 것이다. 차라리 건강히 잘 있다는 말만 전하도록 하자. 그립지만 말로만 소식을 전하자. 편지는 없이 말로만 전하지만 그대는 이 말을 꼭 가족들에게 전해주기를 바란다. 하지만 잠삼의 고향은 하남河南의 남양南陽이니 경사인 장안과는 멀다. 그 사신이 어찌 가족들에게 자신의 소식을 전해줄 수 있겠는가? 하지만 지푸라기라도 잡는 심정으로 그에게 소식 전해주기를 부탁해본다. 안서로 가면 소식을 전하기는 불가능할 터이니.

249. 강남에서 이귀년을 만나다

두보杜甫

기왕의 저택에서 늘 만났고
최 씨의 집에서 몇 번 그대의 노래를 들었다.
마침 강남 풍경이 좋은 때
꽃 지는 시절에 또 그대를 만났다.

江南逢李龜年

岐王宅裏尋常見, 崔九堂前幾度聞.[1]
正是江南好風景, 落花時節又逢君.

[주석]

1) 九(구): 친척 형제간의 순서를 나타낸다. 幾度(기도): 몇 번.

[해설]

이 시는 두보가 만년에 상강湘江 지역을 떠돌다가 유명한 가수였던 이귀년李龜年을 만나 그 감회를 적은 것이다. 이귀년은 개원開元 연간에 현종玄宗의 총애를 받았던 악공이었다. 하지만 안녹산의 난이 일어난 이후 궁중에서 나와 전국을 떠돌며 궁핍한 생활을 하고 있었다.

옛날 기왕岐王의 저택에서 늘 그대를 만났다. 기왕은 현종의 동생인 이범李範이다. 최 씨의 집에서 그대의 노래를 몇 번 들었다. 최 씨는 당시 전중감殿中監을 지낸 최척崔滌으로 중서령中書令이었던 최식崔湜의 동생이고 현종이 총애한 신하였다. 이 두 사람은 개원 연간에 죽었으니 그 이전부터 이귀년은 권문세가의 집에 들어가서 공연을 했던 것이다. 당시 두보의 나이는 10대 후반이었을 터인데, 그가 권문세가의 연회 자리에 매번 가지는 않았겠지만 이귀년의 명성에 대해서는 잘 알고 있었을 것이고, 이후로 지속적으로 만남을 유지했던 것으로 보인다. 아마 이귀년에게 두보가 노래 가사를 지어줬을 수도 있다. 그 후로 많은 일이 있었다. 안녹산의 난이 일어나서 이귀년은 궁중을 떠났고 두보 역시 이리저리 떠돌았다. 오늘 강남에서 다시 만났다. 마침 풍경이 좋은 봄날이다. 이렇게 아름다운 날 만났으나 두 사람의 행색에서는 예전의 젊음과 패기를 찾아볼 수가 없다. 노쇠한 두 늙은이가 만난 것이다. 꽃이 진다. 우리의 청춘이 가버렸듯이 지금 또 꽃이 지고 있다. 이러한 때 우리가 또 만났다. 이제 다시 만날 수 있을까? 하지만 그해 두보는 죽고 만다. 마지막 만남이다.

화려한 청춘을 같이 지낸 두 사람이 늘그막에 초라한 모습으로 다시 만났을 때의 기분은 어떠할까? 그저 눈물뿐이었을 것이다. 두보는 이 시에서 슬프다는 말 한마디 하지 않았지만 그 감정을 오롯이 드러내고 있다.

250. 저주의 서쪽 시내

위응물韋應物

유독 사랑스럽나니 그윽한 풀이 시냇가에 자라고
위에는 노란 꾀꼬리가 깊은 숲에서 지저귄다.
빗물을 띤 봄날 조수는 날이 저물자 빨라지고
사람 없는 들녘 나루터에는 배가 절로 가로놓여 있다.

滁州西澗

獨憐幽草澗邊生, 上有黃鸝深樹鳴.
春潮帶雨晚來急, 野渡無人舟自橫.

[해설]

이 시는 위응물이 저주滁州의 서쪽 시내를 거닐다가 본 경물
을 묘사한 것이다. 저주는 지금의 안휘성 저현인데, 위응물은 저
주자사를 지낸 적이 있으며 관직을 그만둔 뒤에는 저주에서 은
거하였다.

내가 저주에 살면서 가장 좋아하는 것은 이곳 서쪽 시냇가이
다. 이름 모를 풀들이지만 그윽하고 한가로운 흥취를 주면서 시
냇가에서 자라고 있다. 그리고 그 위에는 꾀꼬리가 숲속에서 지
저귄다. 평화롭고 한가로운 곳이다. 절로 마음을 편안하게 해준

다. 비가 잠깐 내렸다. 시내의 물이 불었다. 조수가 올라오는데 날이 저무니 더 빨라진다. 물이 들어올 때 노를 저으라는 말이 있다. 이런 빠른 조수에 사람들이 더 부지런히 움직여야 할 것이다. 하지만 이곳 들녘의 나루터에는 사람이 없다. 그만큼 세속의 사람이 접근하지 않는 한갓진 곳이다. 그러니 배를 타고 어디 갈 일도 없다. 배가 한가로이 물결에 따라 마음대로 흔들리고 있을 뿐이다. '빈 배[虛舟]'는 아무런 욕심이나 기심이 없는 마음 상태를 비유한다. 어디로 가고자 하는 마음이 없이 그저 물결에 몸을 맡기는 인생이다. 이런 곳에서 무엇 때문에 고생하며 뭔가를 하려고 해야 하는가? 그저 마음 편안히 지내면 그만이다.

　한 폭의 그림 같은 묘사 속에 시인의 한가로운 심사가 그대로 드러난다.

251. 풍교에서 밤에 정박하다

장계張繼

달은 지고 까마귀는 울며 서리는 하늘에 가득한데
강가 단풍과 어선의 등불이 수심 속에 잠든 이를 마주한다.
고소성 밖 한산사
한밤중의 종소리가 나그네의 배에 들려온다.

楓橋夜泊

月落烏啼霜滿天, 江楓漁火對愁眠.[1]
姑蘇城外寒山寺, 夜半鍾聲到客船.

[주석]

1) 漁火(어화): 어선에서 밝혀놓은 불.

[해설]

이 시는 장계가 배를 타고 가다가 풍교楓橋에 정박하여 하루
묵으면서 보고 느낀 것을 적은 것이다. 풍교는 지금의 강소성
소주蘇州 서쪽 교외에 있다.

달이 져서 캄캄하다. 까마귀가 구슬프게 운다. 서리가 하늘에
가득히 내려 싸늘하다. 보고 듣고 느끼는 것이 모두 쓸쓸한 것

이다. 단풍나무가 유명한 풍교에 단풍은 잎을 떨구고 쓸쓸히 서 있다. 강에는 어부들이 물고기를 잡으려고 등불을 켜놓고 이리 저리 어지럽게 움직이고 있다. 이런 경관을 바라보며 배 안에서 근심 속에 잠을 청한다. 나그네의 일상이란 원래 쓸쓸하고 힘들 지만 이런 날은 더욱 그러하다. 근처에 있는 고소성 바깥의 한 산사. 바로 풍교 옆이다. 한밤중의 종소리가 배에 들려온다. 종 소리를 다 듣고도 아마 잠을 이루지 못할 것이다. 이대로 새벽 이 될 것이고 나는 또 쓸쓸히 나그넷길을 가야 할 것이다.

절에서 한밤에 정말로 종을 치느냐는 문제로 여러 평론가들 의 갑론을박이 심하다. 하지만 시의 정서를 이해하는 데는 전혀 중요하지 않다.

252. 한식

한굉韓翃

봄날의 성에는 꽃이 날리지 않는 곳이 없고
한식의 동풍에 궁궐의 버들가지가 비스듬히 흔들린다.
해 저물자 한나라 궁궐에서 촛불을 전해주니
가벼운 연기가 다섯 제후의 집으로 흩어져 들어간다.

寒食

春城無處不飛花, 寒食東風御柳斜.[1]
日暮漢宮傳蠟燭,[2] 輕煙散入五侯家.[3]

[주석]

1) 御柳(어류): 궁궐의 버드나무.

2) 漢宮(한궁): 한나라의 궁전. 아래의 '오후'와 관련하여 한나라를
   적시한 것이지만 실상은 당나라를 가리킨다.

3) 五侯(오후): 동한東漢의 외척인 양기梁冀의 다섯 일족을 가리킨
   다는 설과 동한 환제桓帝 때 같은 날 후侯에 봉해진 환관 다섯
   명을 가리킨다는 설이 있다. 여기서는 황제의 총애를 받는 신
   하를 아울러 가리킨다.

[해설]

이 시는 한굉이 한식날에 있었던 풍경과 일을 적은 것이다.
한식은 동지 이후 105일째 되는 날로 진晉나라의 개자추介子推가
불에 타 죽은 일을 슬퍼하기 위해서 사흘간 불을 금지하여 차가
운 음식만 먹었다. 한식날에는 궁중에서 새로 만든 불을 각 사
대부 집안에 나눠주고 사대부는 평민들의 집에 그 불을 나눠주
는 풍습이 있었다.

봄날의 장안성에는 꽃이 날리지 않는 곳이 없다. 아름다운 곳
이다. 화려한 곳이다. 한식날 봄바람인 동풍이 불어오니 궁궐의
버들가지가 하늘하늘 비끼면서 움직이고 있다. 사람의 눈과 마
음을 사로잡는 아름다운 풍경이다. 해가 저물 때 궁궐에서 촛불
을 다섯 제후의 집에 나눠준다. 황제의 은택이 이들에게 먼저
전달되는 셈이다.

이렇게만 보면 한식날 평범한 일상을 적은 시가 된다. 하지만
당시의 사정과 결부시켜보면 그렇지 않을 수도 있다. 당시 현종
의 총애를 받으며 양국충楊國忠의 일가가 전횡을 일삼았는데, 이
를 보면 제2구의 버들가지 '류柳'가 같은 버들을 의미하는 '양楊'
을 연상시키기에 충분하다. 봄날 성에 꽃잎이 날리지 않는 곳이
없다는 것은 이들의 권세가 온 세상에 미치고 있으며 이들이 천
하의 부귀영화를 누리고 있다는 것이리라. 그리고 천자가 내리
는 한식날의 불이 양씨 다섯 형제자매들에게 우선적으로 내려지
는 것으로 마지막 구를 해석할 수 있다. 그러면 이 시는 완전히
당시 양씨 집안의 권력 행사를 비유적으로 풍자한 것이 된다.
그럴듯한 추론이다.

253. 달밤

유방평劉方平

깊은 밤 달빛이 인가의 절반을 비추는데
북두칠성은 옆으로 누웠고 남두성은 기울었다.
오늘 밤 유독 봄기운이 따뜻함을 알겠으니
벌레 소리가 새로이 녹색 비단 창에 스며든다.

月夜

更深月色半人家,[1] 北斗闌干南斗斜.[2]
今夜偏知春氣暖, 蟲聲新透綠窗紗.

[주석]

1) 更深(경심): 밤이 깊다. '경'은 저녁 7시부터 새벽 5시까지를 다섯으로 나눈 시간 단위이다.
2) 闌干(난간): 횡으로 누운 모양.

[해설]

이 시는 유방평이 봄날 밤에 본 경물과 느낀 감회를 적은 것이다. 대개 봄이 온 것을 꽃이나 새싹 등에 대한 묘사로 표현하는데, 이 시는 한밤중의 온기로 표현한 것이 특징적이다.

깊은 밤 달빛이 마을의 인가를 비추는데 반은 밝고 반은 어둑하다. 달이 서쪽으로 지고 있기 때문이다. 늦은 밤이라 그런지 북두칠성은 돌아서 옆으로 누웠고 남두성도 서쪽으로 기울어져 있다. 이렇게 밤이 깊었지만 이제 추위를 느끼질 않는다. 아정말 봄바람은 따뜻한 것이구나. 겨울에 추운 바람이 불어 밤이 되면 그렇게 추웠는데 이제 밤이 되어도 춥지 않다. 추위를 몰아내는 봄바람이야말로 진정 위대한 것이며 봄의 진정한 모습일 것이다. 어찌 화려한 꽃으로 봄을 말해야 하겠는가? 벌레가 봄이 온 것을 먼저 알고는 창가에서 울어댄다. 나도 이제 이 따뜻한 봄바람을 즐길 수 있으리라.

254. 봄날의 원망

유방평劉方平

비단 창에는 해가 져 점차 황혼이 지는데
금빛 방에는 눈물 자국 볼 사람이 없다.
조용한 텅 빈 정원에는 봄이 저물려 하는데
배꽃이 땅에 가득해도 문을 열지 않는다.

春怨

紗窓日落漸黃昏, 金屋無人見淚痕.
寂寞空庭春欲晚, 梨花滿地不開門.

[해설]

이 시는 유방평이 봄날 임을 그리워하는 여인의 마음을 표현
하였다. 임금의 총애를 받지 못하는 궁녀의 원망으로 보아도 된
다. 결국 이러한 내용을 통해 자신의 재능이 인정받지 못하는
상황을 비유적으로 표현한 것으로 보인다.

비단으로 덧댄 창에 해가 져서 황혼이 진다. 황혼은 하루가
다 간 시점이다. 인생으로 치면 노년에 해당한다. 더 이상의 희
망이 없는 때이다. 금빛 방에서는 여인이 눈물을 흘리고 있지만
그 눈물을 봐주고 위로해줄 사람이 없다. 고독해서 눈물을 흘리

고 그 눈물 때문에 더 고독하다. '금빛 방[金屋]'에 대해서는 옛날 이야기가 있다. 한나라 무제가 어렸을 때 그의 고모가 어린 무제를 무릎에 앉히고 "너는 어떤 아이를 아내로 얻고 싶으냐?"라고 물으니 무제가 "만일 진아교陳阿嬌를 얻는다면 그를 금으로 만든 방에 모셔두겠습니다"라고 하였다. 이로부터 금빛 방은 아름답고 참한 여인이 소중한 대접을 받는 방으로 인식되었다. 후에 무제는 진아교를 황후로 맞아들였지만 다른 여인을 총애하면서 홀대하였다. 그러니 이 시 가운데 금빛 방에서 눈물을 흘리는 여인은 바로 황제에게 버림받은 진아교를 가리키는 것일 수도 있다. 정원은 적막하다. 텅 비어 있다. 봄이 되었으니 응당 정원에는 여러 꽃이 피었을 것이고 그 꽃을 구경하는 사람이 많아야 하겠지만, 이제 봄이 저물어가고 있기에 꽃이 지고 사람들도 떠나가고 없다. 그렇게 나의 청춘도 가버렸고 노쇠함이 찾아오니 날 사랑해줄 사람도 없다. 황혼이다. 순백색으로 아름다운 배꽃이 피었다가 꽃잎이 다 떨어져 땅에 가득할 때까지 문을 열지 않는다. 나도 밖으로 나가지 않고 나를 찾아오는 사람도 없다. 봄날은 가버렸다.

255. 원정 나간 이의 원망

유중용柳中庸

해마다 금하에서 또 옥문관으로 가고
아침마다 말채찍과 칼자루를 잡는다.
봄 석 달 내내 흰 눈은 청총으로 돌아가고
만 리의 누런 황하는 흑산을 감싸고 흐른다.

征人怨

歲歲金河復玉關, 朝朝馬策與刀環.[1]
三春白雪歸靑塚,[2] 萬里黃河繞黑山.

[주석]

1) 刀環(도환): 검에 달린 고리 모양으로 생긴 손잡이를 말한다.

2) 三春(삼춘): 3개월의 봄. 또는 봄의 세번째 달. 늦봄.

[해설]

이 시는 유중용이 변방으로 원정 나간 이의 원망을 적은 것이다. 유중용 자신의 이야기라기보다는 일반적인 상황에 대한 묘사로서 당시 잦은 원정으로 피폐해진 백성들의 삶을 토로하고 집권자들을 비판한 것이다.

해마다 금하金河로 갔다가 옥문관玉門關으로 간다. 금하는 지금의 내몽고자치구에 있었으니 북방의 요충지이고 옥문관은 지금의 감숙성 돈황에 있었으니 서쪽의 변방이다. 아침마다 전쟁을 하기 위해 말채찍과 칼자루를 잡고 있다. 잠시도 경계를 늦출 수 없는 생활이 계속 이어진다. 이제 봄이 왔지만 여전히 흰눈이 흩날리고 있다. 청총은 한나라 때 흉노족의 왕과 결혼한 왕소군王昭君의 무덤이다. 그녀는 결국 한나라로 다시 돌아가지 못하고 흉노 땅에서 죽고 말았다. 우리는 과연 고향으로 돌아갈 수 있을까? 만 리를 흐르는 황하는 내몽고자치구에 있는 흑산이라는 산을 두르며 흘러간다. 우리의 앞날을 암시하는 듯한 이름을 가진 산이다. 기분이 심란해진다. 중국을 가로지르는 황하의 도도한 물결도 저 흑산을 뚫고 지나가지 못하고 피해서 흘러가는 듯하다. 우리는 과연 살아남을 수 있을까?

256. 궁중의 일을 적은 시

하늘 중간쯤 솟은 옥누대에서 생황 노래 시작되고
바람은 궁녀들의 화락한 웃음소리를 보내온다.
달 궁전의 빛이 펼쳐지고 밤의 물시계 소리 들리는데
수정 발 말아 올리니 가을밤 은하수가 가깝다.

宮詞

玉樓天半起笙歌, 風送宮嬪笑語和.[1]
月殿影開聞夜漏,[2] 水晶簾捲近秋河.[3]

[주석]

1) 宮嬪(궁빈): 황제의 시첩.

2) 月殿(월전): 달의 궁전. 달을 가리킨다. 夜漏(야루): 밤의 물
   시계.

3) 秋河(추하): 가을의 은하수.

[해설]

이 시는 고황이 궁중의 일을 적은 것으로 총애를 받지 못하는
궁녀의 애환을 표현했다.

궁중의 누대가 하늘 중간까지 솟을 정도로 높다. 옥으로 장식한 듯 깨끗하고 환하다. 그곳에서 생황과 노랫소리가 나기 시작하였다. 바람이 불어오는데 궁녀들이 웃고 떠드는 즐거운 소리가 들려온다. 저 높고 화려한 누대에서는 황제와 궁녀들이 모여 즐겁게 놀고 있구나. 하지만 나는 여기서 무얼 하고 있는가? 나는 왜 저 무리에 끼지 못하고 홀로 있는가? 오늘도 달의 궁전에는 빛이 펼쳐져 온 세상에 비치는데 달빛이 유난히 차갑게 느껴진다. 기나긴 밤 잠들지 못하고 물시계 소리만 듣는다. 수정으로 만든 발을 걷어 올리니 어느새 은하수가 가까이 보인다. 가을이다. 또 한 해가 지나간다. 그리고 나도 한 살을 더 먹게 되고 늙을 것이다. 그러면 황제가 날 찾을 기회는 없을 것이다. 안타깝다. 환한 달빛을 받으며 이리저리 서성인다.

257. 밤에 수항성에 올라 피리 소리를 듣다

이익李益

회락봉 앞에 모래가 눈과 같고
수항성 밖에는 달빛이 서리와 같다.
어디서 갈대 피리 부는지 모르겠지만
원정 나온 병사들이 밤새도록 모두 고향을 바라본다.

夜上受降城聞笛

回樂峰前沙似雪, 受降城外月如霜.
不知何處吹蘆管,[1] 一夜征人盡望鄕.

[주석]

1) 蘆管(노관): 갈대 피리.

[해설]

이 시는 이익이 밤에 수항성受降城에 올랐다가 누군가 부는 피리 소리를 듣고 난 뒤 감회를 적은 것이다. 대체로 변방으로 출정 나간 이의 애환을 그린 것이다. 수항성은 당나라 중종中宗 때 돌궐의 침략을 막기 위해 황하 이북에 쌓은 세 개의 성이다. 시에서 지금의 영하자치구에 있는 회락봉回樂峰이 언급된 것으로 보아 지금의 영무현靈武縣인 영주靈州에 있던 서쪽 수항성을 가리키는 것으로 보인다.

회락봉 앞에 보이는 모래가 마치 눈과 같다. 수항성 밖에 비치는 달빛이 서리와 같다. 북방에 있다 보니 눈과 서리에 습관이 되어 하얀 것만 보면 모두 눈과 서리인 듯하다. 오늘은 달빛이 밝게 비치니 모래가 하얗게 빛나는 것이다. 하지만 그 달빛은 차갑고 쓸쓸하기만 하다. 고향을 생각나게 하는 달빛이다. 군영에서 누군가 갈대 피리를 분다. 곡조가 너무나 처량하다. 원정 나온 병사들이 그 피리 소리를 듣는다. 불침번을 서다가 그 소리를 듣고는 눈물을 흘리며 고향 땅을 바라본다. 애초에 고향 생각에 잠 못 들던 병사들도 그 소리를 듣고는 일어나 고향 땅을 바라본다. 겨우 잠이 들었던 병사도 피리 소리에 잠이 깨어 일어나 고향 땅을 바라본다. 그렇게 밤새도록 모든 병사가 처량한 마음으로 고향 하늘을 바라본다. 전쟁에 나온 병사들의 마음은 모두 똑같다. 얼른 전쟁이 끝나 고향으로 가고 싶다. 이런 병사들의 마음을 장군과 황제가 알아주어야 할 것이다. 명분 없는 전쟁, 실익 없는 전쟁은 이제 그만두어야 할 것이다. 전쟁을 위해 백성들이 변방으로 끌려와 고생해서는 안 될 것이다. 변방으로 나간 가족을 그리워하며 고향에서 눈물짓는 사람이 있어서는 안 될 것이다.

258. 오의항

유우석劉禹錫

주작교 옆 들풀에 꽃이 피고
오의항 입구에 석양이 비낀다.
옛날 왕 씨와 사 씨의 집 앞에 날던 제비가
일반 백성의 집에 날아든다.

烏衣巷

朱雀橋邊野草花, 烏衣巷口夕陽斜.
舊時王謝堂前燕, 飛入尋常百姓家.[1]

[주석]

1) 尋常(심상): 일반적인. 평범한.

[해설]

이 시는 유우석이 지금의 강소성 남경시인 금릉金陵을 노닐다
가 오의항烏衣巷에 대해 쓴 것이다. 당시 유우석은 금릉의 다섯
명소에 대해 시를 지었는데 그중 한 수이다. 오의항은 지금의
남경시 진회하秦淮河 남쪽에 있었는데 삼국시대 오나라가 방비
하던 곳으로 병사들이 모두 검은 옷을 입었다고 해서 붙여진 이

름이다. 동진東晉 시대에는 왕도王導와 사안謝安 등 명망가가 살아서 매우 번화했지만 그 후 몰락했다.

오의항 인근의 주작교朱雀橋 옆에 들풀이 꽃을 피웠다. 주작교는 아마도 다리를 신령한 새인 주작으로 장식했을 터이니 매우 화려했을 것이다. 예전에 이곳에 명망가들의 좋은 집이 있었다는 것을 상기하면 이런 다리가 있어야 걸맞을 것이다. 하지만 지금 이곳에 오니 들풀이 꽃을 피웠다. 아름다운 화초로 주변이 장식되어 있어야 할 터이지만 이제는 들풀만 마음대로 자라고 있다. 오의항 입구에 가보니 석양이 비끼며 비치고 있다. 석양은 태양이 순행하고 하루를 마치는 때의 모습이다. 이곳도 옛 전성기를 마치고 이제는 쇠락해져 있음을 말한다. 석양 속의 오의항은 쓸쓸하기 그지없다. 봄이 되어 제비가 날아오는데, 옛날에는 왕도나 사안과 같은 명망가의 집에만 들어가던 제비가 이제는 일반 백성들의 집에 들어온다. 제비가 집의 귀천을 따져서 둥지를 짓겠냐마는, 예나 지금이나 봄만 되면 제비는 찾아오지만 이제는 더 이상 좋은 저택에 집을 짓지 않는다. 옛날 권문세가가 다 떠나가서 좋은 집이 없어졌을 수도 있고 그 권문세가가 다 몰락해서 평민이 되었을 수도 있다. 어찌 되었건 부귀영화의 허망함을 이곳 오의항에서 절실하게 느끼게 된다.

259. 봄날의 노래

유우석劉禹錫

얼굴에 맞게 새로 단장하고 붉은 누대에서 내려왔는데
봄빛이 깊이 잠겨 있는 뜰에는 온통 근심이다.
뜰 가운데로 걸어와 꽃을 헤아리는데
잠자리가 옥떨잠에 날아와 앉는다.

春詞

新妝宜面下朱樓,[1] 深鎖春光一院愁.[2]
行到中庭數花朵,[3] 蜻蜓飛上玉搔頭.[4]

[주석]

1) 宜面(의면): 얼굴에 어울리다.

2) 深鎖(심쇄): 굳게 잠기다.

3) 花朵(화타): 꽃봉오리.

4) 蜻蜓(청정): 잠자리.

[해설]

이 시는 유우석이 궁녀의 한가로운 일상을 적은 것으로 이를
통해 황제에게 은총을 받지 못하는 안타까움을 표현하였다.

자신의 얼굴에 맞춰 새롭게 화장을 하고 옷을 차려입었다. 자신이 지내는 붉은 누대에서 사뿐사뿐 내려온다. 어디로 가려는 것일까? 아마 어떤 이에게 잘 보이려고 하는 것일 터이다. 뜰로 내려왔다. 뜰에는 봄빛이 가득하다. 봄꽃이 여기저기 피어 있고 봄날의 화사한 기운이 뜰에 가득 퍼져 있다. 하지만 그 뜰 밖을 나갈 수가 없다. 불러주는 이가 없기 때문이다. 갈 곳이 없다. 그러니 봄기운이 가득하던 뜰에는 도리어 근심이 가득 찬다. 오늘도 허탕인가? 오늘도 황제는 다른 궁녀를 찾으셨나 보다. 황제께서는 언제나 나를 찾아주시려나? 할 수 없이 뜰 가운데를 거닐다가 꽃을 하나하나 헤아려본다. 무료한 일이다. 하지만 할 게 없다. 뭐라도 해야 이 근심을 잊을 수 있을 것 같다. 아무 의미도 없이 그저 꽃만 헤아리고 있다. 어느새 잠자리가 옥으로 만든 머리 장식에 내려앉는다. 얼마나 그 일에 집중하였으면 얼마나 꼼짝도 않고 있었으면 잠자리가 자기 머리 위에 내려앉을까? 그저 이렇게 망부석이 되는 것은 아닐까?

260. 궁중의 일을 적은 시

눈물이 비단 수건을 적셔 꿈도 꾸어지지 않는데
깊은 밤 앞쪽 궁전에는 음악에 맞춰 노래를 부른다.
붉은 얼굴은 늙지 않았지만 은총이 먼저 끊어졌으니
훈증 바구니에 비스듬히 기대어 날 밝을 때까지 앉아 있다.

宮詞

淚濕羅巾夢不成, 夜深前殿按歌聲.[1]
紅顔未老恩先斷, 斜倚薰籠坐到明.[2]

[주석]

1) 按歌聲(안가성): 음악에 맞추어 노래하는 소리.

2) 薰籠(훈롱): 옷에 향기를 입히기 위해서 향료를 넣어두거나 향
　불을 피워둔 바구니.

[해설]

　이 시는 백거이가 황제에게 선택받지 못한 궁녀의 애환을 그
린 것이다.

　눈물이 하염없이 흐른다. 비단 수건을 적신다. 눈물을 흘리느

라 잠도 자지 못하고 꿈도 꾸지 못한다. 밤이 깊었지만 앞쪽 궁전에서는 음악 소리 노래 소리가 들려온다. 황제는 밤늦도록 궁녀들과 함께 즐기고 있다. 하지만 나는 거기 참석하지 못하였다. 황제가 부르지 않았기 때문이다. 그래서 오늘도 이렇게 홀로 밤을 지새우고 있다. 나는 젊은 나이에 궁중에 들어왔고 아직 늙지도 않았다. 하지만 왜 내게 은총을 내려주시지 않는 것인가? 내 청춘을 감옥 같은 궁중 속에서 헛되이 버려야 하는 것인가? 옷에 향기를 훈증하는 바구니에 비스듬히 기대본다. 혹시나 늦게라도 나를 부르시지 않을까? 황제에게 좋은 향기를 전해드려야 할 터인데. 하지만 결국 그렇게 또 앉아서 밤이 지나간다. 동이 텄지만 결국 부름을 받지 못하였다. 꿈이라도 꿀 수 있다면 꿈속에서는 황제님을 모실 수 있을 터인데. 아니면 고향으로 돌아갈 수 있을 터인데. 꿈조차 꾸지도 못하고 나는 궁중에 갇혀 살고 있다. 내 청춘을 오롯이 바치면서.

261. 궁녀에게 주다

장호張祜

금문 안 궁궐 나무에 달의 흔적이 지나가는데
어여쁜 눈은 그저 해오라기 잠든 둥지를 바라본다.
등불 그림자 옆에서 옥비녀를 비스듬히 뽑아
붉은 불꽃을 쑤셔서 나방을 구해준다.

贈內人[1]

禁門宮樹月痕過, 媚眼惟看宿鷺巢.
斜拔玉釵燈影畔, 剔開紅焰救飛蛾.[2]

[주석]

1) 內人(내인): 궁녀를 가리킨다.

2) 剔開(척개): 들쑤셔서 제거하다. 紅焰(홍염): 붉은 불꽃. 등불을
   가리킨다.

[해설]

이 시는 장호가 궁녀에게 주는 것이다. 궁녀가 누구인지는 알
려져 있지 않은데, 아마도 선택받지 못한 궁녀의 애환을 그려
그들의 심정을 위로하려는 목적에서 지은 것으로 보인다.

궁궐의 문인 금문 안쪽 궁궐의 나무에 달의 흔적이 지나간다. 달빛이 지나가는 것이 아니라 달의 흔적이 지나간다고 하였으니 하늘의 달은 보이지 않고 다만 그 그림자가 움직이는 것만 보는 것이리라. 궁녀가 있는 이곳은 겹겹의 궁궐 문이 잠겨 있는 곳이라 달조차도 함부로 들어오지 못하는 것은 아닐까? 아니면 궁녀가 달을 바라보면 슬픔이 더해질까 차마 보지 못하는 것일까? 저 달은 아마 황제를 상징할 수도 있는데, 저 달로 올라가지 못하는 자신의 신세가 서글퍼서 그런 것일까? 어여쁜 궁녀의 눈은 하늘의 달을 바라보는 대신 해오라기가 잠든 둥지를 향한다. 저 둥지 안에는 암수가 사이좋게 자고 있을 것이다. 그들의 모습이 사랑스럽기까지 한데, 자신은 홀로 있으니 안타까움이 또 북받쳐 오른다. 자신이 켜놓은 등불에 나방이 달려든다. 나방은 불꽃만 보면 자신이 죽을 줄도 모르고 달려든다. 부귀와 영화, 황제의 은택을 위해 무작정 달려온 나의 모습을 보는 것 같다. 젊고 예쁜 미모로 황제의 마음을 잡을 수 있을 것 같아서 모든 짓을 다해봤지만 성과는 없이 그저 이 깊은 궁궐에서 늙어 죽을 일만 기다리고 있다. 나방, 네 신세가 너무 불쌍하구나. 너는 모쪼록 무모하게 불꽃으로 덤벼들지 말고 안전하게 살아가거라. 머리의 옥비녀를 뽑아 등불에 갇힌 나방을 살려준다. 이 옥비녀를 꽂은들 아무 소용 없는 일. 차라리 나방 살려주는 데 사용하는 편이 더 좋을 것이다. 비녀 뽑고 머리 풀고 잠이나 자야겠다. 하지만 여전히 잠이 오지 않는다.

262-1. 집령대 제1수

장호張祜

햇빛이 집령대를 비스듬히 비출 때
붉은 나무의 꽃이 새벽이슬 맞이하며 피었다.
어젯밤 상황인 현종께서 도록을 새로 주시니
양태진이 웃으며 주렴 안으로 들어왔다.

集靈臺 其一

日光斜照集靈臺, 紅樹花迎曉露開.
昨夜上皇新授籙,[1] 太眞含笑入簾來.

[주석]

1) 籙(록): 도사 자격증인 도록道籙을 가리킨다.

[해설]

　이 시는 장호가 현종玄宗 때 집령대集靈臺에서 있었던 일을 적은 것이다. 집령대는 지금의 섬서성 여산驪山에 있었던 장생전長生殿으로 신에게 제사를 지낸 곳이지만 현종이 양귀비와 함께 노닐던 곳으로 유명하였다. 대체로 양귀비와 언니인 괵국부인虢國夫人의 일을 범범하게 적었는데 그 이면에는 황음하게 놀았던 현종과 무소불위의 권력을 행사한 양씨 자매를 풍자한 것으로 보인다. 장호가 이 시를 지은 것은 양귀비의 일이 있은 지 5, 60년 이후였으니, 아마 당시에도 비슷한 풍조가 있어서 그것을 비판하려던 것일 수도 있다.

햇빛이 집령대를 비스듬히 비춘다. 석양이 진다. 나무의 붉은 꽃은 새벽이슬을 받아서 환하게 피었다. 아름다운 광경이다. 나중에 숙종에게 왕위를 물려주고 태상황太上皇이 될 현종이 어젯밤에 양귀비에게 도사 자격증인 도록을 주면서 태진太眞이라는 도명을 하사하셨다. 원래 양귀비는 현종의 며느리였는데 그의 미모에 반해 자신이 취하고자 하였다. 도덕적으로 문제가 될 수 있었기에 현종은 우선 양귀비를 도사로 만들었다. 그러면 그 이전의 모든 세속 관계가 사라지기 때문이다. 그 이후에 현종은 양귀비를 왕후로 맞이하였다. 하지만 그 전에도 여도사의 신분으로 현종이 있는 방으로 들어와 현종을 모셨으니 그 음탕함은 이루 말할 수가 없다.

262-2. 집령대 제2수

장호張祜

괵국부인이 주상의 은총을 받아서
날이 새자 말을 타고 궁문으로 들어왔다.
연지분이 오히려 얼굴빛을 더럽힌다 싫어하여
눈썹만 옅게 그린 채 황제를 알현하였다.

集靈臺 其二

虢國夫人承主恩, 平明騎馬入宮門.
却嫌脂粉汚顔色, 淡掃蛾眉朝至尊.[1]

[주석]

1) 淡掃(담소): 옅게 바르다. 至尊(지존): 황제를 가리킨다.

[해설]

  괵국부인은 양귀비의 셋째 언니이다. 현종은 양귀비의 큰언니를 한국부인韓國夫人에 봉하였고, 여덟째 언니를 진국부인秦國夫人에 봉하였다. 특히 현종이 괵국부인과는 사통하였다는 이야기도 있다. 그 괵국부인이 현종의 은총을 받아 날이 밝은 아침에 말을 타고 궁문으로 들어갔다. 관원들이 조회하러 가는 아침에 사대부 여인이 궁궐을 출입하는 것은 흔치 않은 일이다. 하지만 괵국부인은 아침부터 궁궐에 들어가 현종을 만난다. 미모에 얼마나 자신이 있었는지는 모르겠지만, 연지분을 바르는 화장은 얼굴빛을 더럽힌다고 싫어하며 민얼굴에 눈썹만 옅게 그린 채 황제를 만난다. 하지만 이러한 차림은 다른 사람들이 보기에는 불경에 가까운 것이다. 그러나 괵국부인의 안하무인격 태도에 누구 하나 지적할 수가 없다. 현종은 관원들과의 조회는 내팽개치고 이 무례한 여인을 만나 사랑을 나눈다. 황후의 언니와.

263. 금릉의 나루터에 쓰다

장호張祜

금릉의 나루터에 있는 소산루
하룻밤 묵는 행인이 절로 매우 근심스럽다.
비낀 달빛 속에 조수가 낮아진 밤의 장강
두세 개 작은 별빛이 과주일 것이다.

題金陵渡

金陵津渡小山樓,¹⁾ 一宿行人自可愁.
潮落夜江斜月裏, 兩三星火是瓜州.

[주석]

1) 津渡(진도): 나루터. 小山樓(소산루): 여관의 이름이다.

[해설]

이 시는 장호가 금릉金陵의 나루터에서 하룻밤 묵으면서 본 경관과 느낀 감회를 적은 것이다. 금릉은 지금의 강소성 남경시 인데 그곳 나루터는 진강鎮江 인근 장강 가를 가리키는 것으로 보인다.

금릉의 나루터에 있는 소산루小山樓. 오늘 밤은 여기서 묵기로 하였다. 하지만 행인의 마음은 근심으로 가득하다. 행인의 근심은 대체로 고향 생각과 앞길 생각이다. 고향에서 멀어질 때는 언제 다시 볼 수 있을까 근심하고, 고향으로 갈 때는 고향의 가족들이 무사히 잘 있었을까 걱정한다. 주로 배로 이동하는데 바람이 잔잔하여 뱃길이 순탄할지 아니면 풍파가 거세서 일정이 지체되거나 뱃길이 위험할지가 걱정이다. 이런저런 걱정에 잠 못 이루고 밤에 바깥으로 나왔다. 달이 비껴 비치는 걸 보니 내일 날씨는 맑을 것 같다. 조수가 낮아졌으니 내일 물결도 그다지 높을 것 같지 않다. 밤에 보는 장강은 평온하기 그지없다. 저 멀리 두세 개의 별빛이 유난히 반짝인다. 자세히 보니 별빛이 아니라 등불이다. 바로 강 건너에 있는 과주瓜州일 것이다. 넓은 장강 건너편이 지척인 양 보이니 내일도 뱃길은 순탄할 것 같다. 하지만 고향의 가족에 대한 그리움은 여전하다.

264. 궁중의 일에 관한 시

주경여朱慶餘

꽃이 필 때 쓸쓸히 뜰의 문을 닫아놓고
아름다운 여인들 나란히 화려한 난간에 서 있다.
정을 품고 궁중의 일을 말하고 싶어도
앵무새 앞이라 감히 말하지 못한다.

宮中詞

寂寂花時閉院門, 美人相幷立瓊軒.[1]
含情欲說宮中事, 鸚鵡前頭不敢言.

[주석]

1) 瓊軒(경헌): 옥으로 장식한 난간.

[해설]

　이 시는 주경여가 황제의 은택을 받지 못한 궁녀의 애환을 적은 것인데, 그 이면에는 충정을 말하고자 하지만 황제 주위의 모사꾼과 간신들 때문에 그러지 못하는 상황을 비판적으로 비유한 것으로 보인다.

　꽃이 피는 봄날이다. 마음껏 즐기며 놀아야 하겠지만 쓸쓸히 뜰의 문을 닫아놓았다. 누구도 이곳을 찾아주지 않는다. 그중 가장 기다리는 사람은 바로 황제이다. 아름다운 여인들이 화려하게 장식된 난간에 줄 지어 서 있다. 모두 똑같은 처지이다. 봄꽃이 피고 봄기운이 완연하지만 황제는 다른 궁녀들과 놀고 있을 뿐 자신들은 선택하지 않았다. 황제가 원망스럽기도 하다. 이러한 원망을 품고 궁녀들과 함께 이런저런 이야기를 하고 싶다. 속내를 토로하고 싶다. 하지만 옆에 앵무새가 있다. 앵무새가 우리 말을 듣고는 아마 황제 앞에 가서 다 이야기해버릴 것 같다. 버림받은 궁녀들끼리 신세 한탄도 마음대로 못 하는 처지이다. 어디다 하소연할 데도 없다. 이 답답한 속을 어떻게 풀 수 있을까?

265. 과거 시험을 가까이 두고 수부원외랑 장적에게 올리다

주경여朱慶餘

신혼 방에 어젯밤 붉은 초를 켜두었는데
새벽에 방 앞에서 시어른께 절하기를 기다린다.
화장을 마치고 낮은 소리로 남편에게 묻기를
"눈썹 화장 진하기가 유행에 맞는지요?"라고 한다.

近試上張水部

洞房昨夜停紅燭,[1] 待曉堂前拜舅姑.[2]
妝罷低聲問夫壻,[3] 畫眉深淺入時無.[4]

[주석]

1) 洞房(동방): 신혼 방. 停(정): 여기서는 촛불을 켜두었다는 뜻
   이다.
2) 舅姑(구고): 시아버지와 시어머니.
3) 夫壻(부서): 남편.
4) 入時(입시): 시속의 유행에 맞다. 無(무): 문장 끝에서 의문문을
   만든다.

[해설]

이 시는 주경여가 과거 시험을 앞두고 수부원외랑水部員外郎 직 책에 있던 장적張籍에게 바친 것이다. 장적은 당대의 유명한 문인 이며 수부원외랑은 강과 물을 담당하는 관원으로 종육품상에 해 당한다. 당나라 때는 과거 시험에 응시하기 전에 자신이 지은 시 문집을 들고 권세가를 찾아가 품평을 받는 일이 많았다. 좋은 품 평을 받으면 과거 감독관에게 좋은 추천을 해주었으며 급제로 이 어지기도 하였다. 이 시는 신부가 시어른께 첫인사를 드리며 긴장 한 모습을 표현하였는데, 이로써 자신의 작품을 잘 봐주기를 바라 는 마음을 표현하였다. 장적 역시 이 시에 답하는 시를 지어주었 는데 여성 화자를 주인공으로 설정하여 그의 시를 극찬하였다.

어젯밤 신혼 방에 촛불을 켰다. 밤잠을 설친 신부는 새벽같이 일어나서 시어른께 절을 올릴 때를 기다리고 있다. 시어른께 처음 으로 정식 인사를 드리는 날이다. 첫인사니만큼 잘 보이고 싶어 새벽 일찍 일어나 화장을 하였다. 하지만 화장이 잘되었는지 궁금 하다. 그래서 남편에게 물어본다. "눈썹 칠한 것이 유행에 맞는지 요?" 사실 화장이 유행에 맞을 필요는 없다. 시어른의 눈에만 들 면 된다. 그러니 다른 여인들에게 묻는 것보다 자기 남편에게 묻 는 것이 가장 정확한 판단을 얻는 방법일 것이다. 딱히 물어볼 사 람도 없거니와. 첫인사를 드리는 새색시의 긴장감이 역력히 묻어 난다. 장적에게 자신의 시문집을 보여드리는 주경여의 마음도 마 찬가지였을 것이다. 당시에 이렇게 자신의 시문집을 알리러 다니 는 사람이 많았기에 조금이라도 남들과 차별된 것으로 눈길을 끌 어야 한다. 이런 톡톡 튀는 아이디어를 누가 마다하였겠는가?

266. 장차 오흥에 부임하러 가다가 낙유원에 오르다

두목杜牧

맑은 시대에 흥취는 있지만 무능하여
한가로이 외로운 구름을 사랑하고 조용히 스님을 사랑한다.
깃발 하나 들고 강해로 나아가려다가
낙유원 위에서 소릉을 바라본다.

將赴吳興登樂遊原

淸時有味是無能, 閒愛孤雲靜愛僧.
欲把一麾江海去,[1] 樂游原上望昭陵.

[주석]

1) 麾(휘): 지휘 깃발. 여기서는 황제가 지방 장관을 파견할 때 하
  사하는 깃발을 가리킨다.

[해설]

이 시는 두목이 오흥자사吳興刺史로 부임하러 가던 도중 장안
성 남동쪽에 있는 낙유원樂遊原에 올라가 장안성을 바라보며 느
낀 감회를 적은 것이다. 당시 조정은 여러 정파가 엇갈려 싸우
며 혼란스러웠는데 두목은 이에 환멸을 느끼고 동생의 병간호를

핑계로 외직인 오흥자사를 자청하였다. 이에 오흥으로 떠나게 되었지만 어지러운 시국에 대한 걱정은 여전하였다. 오흥은 지금의 절강성 호주湖州이다.

지금은 태평성세이다. 그런데 나는 몇 가지 흥취를 가지고 있으며 재능은 없으니 어찌 보면 태평성세에 딱 맞는 인간상일지도 모르겠다. 관직에 있지만 태평성세라서 별로 할 일이 없기 때문이다. 나는 원래 번다하고 떠들썩하고 여러 사람이 싸우는 것을 싫어하고, 나의 흥취는 한가로움과 조용함이어서 외로운 구름의 한가로움을 사랑하고 스님의 조용함을 사랑한다. 그러니 오흥으로 내려가면 조용함과 한가로움을 만끽할 수 있을 것이다. 자사의 깃발 들고 이제 강호로 가려고 하다가 마지막으로 낙유원에 올라 장안성을 바라본다. 마음이 시원섭섭하다. 멀리 바라보니 태종 이세민의 능인 소릉昭陵이 보인다. 옛날 태종은 정관지치貞觀之治를 이룩하여 태평성세를 열었던 임금이다. 지금의 황제도 부디 태종을 본받아 진정한 태평성세를 이루기를 바란다.

이렇게 말해놓고 보니 맨 첫 구의 태평성세라는 말은 당시를 비꼬는 반어적인 표현인 셈이다. 이런 난국에 어지러운 조정을 피해 조용함을 찾아가는 자신이 어찌 보면 도피자 같기도 하지만, 내 목숨도 부지해야 하고 또 태평성세의 가망이 영 없어 보이기도 한다. 나라를 걱정하면 할수록 마음은 더욱 답답해져 온다.

267. 적벽

두목杜牧

부러진 창이 모래에 묻혔지만 철은 녹슬지 않았기에
직접 가져다가 갈고 닦으니 앞 시대 것임을 알겠다.
동풍이 주유에게 편의를 허락하지 않았다면
봄 깊은 동작대에 교 씨의 두 딸이 갇혔으리라.

赤壁

折戟沈沙鐵未銷,[1] 自將磨洗認前朝.[2]
東風不與周郎便,[3] 銅雀春深鎖二喬.[4]

[주석]

1) 銷(소): 녹슬다. 삭다.

2) 將(장): ~을 가져다가.

3) 不與(불여): 허락하지 않다.

4) 鎖(쇄): 간히다. 二喬(이교): 동한 사람 교현喬玄의 두 딸로 큰딸
은 손책에게 시집갔고 작은딸은 주유에게 시집갔다.

[해설]

이 시는 두목이 삼국시대 오나라와 촉나라의 연합군과 위나

라의 군대가 싸운 적벽赤壁에서 느낀 감회를 적은 것이다. 당시 위나라는 수전水戰에 익숙지 않아 배를 서로 쇠사슬로 묶어놓았는데 오나라의 주유周瑜가 화공火攻을 펼쳤으며 마침 남동풍이 불어 위나라의 백만 대군이 몰살하였다.

옛날 적벽대전이 있던 이곳에 와서 모래사장을 걷다 보니 부러진 창이 모래에 묻혀 있다. 그런데 창날이 녹슬지 않았기에 파내서 닦아보니 과연 옛날 적벽대전 때의 것으로 보인다. 이미 6백 년 이상이 지났건만 아직 창이 녹슬지 않았으니, 그 옛날의 일이 바로 어제의 일처럼 느껴진다. 이곳에서 진을 치고 있었던 수백만 대군의 함성 소리가 들리는 것 같다. 주유의 공격을 받아 불길에 휩싸여 고함치는 소리도 들리는 것 같다. 만일 당시 하늘이 동풍을 불어주지 않았다면 과연 주유가 승리할 수 있었을까? 역사의 가정은 부질없는 짓이지만 그래도 한번 생각해본다. 객관적으로 판단하면 오나라에게 위나라를 물리칠 만한 전력이 있지 않았는데 그저 요행으로 그렇게 된 것은 아닌가? 그렇지 않았더라면 손권孫權의 형인 손책孫策과 주유가 아내로 삼은 두 교씨 자매가 오히려 잡혀가서 위나라의 동작대에 갇히게 되지 않았을까? 역사라는 것은 어쩌면 이런 우연한 바람 하나로 좌우되는 것인가? 모를 일이다.

268. 진회하에 정박하다

두목杜牧

안개는 차가운 물을 덮고 달빛은 모래사장을 덮었는데
밤에 진회하에 정박하니 술집이 가깝다.
장사하는 여인은 나라 잃은 한을 모르는 듯
강 건너에서 여전히 「옥수후정화」를 부른다.

泊秦淮

煙籠寒水月籠沙,¹⁾ 夜泊秦淮近酒家.
商女不知亡國恨,²⁾ 隔江猶唱後庭花.

[주석]

1) 籠(롱): 뒤덮다.

2) 商女(상녀): 장사하는 여인. 또는 가기歌妓.

[해설]

이 시는 두목이 진회하秦淮河에 정박한 뒤 보고 들은 것을 적은 것이다. 진회하는 지금의 강소성 율수溧水에서 발원하여 남경시를 지나 장강으로 들어간다. 진시황이 금릉(지금의 남경시)이 황제의 도읍이라는 말을 듣고는 그 기운을 끊기 위해 판 강이다. 시의 내용으로 보아 두목은 금릉 인근에 정박한 것으로 보인다.

진회하의 강물에 안개가 자욱이 덮이고 모래사장에는 달빛이 덮여 하얗게 반짝이고 있다. 아름다우면서도 몽롱한 분위기여서 마음이 싱숭생숭하다. 더구나 객지에서 밤에 정박하게 되니 약간 낯설면서 긴장감도 느껴진다. 다행히 술집이 근처에 있다. 자세히 보니 술집이 한두 군데가 아니다. 객지의 시름을 달래기 위해 술집에서 한잔하려고 들어갔는데, 어디선가 「옥수후정화玉樹後庭花」가 들린다. 이 노래는 남조 진陳나라의 후주後主가 만든 노래로 궁녀에게 이 노래를 부르게 하고 곡조에 맞춰 춤을 추게 하면서 흥청망청 놀았던 역사적 사실이 있다. 그렇게 향락을 일삼다가 결국은 나라가 망하고 후주는 낙양으로 끌려갔던 것이다. 이곳 금릉은 그 진나라의 도읍이었다. 장사하는 여인은 그러한 사정을 아는지 모르는지 큰 소리로 불러댄다. 강 너머의 술집에서도 들려온다. 사방의 술집에서 들리는 것만 같다. 우리 당나라도 이러다가 곧 망하는 건 아닐까? 정신 차려야 하는데, 궁중의 천자는 어떤 마음으로 나라를 다스리고 계실까? 믿음보다는 걱정이 앞선다.

269. 양주 판관 한작에게 부치다

두목杜牧

푸른 산은 흐릿하고 강물은 아득한데
가을이 강남에 끝났지만 풀은 아직 시들지 않았으리.
이십사교에 달이 밝은 밤
옥 같은 이는 어디에서 소 부는 것을 가르치나?

寄揚州韓綽判官

靑山隱隱水迢迢,¹⁾ 秋盡江南草未凋.
二十四橋明月夜,   玉人何處敎吹簫.

[주석]

1) 隱隱(은은): 희미한 모양. 迢迢(초초): 멀고 아득한 모양.

[해설]

이 시는 두목이 양주揚州의 판관判官으로 있는 한작韓綽이라는
사람에게 부치는 것이다. 두목이 양주의 회남절도사淮南節度使로
근무한 적이 있어서 당시 한작과 같이 지냈을 터인데 그곳을 떠
나온 뒤 그를 그리워하며 지은 것으로 보인다. 한작에 관해서는
자세히 알려져 있지 않으며, 판관은 절도사의 부하 관원이다.

그대가 있는 곳을 바라보니 푸른 산은 흐릿하고 강물은 아득하다. 아득히 먼 곳에 있는 그대를 생각하니 더더욱 가슴이 아려온다. 지금 가을이 다 지나가서 10월이 되려고 하는데, 이곳에는 초목이 다 시들었지만 그곳에는 아직 풀이 시들지 않았을 것이다. 남국의 가을은 늦게 찾아오는 법이니 그곳에는 아직 스산함과 쇠락의 기운이 있지 않을 것이다. 양주에서 가장 아름다웠던 곳이 어디였는가? 바로 이십사교다. 스물네 명의 미인이 소簫를 불었다고 하는 곳이다. 옥과 같이 아름다운 그대도 소를 잘 불었지. 옛날 소사簫史도 소를 잘 불어 봉황을 내려오게 하였으며 부인인 농옥弄玉에게 소 부는 법을 가르친 뒤 봉황을 타고 하늘로 올라갔다고 한다. 그곳에 오늘도 밝은 달이 휘영청 떴을 것인데. 그대는 또 누구에게 소 부는 법을 가르치고 있는가? 소사처럼 스물네 명의 미인과 함께 하늘로 올라간 것은 아닌가? 그대가 풍류를 즐길 줄 아는 것은 나도 인정하지만, 나만 이곳에 외롭게 두고 너무 풍류를 즐기지는 마시게.

270. 가슴의 생각을 풀다

두목杜牧

배에 술을 싣고 실의한 채 강호를 다녔는데
초 땅 여인은 허리가 가늘어 손바닥에 올려도 가벼웠다.
십 년 만에 양주의 꿈에서 한 번 깨어나니
기루에서 박정하다는 이름만 얻었다.

遣懷

落魄江湖載酒行,[1] 楚腰纖細掌中輕.
十年一覺揚州夢, 贏得靑樓薄倖名.[2]

[주석]

1) 落魄(낙탁): 실의한 모양.

2) 贏得(영득): 얻다. 靑樓(청루): 기루妓樓. 薄倖(박행): 박정하다.
   정이 없다.

[해설]

이 시는 두목이 양주揚州에서 방탕하게 놀던 것을 반성하며
지은 것이다. 양주는 지금의 강소성 양주로 당시에 상당히 번화
하였던 도시이며 기루가 많았다. 두목은 30대 초반에 3년 동안

회남절도사淮南節度使 우승유牛僧孺의 판관判官으로 있으면서 양주에 머물렀으며, 이후 장안과 낙양에서 감찰어사를 하였다.

　양주에서 근무할 때 나라를 위해 몸을 바쳐 일을 해야겠다는 생각보다는 빨리 출세하지 못한다는 조급함에 실의하여 이리저리 배에 술을 싣고 다니며 흥청망청 놀기만 하였다. 초 땅 여인은 날씬하고 어여뻐서 손 위에 올려놓아도 가볍게 여겨질 정도였다. 그렇게 정신없이 이곳저곳 다니며 논 것이 무려 10년 같은 3년이었다. 이제 정신을 차려야겠다. 그동안 내가 해놓은 것이 무엇이냐? 아무것도 없다. 이제 기루에도 가지 않으려 한다. 그러니 기루의 기녀들은 나를 박정하다고 한다. 그런 원망을 받는 명성이라면 달갑게 받아들이겠다. 옛날의 난봉꾼이 아니라 이제는 진정 나라를 위해 일하는 사람으로 다시 태어나야겠다.

271. 가을밤

두목杜牧

은빛 초의 가을빛에 그림 병풍이 차갑고
가벼운 비단으로 만든 작은 부채로 반디를 쫓는다.
궁궐 계단의 밤빛은 차갑기가 물과 같은데
누워서 견우성과 직녀성을 바라본다.

秋夕

銀燭秋光冷畫屛,　輕羅小扇撲流螢.[1]
天階夜色涼如水,[2]　臥看牽牛織女星.

[주석]

1) 撲(박): 때리다. 流螢(유형): 반딧불이. 불빛이 흐르듯 날아다닌
   다고 하여 '류流'를 붙였다.

2) 天階(천계): 하늘의 계단. 궁궐의 계단을 가리킨다.

[해설]

　이 시는 두목이 가을밤의 상념을 그린 것인데 시의 내용으로
보아 궁녀의 애환을 표현한 것으로 보인다.
　초가 은빛이다. 은으로 만든 고급스러운 촛대일 수도 있겠지

만 은빛은 흰색에 가깝고 흰색은 오행五行에서 가을을 상징한다. 그런 초에서 나오는 가을빛은 그림 병풍을 더욱 차갑게 만든다. 싸늘한 기운이 드는 가을밤이다. 갑자기 반디가 한 마리 들어온다. 가을이 되면 반디도 힘을 잃어 드문드문 날게 되고 추위를 피해 따뜻한 방으로 날아오기도 한다. 이때 궁녀가 그 반디를 쫓아버린다. 마치 그 모습이 자신과 같은 신세처럼 생각되는 것이 싫은지도 모르겠다. 나이가 들고 외모도 쇠락해져서 아무도 찾아주지 않는 궁녀의 신세. 여름 동안 가벼운 비단으로 만든 작은 부채는 아주 요긴하게 쓰였다. 하지만 이제 찬바람이 불기에 부채는 쓸모가 없어졌다. 반디 쫓는 데나 사용할 뿐이다. 이 부채처럼 나도 조만간 버림받지나 않을까? 궁궐 계단의 밤 공기가 차디차다. 물과 같이 차갑다는 말은 상식적이지 않다. 무슨 물일까? 누워서 견우성과 직녀성을 바라본다. 은하수를 사이에 두고 멀리 떨어져 있다. 가을의 칠월 칠석이 되면 견우성과 직녀성이 서로 만날 터인데, 그 이전이나 이후에는 만나고 싶어도 만나지 못한다. 그들에게 은하수는 차가워서 건너지 못하는 강물이다. 나 역시 황제와 만나기를 학수고대하지만 우리 사이에도 저 차가운 은하수가 놓여 있다. 그래도 견우와 직녀는 일 년에 한 번은 만나지 않는가? 나는 언제나 황제의 얼굴을 볼 수 있을까?

272-1. 작별하며 주다 제1수

두목杜牧

예쁘고 날씬한 열서너 살

두구 가지 끝의 이월 초 꽃망울.

봄바람 부는 십 리 양주 길

주렴 걷어보아도 모두 너만 못하리라.

贈別 其一

娉娉嫋嫋十三餘,[1] 豆蔻梢頭二月初.[2]

春風十里揚州路, 捲上珠簾總不如.

[주석]

1) 娉娉(빙빙): 아리따운 모양. 嫋嫋(요뇨): 날씬한 모양.

2) 豆蔻(두구): 다년생풀의 일종으로 대체로 소녀를 비유한다.

[해설]

　이 시는 두목이 양주揚州를 떠나 장안으로 올 때 그곳에서 알고 지내던 기녀에게 지어준 것이다. 그 기녀가 장호호張好好라는 설도 있다. 그녀의 아름다움을 칭송하면서 헤어지기 아쉬워하는 마음을 표현하였다.

열서너 살의 너는 예쁘고 날씬하다. 마치 두구豆蔻라는 풀이 2월 초에 가지 끝에 맺는 꽃봉오리와 같다. 봄바람이 불면 양주 10리 길에 많은 기녀들이 꽃단장을 하고 나오지만 아무리 돌아보아도 너만큼 예쁜 여인은 없었다. 너야말로 내가 가장 사랑스러워하는 여인이다.

272-2. 작별하며 주다 제2수

두목杜牧

다정함이 도리어 완전한 무정함과 같지만
오직 술잔 앞에서 웃어지지 않았던 것만 느낀다.
촛불도 마음이 있어서 여전히 작별을 애석해하며
날이 밝을 때까지 사람을 대신하여 눈물을 흘린다.

贈別 其二

多情却似總無情, 唯覺尊前笑不成.[1]
蠟燭有心還惜別,[2] 替人垂淚到天明.

[주석]

1) 尊(준): 술잔. '준樽'과 통한다.

2) 有心(유심): 촛불에 심지가 있는 것을 말하는데, 여기서는 마음
   이 있다는 뜻으로 중의적으로 사용되었다.

[해설]

　다정하다는 것은 오히려 완전히 무정한 것과 같다. 헤어짐을
앞두고서 여인에게 궤변을 늘어놓는다. 다정한 것이 어떻게 무
정한 것과 같을 수 있겠는가? 하지만 너무 다정하면 그 다정함

을 이루 다 표현할 수 없어서 오히려 무정하게 보일 수 있다는 말일 것이다. 헤어지게 되면서 다정하게 이런저런 위로의 말과 사랑의 말을 아무리 늘어놓아봐야 그걸로 이별의 슬픔을 삭일 수는 없다. 그저 무정하게 무덤덤하게 있는 것이 오히려 슬픔을 증대시키지 않는 방법일 수가 있다. 그러니 마지막 밤이지만 평소처럼 즐겁게 웃으며 노는 것도 괜찮으리라. 하지만 술을 마시면서도 쉽게 웃음이 나오지 않는다. 속마음은 속일 수가 없다. 이별의 애달픔을 감출 수가 없기 때문이다. 그렇게 두 사람이 마음속의 이야기를 감히 내뱉지도 못하고 표정으로 드러내지도 못한다. 이러한 사정을 아는지 촛불은 밤새도록 촛농을 흘리고 있다. 마치 우리의 작별을 애석해하면서 눈물을 흘리는 것처럼. 촛불은 심지가 있어서 그 속내를 드러내며 눈물을 흘리고 있는데, 우리는 정작 불타는 붉은 마음을 가지고 있지만 식은 재가 된 것처럼 아무 말도 못하고 있다.

273. 금곡원

두목杜牧

번화하였던 일은 흩어져 향기로운 먼지를 쫓아가는데
흐르는 물은 무정하여 풀은 절로 봄빛이다.
해 질 무렵 동풍에 원망하며 우는 새
떨어지는 꽃잎은 마치 누대에서 떨어졌던 여인을 닮았다.

金谷園

繁華事散逐香塵, 流水無情草自春.
日暮東風怨啼鳥, 落花猶似墮樓人.

[해설]

이 시는 두목이 금곡원金谷園에 들러서 본 경물과 느낀 감회를
적은 것이다. 금곡원은 진晉나라 석숭石崇이 낙양에 지은 별장의
이름으로 넓은 숲을 온갖 화초와 기암괴석으로 화려하게 꾸며놓
았으며 당시 유명한 문인들을 초청하여 연회를 열었다. 석숭에
게는 총애하던 애첩 녹주綠珠가 있었는데 손수孫秀가 녹주를 탐
해 뺏으려고 했지만 실패했다. 이에 석숭이 반란을 도모하다가
누설되어 소환당하자 녹주는 죽음으로 보답하겠다며 누대에서
몸을 던져 자살했다. 후에 석숭과 함께 몰살된 이가 열다섯 명

이었다.

  금곡원에서 화려했던 지난 일은 향기로운 먼지를 쫓으며 흩어져버렸다. 옛날 그 많던 문인들도 사라지고 없으며 화려한 기물 역시 사라졌다. 하지만 이곳을 흘러가는 물은 그러한 사정을 아는지 모르는지 무정하게 흘러가고 어김없이 봄이 찾아와서 풀이 파릇파릇 돋아나고 있다. 해 질 무렵 봄바람이 동쪽에서 불어오는데 새가 지저귄다. 시인의 귀에는 이 새가 원망하며 우는 것만 같다. 무엇을 원망하는가? 떨어지는 꽃잎은 옛날 누대에서 떨어진 녹주와 닮았다. 화려한 날은 쉬이 지나가고 뒷날 아무도 그들을 기억해주지 않는다. 부귀영화는 허망하다. 흘러가는 물과 날아다니는 새가 그 모든 것을 목격했을 터인데, 물은 무정하게 아무 말 없이 흘러가기만 하고 새는 그래도 시인의 마음을 이해했는지 구슬프게 울고 있다.

274. 밤비 속에 북쪽으로 부치다

이상은李商隱

그대는 돌아올 기약을 묻지만 아직 기약이 없다
파산에 밤비 내려 가을 못이 불었다.
어찌하면 서쪽 창의 촛불 심지 자르며
파산의 밤비 내리던 때를 다시 이야기할까?

夜雨寄北

君問歸期未有期, 巴山夜雨漲秋池.
何當共剪西窗燭,¹⁾ 却話巴山夜雨時.²⁾

[주석]

1) 何當(하당): 어찌하면 마땅히. 또는 어느 때에. 剪(전): 촛불 심
   지를 자르는 것이다. 촛불이 타고 남은 긴 심지를 잘라야 촛불
   이 더 잘 탄다.
2) 却(각): 다시. 또.

[해설]

이 시는 이상은이 파산巴山에 머물면서 밤비 속에 북쪽 장안
에 있던 이에게 부친 것이다. 파산은 파 땅의 산인데 대체로 지

금의 호북성 서쪽과 사천성 일대를 가리킨다. 이 시를 받는 대상은 이상은의 부인이나 친구로 추정된다.

　그대는 내가 언제 돌아올 거냐고 묻지만 아직은 기약이 없다. 언제까지 이곳에 있어야 할지 모른다. 오늘도 파산에는 밤비가 내렸다. 이로 인해 가을의 못에 물이 불어났다. 가을날 밤에 빗소리를 듣자니 더욱 신세가 처량해지고 가족 생각 친구 생각이 난다. 오늘 밤비로 강물도 불어났을 터인데 뱃길이 좋아졌는지 안 좋아졌는지도 알 수가 없다. 기약이 없다. 어찌하면 내가 다시 그곳으로 돌아가서 밤새도록 촛불을 켜놓고 내가 이곳에서 외롭게 지내던 이야기를 할 수 있을까? 지금의 외로움과 쓸쓸함을 편지로 써 보내기에는 너무 길고 애절할 것이다. 차라리 가서 이야기해주겠다. 밤을 새워야 할 것이다.

275. 낭중 영호도에게 부치다

이상은李商隱

숭산의 구름과 진 땅의 나무가 오랫동안 헤어져 있었는데
한 쌍의 잉어로 멀리서 한 장의 편지가 왔다.
양원의 옛 빈객에 대해서는 묻지 말게
무릉의 가을비 속에 병든 사마상여와 같으니.

寄令狐郎中

嵩雲秦樹久離居, 雙鯉迢迢一紙筆.[1]
休問梁園舊賓客,[2] 茂陵秋雨病相如.[3]

[주석]

1) 迢迢(초초): 아득히 먼 모양.

2) 休(휴): ~하지 마라.

3) 茂陵(무릉): 한나라 무제武帝의 묘릉으로 지금의 섬서성 흥평현
   興平縣이다. 사마상여가 병으로 사직하고 살았던 곳이다.

[해설]

이 시는 이상은이 낭중郎中 관직에 있는 영호도令狐綯에게 부
친 것이다. 영호도는 영호초令狐楚의 아들인데 이상은은 영호초

의 막부에 있으면서 신임을 얻었으며 영호도와 우의를 쌓았고 그의 도움으로 진사에 급제하였다. 당시 우이당쟁牛李黨爭이 심하였는데 영호도는 우파牛派였다. 영호초가 죽은 뒤 이상은은 이파李派인 왕무원王茂元의 막부로 들어갔으며 그의 사위가 되었다. 이로 인해 두 사람의 관계는 멀어지게 되었는데 뜻밖에 영호도에게서 편지를 받게 되어 이 시로 화답하였다.

숭산의 구름과 진 땅의 나무가 오랫동안 헤어져 있었다. 숭산은 낙양에 있으니 이상은을 가리키고 진 땅은 장안을 의미하니 영호도를 가리킨다. 두 사람은 그간 당파 간의 마찰로 관계가 서먹해져 있었다. 그 참에 편지를 한 장 보내왔다. 한나라 악부시樂府詩인 「장성의 굴에서 말에게 물을 먹이다飮馬長城窟行」에 "나그네가 먼 곳에서 와 나에게 한 쌍의 잉어를 주었다. 아이를 불러 잉어를 삶게 하니 그 속에 한 자짜리 비단에 쓴 편지가 있었다客從遠方來, 遺我雙鯉魚. 呼童烹鯉魚, 中有尺素書"라는 말이 있어 한 쌍의 잉어는 편지를 비유한다. 장안과 낙양은 생각보다 그렇게 멀지는 않지만 멀리서 편지가 왔다고 하였다. 그만큼 심리적 거리가 멀었던 것이다. 관계가 서먹해진 친구로부터 뜻밖의 편지를 받았으니 반갑기도 하고 궁금하기도 하며 쑥스럽기도 하였을 것이다. 아마 영호도는 자신의 근황을 간단하게 적고 이상은의 안부를 물었을 것이다. 이에 대해 이상은은 뭐라고 답해야 할까? 남조시대 양梁나라의 유명한 문인이었던 사마상여의 이야기를 한다. 양나라 효왕孝王은 지금의 하남성 상구商丘에 큰 원림을 조성하고서 토원兎園이라고 불렀는데 사람들은 양원梁園이라고도 불렀다. 효왕은 그곳에 사마상여 등의 빈객을 불러서 문학

활동을 장려하고 후원하였다. 하지만 사마상여는 병에 걸려 무릉茂陵으로 물러나서 홀로 살다가 결국은 죽고 말았다. 이상은이 영호초의 문객으로 있다가 인정을 받았지만, 지금은 병으로 물러나 낙양에서 쓸쓸하게 지낸다는 상황을 사마상여에 빗대어 표현하였다. 예전의 호의에 감사를 표하는 동시에 지금 자신의 노쇠한 모습을 말해 동정심을 유발하고 있다. 그 이면에는 자신을 사마상여와 같은 대문호에 비유하는 자부심도 엿보인다. 아마도 두 사람은 다시 가까워질 수 있을 것 같다. 하지만 현실은 그다지 녹록지 않았다. 당파 싸움은 결국 두 사람이 가까이 지내는 것을 허락하지 않았다.

276. 있기 때문에

이상은李商隱

운모 병풍이 있기 때문에 한없이 아름다운데
도성에 추위가 다해도 봄밤을 두려워한다.
공연히 금거북 찬 낭군에게 시집을 갔으니
향기로운 이불 저버리고 이른 조회에 나가기 때문이다.

爲有

爲有雲屛無限嬌,¹⁾ 鳳城寒盡怕春宵.²⁾
無端嫁得金龜婿,³⁾ 辜負香衾事早朝.⁴⁾

[주석]

1) 雲屛(운병): 운모雲母로 장식한 병풍. 고급 병풍이다.

2) 鳳城(봉성): 수도의 미칭으로 여기서는 장안성을 가리킨다.

3) 無端(무단): 아무런 이유 없이. 공연히. 婿(서): 남편.

4) 辜負(고부): 저버리다. 早朝(조조): 아침 조회.

[해설]

이 시는 이상은이, 고위 관원을 남편으로 둔 젊고 아름다운
부인이 봄날을 같이 지내지 못해 아쉬워하는 상황을 표현한 것

이다. 제목은 시의 첫 두 글자를 아무 의도 없이 취한 것으로 무제시에 가깝다.

방에 운모로 장식한 병풍이 있다. 운모는 얇게 쪼개지는 광석으로 반짝여서 고급 장식품으로 사용된다. 그곳에 사는 여인은 원래도 아름답지만 그런 병풍이 있으니 비길 데 없이 아름답다. 이제 도성에 길고 추운 겨울이 지나갔다. 봄이 왔다. 하지만 이 여인은 봄밤을 두려워한다. 왜일까? 여인이 밤을 두려워하는 이유는 대체로 남편의 부재 때문이다. 하지만 그녀의 남편은 금거북을 찬 고위 관원이다. 당나라 관제에 의하면 삼품 이상이 되어야 금거북이 형상의 인장을 차고 다닐 수 있었다. 고위 관원과 결혼하여 아무런 부족함도 없이 살고 있는 여인에게 무슨 두려움이 있을까? 남편이 멀리 지방으로 떠나간 것도 아닐 터인데. 문제는 이른 아침에 실시하는 조회에 가기 위해서 새벽에 일어나 출근한다는 것이다. 겨울의 기나긴 밤이 점차 짧아지는 봄밤에 조금이라도 더 오래 남편과 있고 싶은 바람을 남편은 박정하게 차버리고 출근한다. "오늘은 출근하지 말고 나랑 같이 놀면 안 되나요?" 이 말이 목구멍까지 올라왔다가 다시 내려간다. 그러고는 아직도 남편의 향기가 나는 이불 속에 홀로 누워 있다.

277. 수나라 궁궐

이상은李商隱

흥취를 타고 남쪽 유람할 때 삼엄히 경계하지 않았으니
구중궁궐에서는 누가 간언하는 문서 상자를 살폈겠는가?
봄바람 불 때 온 나라에서는 궁궐의 비단을 잘라
반은 말다래를 만들고 반은 돛을 만들었지.

隋宮

乘興南遊不戒嚴, 九重誰省諫書函.[1]
春風擧國裁宮錦,[2] 半作障泥半作帆.[3]

[주석]

1) 九重(구중): 구중궁궐. 수나라 궁궐을 가리킨다.

2) 宮錦(궁금): 황궁에 있는 비단. 모두 백성들의 세금으로 받은
   것이다.

3) 障泥(장니): 말다래. 말 안장 양쪽 아래에 달아 진흙이 튀는 것
   을 막는 부속품이다.

[해설]

이 시는 이상은이 수나라 양제煬帝가 잦은 남쪽 유람으로 수

나라 궁궐을 비워 경계하지 않은 것을 비판한 것이다. 이를 통해 당시 당나라 황제가 향락을 일삼는 것을 경계하고자 했을 것이다.

수나라 양제가 흥을 타고 강남 지역으로 유람을 간다. 수행원만 해도 만 명이 넘었으며 배의 행렬이 천 리에 달했다고 한다. 이렇게 대규모 병력이 천자를 호위하고 떠나면 수나라 궁궐은 어떻게 될 것인가? 더욱 삼엄하게 경계를 해야 할 터이지만 그러지 않았다. 애초에 그렇게 향락을 일삼으며 궁궐을 비워서는 안 되는 것이다. 이에 대해 여러 신하가 간언을 했지만 누가 그걸 거들떠보겠는가? 양제는 심지어 간언을 올린 신하를 다 죽이기까지 했다. 봄바람이 불면 황제는 유람하기 좋겠지만 백성들은 봄 농사로 바쁘다. 하지만 온 나라의 백성들은 궁중에 비단을 바쳐야 하고 또 그것을 재단하여 황제 일행이 타고 가는 말의 부속품과 타고 가는 배의 돛을 만드느라 노역에 동원되어야 했다. 수나라가 비록 천하를 통일했지만 짧은 시간에 망했던 데는 다 이유가 있었던 것이다. 지금 당나라도 정신 바짝 차려야 한다.

278. 요지

이상은李商隱

요지의 서왕모가 비단 창을 여니
황죽의 노랫소리가 땅을 울리며 슬프다.
여덟 마리 명마는 하루에 삼만 리를 달리는데
목왕은 무슨 일로 다시 오지 않았을까?

瑤池

瑤池阿母綺牕開,[1] 黃竹歌聲動地哀.
八駿日行三萬里, 穆王何事不重來.

[주석]

1) 阿母(아모): 서왕모西王母를 가리킨다.

[해설]

이 시는 이상은이, 서왕모가 요지瑤池에서 주周나라 목왕穆王
이 오기를 기다린다는 내용을 적은 것이다. 서왕모는 서쪽 곤륜
산崑崙山에 산다는 전설 속의 신선이며 요지는 그곳에 있는 연못
의 이름이다. 주나라 목왕은 천하를 주유한 것으로 유명하다. 서
왕모가 그를 요지로 초대하여 성대한 연회를 베풀어주었다는 이

야기가 전해온다. 당시 서왕모가 인간과 신선은 인연을 맺을 수 없다는 노래를 부르자 목왕은 인간 세상을 태평하게 다스리고 난 뒤 3년 뒤에 다시 오겠다는 노래를 불렀다. 하지만 결국 목왕은 돌아오지 못하고 생을 마쳤다고 한다.

요지의 서왕모가 비단 창을 열고 오늘도 목왕이 오는지 기다린다. 목왕은 인간 세상을 주유하다가 황죽黃竹이라는 곳에서 머물렀는데 날씨가 춥고 눈보라가 치기에 백성들의 삶을 걱정하는 「황죽가」를 불렀다. 그 노래가 온 땅을 진동하며 슬피 울려 퍼지니 요지에 있는 서왕모에게도 들린다. 아직도 백성들의 아픔을 노래하며 고생하고 있구나. 그가 타고 다니는 여덟 마리 말은 하루에 3만 리를 간다는데 도대체 여기는 언제 다시 올 것인가? 아직 일이 끝나지 않은 것인가? 아니면 죽은 것인가? 기다려도 오질 않는다.

표면상으로는 서왕모와 주 목왕의 사랑 이야기 같기도 하지만, 이는 당시 황제들이 과학적인 근거가 없는 신선술과 연단술에 의지하여 장생불사를 추구하며 백성들의 생활을 돌보지 않은 것을 비판한 것이다. 심지어 무종武宗은 단약을 먹고 중독되어 죽기도 하였다.

279. 상아

이상은李商隱

운모 병풍에 촛불 그림자가 깊은데
은하수는 점점 기울고 새벽별은 잠긴다.
상아는 응당 불사약 훔친 것을 후회하리니
푸른 바다 푸른 하늘에 밤마다 무슨 마음일까?

嫦娥

雲母屏風燭影深, 長河漸落曉星沈.
嫦娥應悔偸靈藥, 碧海靑天夜夜心.

[해설]

이 시는 이상은이 달에 사는 여신인 상아嫦娥에 관해 지은 것
이다. 상아는 항아姮娥라고도 한다. 이로 인해 '嫦娥'를 '항아'로
읽기도 한다. 항아는 남편인 후예后羿가 서왕모로부터 얻은 불사
약을 훔쳐서 달 속으로 달아났다고 한다.

항아가 사는 방 안에는 반짝이는 광물인 운모로 장식한 고급
스러운 병풍이 놓여 있고 촛불이 켜져 있다. 시간이 지날수록
촛불은 짧아지고 불꽃도 작아져 그림자가 더욱 어두워진다. 은
하수는 기울고 새벽의 별은 사라진다. 밤이 깊어도 날이 새도

항아는 잠을 자지 못한다. 근심하고 있다. 아마도 불사약을 훔쳐서 달로 도망 온 것을 후회하고 있으리라. 더 이상 남편과 살지 못하고 홀로 쓸쓸하게 지내는 것을 한탄하고 있으리라. 푸른 바다와 같은 은하수와 푸른 하늘에는 아무도 살지 않는다. 막막한 하늘 세계에서 홀로 살고 있으니 밤마다 그녀는 무슨 생각을 하고 있을까?

이 시의 표면적인 해석은 간단하지만 그것이 함축하고 비유하는 바가 무엇인지에 대해서는 설이 구구하다. 독자의 상상력에 맡길 뿐이다.

280. 가의

이상은李商隱

선실전에서 어진 이를 찾아 쫓겨난 신하를 부르니
가의의 재주는 더욱이 견줄 만한 이가 없었다.
가련하게도 한밤중에 헛되이 자리를 앞당기고는
백성에 관해서는 묻지 않고 귀신만 물었구나.

賈生

宣室求賢訪逐臣,[1] 賈生才調更無倫.[2]
可憐夜半虛前席,[3] 不問蒼生問鬼神.[4]

[주석]

1) 訪(방): 자문을 구하다.

2) 生(생): 성 뒤에 붙여 존칭을 만든다. 才調(재조): 재주. 재능.
   無倫(무륜): 짝이 없다. 비길 자가 없다는 말이다.

3) 前席(전석): 자리를 앞으로 당기다. 서로 가까이 앉는 것이다.

4) 蒼生(창생): 백성.

[해설]

이 시는 이상은이 한나라의 신하였던 가의賈誼에 관해 읊은 것이다. 가의는 어려서 총명하여 문제의 총애를 받아 박사博士와 태중대부太中大夫가 되었지만 원로대신들의 참언으로 장사왕長沙王 태부太傅로 폄적되었다. 3년 후에 다시 조정으로 불려 왔지만 중용되지는 못하였으며 33세의 나이로 생을 마쳤다.

선실전宣室殿은 한나라 미앙궁未央宮에 있던 궁전이다. 문제가 쫓겨난 가의를 다시 기용하려고 불렀다. 가의의 재주는 누구보다도 뛰어났기 때문이다. 하지만 문제가 그에게 물었던 것은 무엇인가? 문제가 제사 고기를 받고 난 뒤 귀신의 본질에 관해 물어본 것이 전부였다. 뛰어난 인재를 데려다 놓고서 기껏 귀신에 관해 물었던 것이다. 어떻게 하면 백성들을 잘살게 할 수 있을까에 관해 물은 것이 아니고. 소 잡는 데 사용하는 칼을 닭 잡는 데 사용한 꼴이다. 역사적으로 인재를 잘 등용했다고 평가를 받는 문제도 이러할진대 다른 황제는 어떠할 것인가? 지금 당나라의 황제들 역시 간신의 말만 믿고 충신을 내쫓거나 가까이에 있는 충신의 말을 잘 듣지 않고 허투루 사용하는 경우가 많다. 안타까운 일이다.

281. 옥 장식 슬에 담긴 원망

차가워진 대자리의 은빛 침대에서 꿈도 꾸지 못하는데
푸른 하늘은 물과 같고 밤 구름은 가볍다.
기러기 소리는 멀리 지나가며 소상으로 떠나고
십이루에는 달이 절로 밝다.

瑤瑟怨

冰簟銀牀夢不成, 碧天如水夜雲輕.
雁聲遠過瀟湘去, 十二樓中月自明.

[해설]

　이 시는 온정균이 화려하게 장식한 슬瑟로 연주하는 원망의
노래에 관해 읊은 것이다. 슬을 연주하는 모습을 표현한 것이
아니라 그 노래의 내용이나 슬을 연주하는 이의 원망을 읊은 것
이다. 대체로 슬을 연주하는 이는 궁녀로 보이며 가을날 쓸쓸하
고 외롭게 지내는 모습을 표현하였다. 슬은 가야금과 비슷한 현
악기이다.

　여름에 시원하게 누워 있으려고 깔아놓았던 대자리가 차가워
졌다. 화려한 은빛 침대에 누웠지만 잠도 오지 않고 꿈도 꾸지

지 않는다. 왜 그럴까? 임 없이 홀로 지내기 때문이다. 푸른 하늘은 바다나 호수같이 맑다. 밤하늘에 뜬 구름은 물 위를 가볍게 떠다니는 것처럼 흘러간다. 완연한 가을이다. 가을이 되니 대자리가 유난히 더 차갑게 느껴지고 임의 빈자리가 더 휑하게 여겨진다. 기러기가 남쪽 소상강으로 날아가고 있다. 여인이 머무는 십이루에는 달이 절로 밝다. 기러기 소리, 밝은 달, 정처 없이 흘러가는 구름, 차가운 대자리. 어느 것 하나 여인의 외로움과 심란함을 부추기지 않는 것이 없다. 십이루는 원래 신선이 사는 거처로 알려졌지만 대체로 궁녀들의 거처를 비유하기도 한다.

282. 마외파

정전鄭畋

현종이 말을 돌려 왔지만 양귀비는 죽었으니
운우지정은 잊기 어렵지만 세상은 새로워졌다.
결국은 현명하신 천자의 일이었으니
경양궁 우물에는 또 어떤 이였던가?

馬嵬坡

玄宗回馬楊妃死, 雲雨難忘日月新.
終是聖明天子事, 景陽宮井又何人.

[해설]

이 시는 정전이 마외파馬嵬坡에 관해 적은 것이다. 마외파는
안녹산의 난이 일어나자 현종이 양귀비와 함께 장안에서 도망
을 치다가 지나가던 곳이다. 당시 현종을 따르던 병사들은 이러
한 사태의 책임을 물으면서 양국충을 죽이고 양귀비 역시 죽일
것을 현종에게 건의했다. 이에 양귀비는 근처의 절에서 목을 매
어 죽었다. 후에 장안을 수복하고 돌아올 때 현종은 이곳을 다
시 지나면서 매우 슬퍼했다고 한다.

현종이 장안을 수복하고 다시 궁중으로 돌아왔지만 이미 양

귀비는 죽고 없었다. 옛날 초나라 왕과 무산 신녀의 사랑과 같은 운우지정雲雨之情을 잊지는 못하겠지만 당나라는 새로운 시대를 열고자 했다. 안녹산을 물리치고 더욱 튼튼한 당나라를 건설해야 했던 것이다. 양귀비를 죽도록 내친 것은 현명한 천자의 일이었다. 만일 그렇지 않았다면 어떻게 되었겠는가? 남조시대 진陳나라 후주後主는 여러 후첩과 향락을 일삼다가 수隋나라가 침략해 온다는 소식을 듣고는 경양궁景陽宮의 우물에 후첩들과 숨지 않았는가? 결국은 붙들려서 포로가 되어 구차한 삶을 살게 되었고 진나라는 망해버렸다. 현종도 만일 양귀비를 끝내 내치지 못했다면 진나라 후주와 같은 신세를 면치 못했을 것이다.

나라의 환란이 어찌 여자 하나 때문에 그렇게 되었겠는가? 결국은 향락을 일삼으며 나라를 잘 다스리지 못한 황제가 책임을 져야 할 것이다. 그 책임을 한 여인에게 돌리고 희생양으로 삼는 것은 역사상 많은 사례가 있었다. 하지만 그들보다는 황제들에게 잘못을 돌려야 할 것이다.

283. 이미 서늘해지다

한악韓偓

푸른 난간 밖으로 수놓은 발을 드리웠으며
선홍빛 병풍에는 가지와 꽃만 그려져 있다.
여덟 자 용수초 자리에 반듯한 비단 이불
이미 서늘해졌지만 날씨가 아직 차갑지는 않다.

已涼

碧闌干外繡簾垂,　猩色屏風畫折枝.[1]
八尺龍鬚方錦褥,[2]　已涼天氣未寒時.

[주석]

1) 猩色(성색): 선홍빛. 畫折枝(화절지): 나무를 온전히 그리지 않고 나뭇가지와 그 위에 핀 꽃만 그린 것이다.

2) 龍鬚(용수): 식물의 이름으로 주로 자리를 짤 때 사용한다. 錦褥(금욕): 비단 이불.

[해설]

이 시는 한악이 화려한 규방의 모습을 묘사한 것이다. '이미 서늘해지다'라는 제목에서 나타나듯이 초가을에 느끼는 여인의 외로움을 표현한 것으로 보인다.

푸른색으로 칠한 난간, 수놓은 발, 선홍빛 병풍, 여덟 자 용수초 자리, 비단 이불. 여인의 규방에 있는 화려한 물품을 나열해 놓고 있다. 이러한 규방에서 사는 여인은 어떤 기분일까? 별다른 말도 없이 그저 날씨 이야기만 한다. 이미 서늘해졌지만 차갑지는 않다. 초가을이 되었지만 본격적인 가을이 되지 않았다는 말이리라. 가을은 쇠락의 계절. 사람들에게 외로움과 쓸쓸함을 주는 계절이다. 아마 이 여인의 남편도 멀리 떠나가 있을 것이다. 아직은 그래도 참을 만하지만 더 추워지면 외로움을 견디지 못할 것이다. 혹은 이미 가을이 깊을 대로 깊었는지도 모른다. 이런 서늘해진 가을을 이 여인은 아직 차갑지 않다고 굳이 부정하고 있다. 하지만 그런다고 날이 더 차가워지지 않겠는가? 그 전에라도 얼른 남편이 돌아오기를 기다린다.

284. 금릉 그림

강에 비는 부슬부슬 내리고 강가의 풀은 가지런한데
여섯 왕조는 꿈과 같기에 새가 부질없이 운다.
무정하기로 제일인 것은 대성의 버드나무
여전히 안개가 십 리 제방을 뒤덮었다.

金陵圖

江雨霏霏江草齊,¹⁾ 六朝如夢鳥空啼.
無情最是臺城柳,　依舊煙籠十里堤.

[주석]

1) 霏霏(비비): 비가 부슬부슬 내리는 모양.

[해설]

이 시는 위장이 금릉金陵을 그린 그림을 보고 지은 것이다. 시의 제목이 「대성臺城」으로 된 판본도 있는데, 시의 내용이 그림을 보고 지은 것으로 보이지는 않아서 이것이 맞는 것으로 보인다. 대성은 금릉의 현무호玄武湖 옆에 있던 궁성이다. 금릉은 지금의 강소성 남경시로 오吳, 동진東晉, 송宋, 제齊, 양梁, 진陳 여섯 조대의 수도였다.

　강에 비가 부슬부슬 내린다. 처량하기 그지없다. 하지만 강가의 풀은 파릇파릇 똑같은 크기로 자라나 있다. 강둑에 펼쳐진 푸른 풀을 바라보면 옛사람들은 끊임없이 솟아나는 근심을 생각하곤 했다. 무슨 근심일까? 이곳은 금릉이다. 여섯 왕조의 도읍이었다. 그 왕조들은 번창했으며 화려한 도성을 가지고 있었지만 그 이후로 쇠락하여 보잘것없는 곳이 되어버렸다. 꿈과 같은 여섯 왕조가 지나간 뒤에 새만 부질없이 지저귀고 있다. 그 허망함을 아는지 모르는지. 이러한 허망함을 다 목도했지만 무정한 채로 있는 것 중에 제일은 무엇인가? 바로 대성의 버드나무이다. 10리 제방에 줄지어 서 있는 버드나무는 봄이 오니 어김없이 푸릇푸릇한 가지를 하늘하늘 휘날리고 있다. 마치 푸른 안개가 뒤덮고 있는 것 같다. 실제로 안개가 덮인 것 같기도 하다. 몽환적인 모습이다. 저 아름다운 풍경은 예나 지금이나 같을 것이다. 하지만 지금 저걸 보고 있는 이들은 모두 부귀영화의 허망함에 애달파하며 눈물을 흘리고 있다. 물시인비物是人非. 오랜 시간이 흘러 사람의 것은 모두 변해버렸지만 자연은 그대로이다. 이러한 대조 가운데 인간은 유장한 자연 속에서 한낱 하찮은 존재임을 깨닫게 된다.

285. 농서의 노래

진도陳陶

흉노를 소탕하리라 맹세하고 몸을 돌보지 않다가
오천 정예병을 오랑캐 먼지 속에 잃어버렸다.
가련하구나, 무정하 가의 백골
아직도 봄날 규방에선 꿈에서 그리는 사람이겠지.

隴西行

誓掃匈奴不顧身, 五千貂錦喪胡塵.[1]
可憐無定河邊骨,[2] 猶是春閨夢裏人.

[주석]

1) 貂錦(초금): 담비 갖옷과 비단옷. 한나라 정예병인 우림군羽林軍
   이 입던 군복이다. 여기서는 당나라의 정예병을 가리킨다.

2) 無定河(무정하): 지금의 내몽고자치구 지역에서 발원하여 섬서
   성을 거쳐 황하로 들어가는 강이다.

[해설]

이 시는 진도가 서북쪽 변방인 농서隴西로 정벌 나갔다가 몰
살한 병사들의 비참한 상황을 묘사한 것이다. 네 수의 연작시

중 두번째 시이다.

흉노족을 소탕시키겠다고 굳게 맹세를 하고 사기충천하여 출정하였다. 그 맹세를 지키기 위해 자신들의 몸을 돌보지 않다가 5천 명의 정예병이 모두 죽어버렸다. 그들은 이제 북방 지역을 흐르는 무정하라는 강가를 굴러다니는 백골이 되어버렸다. 하지만 그들의 고향에서는 부인들이 남편을 그리워하면서 꿈에서라도 만나고 싶어 하고 있을 것이다. 그들이 죽은 줄은 전혀 알지도 못한 채. 그들의 사망 소식을 전해줄 병사조차 남아 있지 않으니, 이 부녀자들은 언제까지 눈물 속 외로움 속에 밤을 지새우며 남편을 기다려야 하는가? 전쟁은 결코 해서는 안 될 것이다.

286. 그 사람에게 부치다

장필張泌

헤어진 뒤 꿈에서 잊지 못해 그녀의 집에 갔는데
작은 주랑은 빙 돌아 합쳐지고 구부러진 난간은 기울었다.
다정한 것으로는 그저 봄날 뜰의 달뿐이어서
헤어진 이를 위해 여전히 떨어진 꽃잎을 비춰준다.

寄人

別夢依依到謝家,[1] 小廊回合曲闌斜.
多情只有春庭月,　猶爲離人照落花.

[주석]

1) 依依(의의): 못 잊어 그리워하는 모양. 謝家(사가): 원래는 사씨 집을 뜻하지만 여기서는 여인의 집을 범연하게 가리키는 말로 사용되었다.

[해설]

이 시는 장필이 헤어진 여인을 잊지 못해 꿈속에 그녀의 집을 찾아갔던 이야기를 적어서 그녀에게 보내는 것이다. 실제로 그녀에게 보냈는지는 알 수 없으나 헤어진 뒤 그리워하는 애절한 마음을 표현했다.

그녀와 헤어졌다. 잊지 못해 꿈에서 그녀의 집에 찾아갔다. 작은 주랑을 따라 돌아가니 그녀가 머물고 있는 방이 보인다. 구부러진 난간은 기울어진 채 그대로 있다. 예나 지금이나 그대로이다. 마치 실물을 보고 있는 듯이 너무도 생생하다. 꿈이 아닌 것 같다. 봄날 뜰에는 꽃이 피었는데 이제는 한 잎 두 잎 떨어지고 있다. 하늘에 뜬 달은 그 떨어진 꽃잎을 비춰주고 있다. 마치 그녀를 잃어버리고 상심하고 있는 내 마음을 달래주듯이.

꿈속에서 그녀의 집을 찾아갔는데 모든 경물이 생시인 양 또렷하지만 그녀의 얼굴만은 보지 못했다. 꿈속에서도 만나지 못했는데 이 편지를 받으면 과연 그녀가 내 앞에 나타나줄까? 오늘 밤 달빛이 유난히 밝게 비치고 있다.

287. 되는대로 읊은 시

무명씨

한식을 앞두고 내리는 비에 풀이 무성해지고
보리 싹에 부는 바람에 버들이 제방에 비친다.
마찬가지로 집이 있어도 돌아가지 못하니
두견새는 귓가에서 울지 말지어다.

雜詩

近寒食雨草萋萋,¹⁾ 著麥苗風柳映隄.
等是有家歸未得,²⁾ 杜鵑休向耳邊啼.³⁾

[주석]

1) 萋萋(처처): 무성한 모양.

2) 等是(등시): 마찬가지이다. '어찌하여'라고 풀이하는 설도 있다.

3) 休(휴): ~하지 마라.

[해설]

이 시를 지은 작가가 누구인지는 알려져 있지 않으며 시의 제목도 무제시에 가깝다. 명절인 한식날을 앞두고 고향에 돌아가지 못하고 객지를 떠도는 안타까움을 읊었다.

한식은 동지 이후 105일째 되는 날로, 진晉나라의 개자추介子推가 불에 타 죽은 일을 슬퍼하기 위해 사흘간 불을 금지하고 차가운 음식만 먹었다. 그리고 이때가 24절기 중의 하나인 청명淸明과 가깝거나 겹치기 때문에 친구나 가족들이 모여 답청踏靑을 나가기도 하고 조상의 묘를 찾아 성묘를 하기도 한다. 그러니 명절 중의 명절이라고 할 수 있다. 이때가 되면 유난히 봄비가 자주 오는데 이 비는 처량하기보다는 봄풀을 돋아나게 하는 좋은 비이다. 하지만 봄비 뒤에 파릇파릇 돋아나는 풀은 가슴속에 한없는 근심을 불러일으킨다. 게다가 보리가 패는 계절인데 황금 들녘에 부는 바람에 버드나무 가지가 제방에 줄지어 서서 하늘하늘 휘날리고 있다. 옛날 고향에서 보던 풍경과 똑같은 모습이다. 그런데 이 명절과 좋은 봄날을 맞아 고향으로 돌아가지 못하고 객지를 떠돌고 있다. 언제 고향으로 돌아가야 할지도 모르겠다. 그런데 귓가에서는 두견새가 자꾸 울어댄다. '불여귀거不如歸去'라고. 객지를 떠도는 것은 고향으로 돌아가는 것만 못하다는 뜻이다. 두견새가 어찌 사람 말을 알아서 이렇게 울음소리를 내겠냐마는, 듣는 사람의 마음이 그러하니 새소리도 그렇게 들리는 것이다. 두견새 너나 나나 모두 고향으로 돌아가지 못하고 이 객지에서 살고 있으니, 적어도 나한테만은 그렇게 울지 말고 저쪽으로 날아가거라. 공연히 아무 잘못도 없는 두견새만 타박한다.

【악부】

288. 위성의 노래

왕유王維

위성의 아침 비는 가벼운 먼지를 적시고
객사에는 푸릇푸릇 버들빛이 새롭다.
그대에게 권하노니 다시 술 한 잔을 비우시라
서쪽으로 양관을 나서면 친구가 없을 터이니.

渭城曲

渭城朝雨浥輕塵,[1] 客舍青青柳色新.
勸君更盡一杯酒, 西出陽關無故人.[2]

[주석]

1) 浥(읍): 적시다.
2) 陽關(양관): 지금의 감숙성 돈황 북서쪽의 관문. 故人(고인):
   친구.

[해설]

이 시의 제목이 「안서로 사신 가는 원 씨를 보내다送元二使安西」
로 된 판본도 있는데, 원元 씨에 대해서는 잘 알려져 있지 않으며 안서安西는 당시 서북쪽 변방 지역이었다. 이 시의 제목과 연관시켜서 보면 이 시는 왕유가 안서로 가는 원 씨를 위성渭城에서 송별하며 지은 것이다. 위성은 지금의 섬서성 서안시 북서쪽에 있던 지명으로 송별 장소로 유명하였다.

　안서로 가는 원 씨를 송별하기 위해 장안에서 같이 위성까지 왔다. 그곳 객사에서 함께 묵으면서 술도 한잔하고 이런저런 이야기를 나누었다. 다음 날 아침 일어나니 부슬비가 내렸나 보다. 원래 이곳은 말과 수레의 이동이 많아 먼지가 많이 나는 곳인데 부슬비로 인해 먼지가 잦아들어 청량한 기운을 느끼게 한다. 비가 너무 많이 오면 진창이 되어 불편할 터이지만 그렇지도 않다. 객사 앞에 있는 버들 역시 푸른빛으로 반짝이고 있다. 맑고 상쾌한 아침 먼 길을 떠나가기에 정말 좋은 날씨이다. 앞으로 그대의 일이 모두 잘될 것만 같다. 예로부터 작별할 때는 버들을 꺾어주는 풍습이 있었으니 이 푸른 버들 한 가지를 꺾어 그대에게 준다. 곧 돌아오시기를 바라면서. 그러고는 술을 한 잔 따라서 권한다. 이 술 한 잔을 다시 다 마시게. 이제 서쪽으로 양관을 나서면 더 이상 그대와 같이 술을 마실 친구는 없을 것이네. 이게 우리 친구들끼리 마시는 마지막 술이니, 부디 한 잔 쭉 들이켜고 떠나가시게. 아쉬운 감정은 마음 깊숙이 담아두고 축원과 즐거움으로 송별한다. 하지만 이번의 먼 길이 그다지 쉽지 않을 것이며 헤어진 뒤 외로움에 사무치며 괴로워하리라는 것을 모두 알고 있다. 그러기에 눈물 따위는 보여주지 않으련다. 한 잔 더 마시게나.

289. 가을밤의 노래

왕유王維

달이 막 뜨고 가을 이슬이 조그만데
가벼운 비단이 매우 얇지만 갈아입지 않는다.
은빛 쟁을 밤 깊도록 정성스레 타는데
마음에는 빈방이 겁이 나서 차마 돌아가지 못한다.

秋夜曲

桂魄初生秋露微,[1] 輕羅已薄未更衣.
銀箏夜久殷勤弄,[2] 心怯空房不忍歸.[3]

[주석]

1) 桂魄(계백): 달을 가리킨다. '계'는 계수나무로 달 속에 있다는
   전설적인 나무를 가리키고, '백'은 달의 어두운 부분을 말하는
   데 대체로 달을 가리킨다.

2) 殷勤(은근): 정성스러운 모양. 弄(롱): 악기를 연주하다.

3) 不忍(불인): 차마 ～하지 못하다.

[해설]

이 시는 왕유가 가을밤에 홀로 쟁箏을 타고 있는 여인의 모습

을 묘사한 것이다. 쟁은 거문고와 비슷한 악기이다.『전당시』에는 왕애王涯의 작품으로 수록되어 있다.

저녁이 되자 달이 막 떠올랐다. 가을이라 이슬이 맺혔지만 아직은 조그맣다. 그러니 초가을인 셈이다. 여인은 아직 여름의 기운을 느꼈는지 가벼운 비단옷을 입고 있는데, 얇기 때문에 이슬에 금방 젖었지만 갈아입지 않는다. 쌀쌀한 기운을 느끼지 못해서일까? 아니면 굳이 갈아입기 귀찮아서일까? 은빛으로 장식한 고급스러운 쟁을 밤늦도록 정성껏 연주한다. 누구를 위해서 무슨 곡을 연주하기에 이리도 오래 지속되고 정성스러운가? 보아하니 아무도 들어주는 사람이 없다. 지금 연주를 마치고 돌아가면 홀로 있는 빈방이다. 불이 꺼진 빈방. 차가운 이불이 놓여 있는 빈방이다. 그 빈방에 들어가기가 무서워서 돌아가지 못하고 어쩔 수 없이 마루에서 이슬을 맞으며 쟁을 연주하고 있다. 아마 임이 있었으면 이 음악을 흐뭇하게 들어주었을 것이고 밤이 깊기 전에 같이 방에 들어가 사랑을 나눴을 것이다. 하지만 지금 그 임이 없다. 홀로 애달픈 곡조로 그저 쟁을 연주할 뿐이다. 밤새도록 잠도 자지 못한 채.

290. 장신궁의 원망

왕창령王昌齡

날 밝을 때 빗자루를 들고 있는데 금빛 궁전 문이 열리자
잠시 둥근 부채를 들고 함께 서성인다.
옥 같은 얼굴이 한겨울 까마귀 빛깔에도 못 미치는 건가?
까마귀는 여전히 소양전의 햇살을 띠고 나는데.

長信怨

奉帚平明金殿開,[1] 暫將團扇共徘徊.[2]
玉顔不及寒鴉色,　猶帶昭陽日影來.

[주석]

1) 奉帚(봉추): 빗자루를 들다. 平明(평명): 날이 밝아오다.

2) 將(장): 가지다. 團扇(단선): 둥근 부채.

[해설]

이 시는 왕창령이 장신궁長信宮으로 쫓겨난 반첩여班婕妤의 원
망을 노래한 것이다. 반첩여는 『한서漢書』를 편찬한 반고班固의
고모할머니이며 첩여는 궁녀의 관직명이다. 그녀는 한나라 성제
成帝의 총애를 받았으나 이후 조비연趙飛燕과 조합덕趙合德 자매

에게 밀려나서 황태후皇太后가 거처하는 장신궁으로 거처를 옮긴 뒤 그곳을 청소하며 지내게 되었다. 다섯 수로 이루어진 연작시 중 세번째 시이다.

반첩여는 「스스로를 슬퍼하며 지은 부自悼賦」에 "동궁에서 공양을 받들며 장신궁의 뒷자리에 의탁하여 함께 침실에 물 뿌리고 소제하는 일을 죽도록 하기를 약속한다奉供養於東宮兮, 托長信之末流. 共灑掃於帷幄兮, 永終死以爲期"라고 했다. 그러니 그녀는 매일같이 새벽이 되면 장신궁에서 빗자루를 들고 청소를 했을 것이다. 그리고 궁전 문이 열리면 잠시 둥근 부채를 들고 이리저리 서성였다. 반첩여는 「원망의 노래怨歌行」에서 "새로 만든 제나라 비단은 서리와 눈처럼 희고 깨끗하다. 마름질하여 합환 부채를 만드니 밝은 달처럼 동그랗다. 그대의 품과 소매를 드나들고 움직일 때마다 산들바람이 생겨난다. 늘 두려운 것은 가을이 되어 서늘한 바람이 무더위를 빼앗아 가면, 상자 속에 버려지고 사랑이 중도에 끝나는 것이다新制齊紈素, 皎潔如霜雪. 裁爲合歡扇, 團團似明月. 出入君懷袖, 動搖微風發. 常恐秋節至, 凉飈奪炎熱. 棄捐篋笥中, 恩情中道絶"라고 했다. 자신을 버려진 부채에 비유했던 것이니, 그 부채를 들고는 갈 바를 모르고 서성이게 된 것이다. 자신의 옥같이 하얀 얼굴이 저 까마귀의 검은빛에 비하면 얼마나 아름다운가? 하지만 저 까마귀는 조비연과 조합덕이 있는 소양전에서 햇살을 받으며 날아가고 있지만 난 춥고 어두운 장신궁에서 홀로 지내고 있구나. 햇살같이 따사로운 황제의 은택은 언제 다시 나를 비출 수 있을까?

291. 변새로 나가다

왕창령王昌齡

진나라 때의 밝은 달 한나라 때의 관문
만 리 멀리 떠나간 사람은 아직 돌아오지 않았다.
다만 용성의 비장군만 있게 하였다면
오랑캐 말이 음산을 넘어오게 하지 않았을 터인데.

出塞

秦時明月漢時關, 萬里長征人未還.
但使龍城飛將在, 不教胡馬渡陰山.[1]

[주석]

1) 教(교): ~하게 하다. 陰山(음산): 지금의 내몽고자치구에 있는
산맥.

[해설]

이 시는 왕창령이 변새로 나가면서 그 감회를 적은 것이다.
당시 변새로 굳이 나가지 않더라도 변방의 일을 시로 적는 일이
많았는데 이것도 그러한 작품의 하나일 수 있다.

진秦나라 때 이 변방에 만리장성을 쌓았고 한나라 때도 북방

이민족을 막기 위해 이곳 관문을 지키고 있었다. 그때의 달빛이 아직도 이 관문을 비추고 있다. 그때에도 만 명의 장부가 변방으로 나가면 살아 돌아온 사람이 없었다. 지금도 마찬가지이다. 이런 전쟁의 아픔이 언제까지 반복되어야 하는가? 옛날 위청衛青 장군은 변방의 용성龍城을 지키며 흉노족을 무찔렀고 이광李廣 장군은 날 듯이 달린다고 하여 흉노족이 비장군飛將軍이라고 부르며 피해 다녔다. 만일 그런 장군이 지금 계시다면 오랑캐 말이 북쪽 변방에 있는 음산陰山을 감히 넘어오지 못할 것이다. 그렇다면 우리 백성들은 종군하지 않아도 되고 죽는 일도 없을 것이다. 고향의 가족들이 남편과 자식의 안위를 걱정하는 일도 없을 것이다. 하지만 지금 그런 위대하고 용맹한 장군이 없구나. 전부 다 무능하여 병사들을 죽음으로 내몰고 있구나. 황제는 자세히 살펴서 그런 장군을 선발해야 할 것이다.

292-1. 청평조 제1수

이백李白

구름은 옷을 연상시키고 꽃은 얼굴을 연상시키는데
봄바람은 난간에 스치고 이슬은 흥건하다.
군옥산 꼭대기에서 만난 것이 아니라면
분명 요대의 달빛 아래에서 만났으리라.

淸平調 其一

雲想衣裳花想容, 春風拂檻露華濃.[1]
若非群玉山頭見, 會向瑤臺月下逢.[2]

[주석]

1) 露華(노화): 이슬.

2) 會(회): 마땅히. 반드시.

[해설]

이 시는 이백이 청평조淸平調라는 가락에 맞춰 지은 노래 가사로 세 수의 연작시이다. 청평조가 정확히 어떤 곡인지에 관해서는 여러 설이 있다. 현종이 양귀비와 함께 활짝 핀 모란을 구경하다가 그 흥취를 표현하기 위해서 이백을 시켜 시를 짓게 했다고 한다. 모란과 양귀비의 아름다운 모습을 비유적으로 표현하여 세 수의 시를 지었다.

양귀비가 입은 옷은 구름을 연상시키고 얼굴은 꽃을 연상시키는데 모란이 바로 그 꽃이다. 봄바람이 난간에 스치고 이슬이 흥건하다. 봄바람과 이슬은 모두 황제의 은택을 상징한다. 그러한 은택이 양귀비에게도 듬뿍 내려지고 그 은택으로 모란이 아름답게 핀 것이다. 이렇게 아름다운 것이 과연 세상 어디에 또 있을까? 아마 전설에 나오는 신선인 서왕모西王母가 살고 있다는 군옥산群玉山이나 요대瑤臺에나 가야 있을 것이다. 그러니 양귀비는 서왕모와 같은 신선이고 이곳의 모란은 신선 세계에서나 필 만한 꽃인 셈이다.

292-2. 청평조 제2수

이백李白

한 가지의 붉은 꽃이 이슬에 향기가 엉겼으니
비구름의 무산 신녀도 부질없이 애가 끊긴다.
묻건대 한나라 궁궐에서 누가 이와 비슷할까
어여쁜 조비연도 새 단장에 의지해야 하리라.

淸平調 其二

一枝紅艶露凝香, 雲雨巫山枉斷腸.[1]
借問漢宮誰得似, 可憐飛燕倚新妝.

[주석]

1) 枉(왕): 부질없이.

[해설]

　제2수 역시 모란과 양귀비의 아름다운 모습을 교묘하게 하나로 엮어내며 여러 미인과 비유하고 있다. 가지 하나의 붉은 모란꽃이 이슬을 듬뿍 받으니 그 이슬에도 향기가 엉겨서 더욱 향기가 짙다. 이 꽃은 또한 양귀비이기도 하다. 이슬 같은 황제의 은택을 가득 얻었기에 미모가 더욱 멀리까지 빛나고 있다. 그러니 옛날 무산巫山의 신녀가 초나라 왕과 운우지정雲雨之情을 맺기 위해 아침에는 비가 되고 저녁에는 구름이 되겠다던 그 행위는 그저 안타까움에 부질없는 행위였던 것이다. 양귀비 같은 미모라면 굳이 그렇게까지 안 해도 된다. 또 한나라 궁궐에서는 누가 이와 비슷했겠는가? 무제武帝의 은총을 독차지했던 조비연趙飛燕이 있다. 하지만 조비연도 아름답게 단장을 해야만 양귀비에 비견될 수 있을 정도이다. 누가 이 아름다운 모란꽃, 누가 이 아름다운 양귀비에 견줄 수 있겠는가? 전무후무할 것이다.

이 시에서 이백이 양귀비를 조비연같이 천한 출신의 여인에 비유했다는 말을 고역사高力士가 양귀비에게 함으로써 결국 이백이 궁중에서 쫓겨났다는 이야기가 있다. 이백이 술에 취해서 고역사에게 신발을 벗기게 하고 양귀비에게 벼루를 들게 했다는 이야기와 함께 전해지는 이러한 이야기들은 비록 역사서에 기재되어 있다 해도 진실로 받아들이기는 힘들다. 하지만 당시 격식에 얽매이지 않고 제멋대로인 이백의 행동이 다른 관원들의 눈에 어긋났을 수도 있고 이로 인해 궁중에서 쫓겨났을 터인데, 이러한 상황을 극적으로 꾸며낸 것으로 볼 수 있다.

292-3. 청평조 제3수

이백李白

이름난 꽃과 경국의 미인 둘 다 서로 즐거워하니
항상 군왕이 미소를 띠고 바라보게 되었다.
봄바람의 무한한 한을 풀어버리려고
침향정 북쪽 난간에 기대었다.

清平調 其三

名花傾國兩相歡, 常得君王帶笑看.
解釋春風無限恨,[1] 沈香亭北倚闌干.[2]

[주석]

1) 解釋(해석): 풀다. 해소하다.

2) 沈香亭(침향정): 당나라 흥경궁興慶宮 용지龍池 동쪽에 있던 정자.
   향기가 아주 좋은 침향목으로 지어졌다. 闌干(난간): 난간欄杆.

[해설]

제3수는 현종이 모란꽃과 양귀비를 모두 좋아하여 근심을 풀
어버린다는 이야기이다. 이름난 꽃은 모란이고 경국傾國의 미인
은 양귀비이다. 경국지색傾國之色이라고 한다. 나라를 기울어지게

할 만한 미모라는 말인데, 나라를 망하게 할 정도의 미인이라는 뜻이기도 하고 온 나라 사람들이 와서 구경할 정도의 미인이라는 뜻이기도 하다. 어찌 되었건 최고의 미인이란 뜻이다. 그런 두 존재가 서로 즐거워하고 있다. 최고의 아름다움을 가진 존재가 서로 질투하고 시기하는 것이 일반적인 일이겠지만 이 둘은 서로의 아름다움을 좋아하며 즐기고 있다. 그러니 군왕이 항상 미소를 띠고 바라볼 수밖에 없지 않겠는가? 이 둘만 바라보면 모든 근심 걱정이 사라지고 즐거움만 찾아오게 된다. 황제에게 무슨 걱정이 있겠는가만 봄바람이 불면 무한한 한이 생긴다고 한다. 아마 꽃이 지는 것에 대한 아쉬움, 청춘이 가버리는 것에 대한 안타까움일 것이다. 하지만 현종은 침향정沈香亭 난간에 기대어 모란꽃과 양귀비를 보면서 모든 한을 풀어버린다. 사이좋게 즐거워하는 두 존재를 흐뭇한 미소로 바라보면서. 하지만 모란꽃은 봄이 지나면 지고 결국 남는 자는 양귀비일 것이니 현종의 은총을 끝까지 받는 이는 바로 양귀비이다.

293. 변새로 나가다

왕지환王之渙

황하는 멀리 흰 구름 사이로 올라가고
한 조각 외로운 성은 만 장 높이의 산에 있다.
강족의 피리는 무엇 하러 버들가지를 원망하는가?
봄바람이 옥문관도 넘어오지 못하는데.

出塞

黃河遠上白雲間, 一片孤城萬仞山.[1]
羌笛何須怨楊柳, 春風不度玉門關.[2]

[주석]

1) 仞(인): 길이 단위. 대체로 7척 또는 8척으로 추정한다.
2) 度(도): 건너다. 지나가다. '도渡'와 통한다. 玉門關(옥문관): 지금의 감숙성 돈황 서쪽 250리에 있던 관문이다.

[해설]

이 시는 왕지환이 변방으로 출정 나간 병사들의 애환을 그린 것이다. 그가 직접 변방에서 목격한 내용일 수도 있고 상상해서 지은 것일 수도 있다.

서북쪽 변방으로 나가니 황하를 거슬러 올라간다. 황하는 저 높은 곳 흰 구름 사이에서 내려온다. 그런데 여기서 보니 황하가 하늘 끝까지 올라가는 것처럼 보인다. 그리고 그 아래 만 장 높이 되는 산 위에 조그만 성이 하나 보인다. 내가 가서 지켜야 하는 성이다. 황하는 하늘 끝까지 올라가 있고 성은 만 장 높이의 산 위에 있다. 저 위에까지 어떻게 올라가야 하나? 여기는 그야말로 절역고도絶域孤島이다. 고향에서 멀리 떨어진 곳. 이곳에서 변방 이민족인 강족이 피리로 노래를 부른다. 「버들가지를 꺾다折楊柳」이다. 고향에서 버들가지를 꺾어주면서 작별을 하였고 봄이 되어 버들가지에 싹이 나서 바람에 휘날리는 모습을 보면 고향 생각에 사무친다는 내용이다. 누가 이런 노래를 불러서 멀리 원정 나와 추위와 외로움에 고생하는 병사들의 마음을 아프게 하는가? 더구나 이곳은 어떤 곳인가? 서쪽 끝 변방의 요새인 옥문관이다. 이곳까지는 동풍이 불어오지 못한다. 봄이 오지 않는 추운 곳이다. 이곳에는 버들가지가 싹을 틔우지 않는 곳이다. 그러니 버들가지에 싹이 나서 고향을 그리워할 마음을 가질 일이 없다. 그러니 그런 노래는 부르지 마라.

어찌 이곳에 봄이 오지 않을 것이고 버들가지에 싹이 나지 않겠냐마는, 이곳의 기나긴 겨울의 혹독한 추위와 고향을 그리워하는 외로움에 견디지 못한 푸념에서 나온 말이리라. 변방의 생활은 너무나 혹독하다.

294. 금실로 지은 옷

두추낭杜秋娘

그대에게 권하노니 금실로 지은 옷을 아끼지 말고
그대에게 권하노니 젊음 가졌을 때를 아끼라.
꽃이 피어 꺾을 만하면 곧장 반드시 꺾어야지
꽃이 없어지고 난 뒤에 공연히 가지를 꺾지 마라.

金縷衣

勸君莫惜金縷衣,[1] 勸君惜取少年時.
花開堪折直須折, 莫待無花空折枝.[2]

[주석]

1) 惜(석): 아끼다. 사랑하다.

2) 待無花(대무화): 꽃이 없어질 때를 기다리다. 꽃이 떨어진 뒤에.

[해설]

송나라 곽무천郭茂倩의 『악부시집·근대곡사近代曲辭』에는 이 시의 작가가 이기李錡로 되어 있으며 『전당시』에는 무명씨로 되어 있다. 두추낭은 궁녀인데 자세히 알려져 있지는 않다. 작가의 설이 여럿이고 잘 알려지지 않은 작가라는 것은 이 시가 민가적인 요소를 많이 띠고 있음을 반증하는 것이기도 하다. 이 시는 금실로 지은 옷과 같은 부귀를 탐하지 말고 젊음을 아껴서 좋은 성과를 내도록 권면하고 있다.

금실로 지은 옷과 같은 화려하고 사치스러운 것을 좋아하여 추구하지 말고 젊은 시절을 좋아하도록 해야 한다. 젊은 시절에는 무엇이든 할 수 있는 법이다. 꽃이 피어 그 꽃이 아름다워 꺾을 만하게 되었다면 반드시 꺾어야 한다. 청춘의 시기를 자기 손으로 꼭 잡아서 자신의 것으로 만들어야 한다. 그리고 자신의 노력으로 좋은 결과를 얻었으면 정확한 때에 맞춰 그것을 붙들어야 한다. 만일 꽃이 떨어지고 난 뒤 텅 빈 가지를 꺾으면 아무런 것도 얻을 수 없는 셈이다. 젊음이 지나가고 난 뒤에는 아무것도 할 수 없다. 젊었을 때의 성과를 귀중하게 여기고 그 시간을 아껴서 무언가 훌륭한 일을 할 수 있도록 노력해야 할 것이다.

궁녀에게 가장 중요한 것은 임금의 총애를 받는 것이다. 꽃은 여인을 비유하기도 하는데, 그렇게 보면 여인이 젊고 아름다운 지금 사랑해달라고 다그치는 내용이 된다. 화려한 장식에 현혹되지 말고 젊고 한창때인 자기를 선택해달라.

옮긴이 해설

『당시삼백수』에 대하여

『당시삼백수唐詩三百首』는 청淸나라의 문인 형당퇴사衡塘退士 손수孫洙가 건륭乾隆 29년(1764) 당唐나라 시 가운데 77명의 작품 294제 313수를 선정하여 편찬한 것으로, 역대 당시선집 중에 가장 널리 유행하였으며 현재까지도 가장 대표적인 당시선집으로 평가받고 있다. 3백여 수를 선정하여 '삼백'을 책 제목으로 삼은 것은 『시경詩經』이 3백여 수를 수록하여 '시삼백詩三百'이라고 일컬어지는 것과 맥이 닿는다고 할 수 있다. 즉 당나라 시 가운데 가장 훌륭한 정수를 선정하였음을 보여주고 있다.

이 책에는 시의 형식에 따라 오언고시五言古詩 및 악부樂府, 칠언고시七言古詩 및 악부, 오언율시五言律詩, 칠언율시七言律詩 및 악부, 오언절구五言絶句 및 악부, 칠언절구七言絶句 및 악부의 순서로 수록되어 있다. 각 시 형식 내에서는 대체로 시인의 활동 시기에 따라 나열되어 있다.

원래 형당퇴사의 『당시삼백수』 원본에는 인명, 지명, 전고典故 등에 관해서 간략한 주석이 달려 있었지만, 너무 소략하여 시의 내용을 이해하는 데 도움이 되지는 못하였다. 이에 자세한 주석을 붙인 서적이 출판되었는데 대체로 두 종류를 들 수 있다. 먼저 장섭章燮이 도광道光 14년(1834)에 상세한 주석을 붙여『당시삼백수주소唐詩三百首注疏』를 간행하였다. 이 책에서는 8수를 덧붙여 모두 321수를 수록하였는데, 대체로 손수가 선정한 시 중 연작시의 경우 일부만 수록한 것에 대해 나머지 작품을 보충하여 수록하는 형식이었다. 또 다른 주석서로는 진완준陳婉俊이 광서光緒 11년(1885)에 출간한『당시삼백수보주唐詩三百首補注』가 있다. 손수가 원래 선정한 313수에 대해 시의 내용을 이해하는 데 필요한 주석뿐만 아니라 시의 구조와 장법章法에 관한 주석도 상세하다. 그 이후로 출간된 주석서들은 대체로 이 두 가지 서적을 저본으로 하고 있으며, 이 책은 진완준의 책을 저본으로 하였다. 하지만 시의 구조나 장법에 관해서는 전적으로 진완준의 설을 따르지는 않았으며, 여러 작자의 시집 주석서나 이후의 연구 성과를 광범위하게 참고하였다.

우선 시의 형식별로 수록된 작가 목록과 수량을 살펴보면 다음과 같다.

1) 오언고시 및 악부

오언고시로는 14명의 작가가 지은 38제 40수가 수록되어 있으며 그중 악부시는 7수이다. 위응물이 7수로 가장 많으며 이백이 6수이고 왕유가 5수이다. 두보의 작품이 4제 5수, 맹호연과 왕창령의 작품이 각각 3수이다. 맹교, 장구령, 유종원의 작품은 각각 2수이다. 이외에 구위, 기무잠, 상건, 원결, 잠삼의 작품이 1수이다. 그중 악부시는 이백이 3수, 맹교와 왕창령이 각각 2수이다.

2) 칠언고시 및 악부

칠언고시로는 13명의 작가가 지은 41제 42수가 수록되어 있으며 그중 악부시는 13제 14수이다. 두보와 이백이 9수로 가장 많으며 이기가 6수, 한유가 4수이다. 왕유와 잠삼이 각 3수이며, 백거이가 2수이다. 이외에 고적, 맹호연, 원결, 유종원, 이상은, 진자앙이 각각 1수이다. 악부시는 이백이 4제 5수, 두보가 4수, 왕유가 3수이며, 이기와 고적이 각각 1수이다.

3) 오언율시

오언율시로는 36명의 작가가 지은 80수가 수록되어 있으며 악부시는 없다. 두보가 10수로 가장 많으며 왕유와 맹호연이 각각 9수이다. 이상은, 이백, 유장경이 각각 5수이고 사공서가 3수이다. 2수인 작가는 위응물, 마대, 최도, 전기, 허혼이고 1수인 작가는 교연, 낙빈왕, 노륜, 대숙륜, 두목, 두순학, 두심언, 백거이, 상건, 송지문, 심전기, 온정균, 왕만, 왕발, 위장, 유신허, 유우석, 이익, 잠삼, 장교, 장구령, 장적, 한굉, 현종이다.

4) 칠언율시 및 악부

칠언율시로는 24명의 작가가 지은 46제 54수가 수록되어 있으며 악부시가 1수 있다. 원래 율시에는 악부시가 없지만 심전기가 악부시의 제목으로 칠언율시를 지었다. 두보가 9제 13수로 가장 많으며 이상은이 8제 10수이고 왕유가 4수이다. 원진은 연작시 3수가 있으며 유장경은 3제 3수이다. 온정균과 최호가 각각 2수이며, 1수인 작가는 고적, 노륜, 백거이, 설봉, 심전기, 위응물, 유우석, 유종원, 이기, 이백, 잠삼, 전기, 조영, 진도옥, 최서, 한굉, 황보염이다.

5) 오언절구 및 악부

오언절구로는 24명의 작가가 지은 33제 37수가 수록되어 있으며 그중 악부시는 4제 8수이다. 왕유가 5수로 가장 많으며, 다음으로 노륜이 연작시 4수인데 모두 악부시이다. 이백과 유장경이 각각 3수인데 그중 이백의 1수는 악부시이다. 최호와 맹호연이 각각 2수인데 그중 최호의 것은 연작시로 악부시이다. 그 외 1수인 작가는 가도, 권덕여, 김창서, 두보, 배적, 백거이, 서비인, 왕건, 왕지환, 원진, 위응물, 유종원, 이익, 이단, 이빈, 이상은, 장호, 조영이다.

6) 칠언절구 및 악부

칠언절구로는 30명의 작가가 지은 56제 60수가 수록되어 있으며 그중 악부시는 7제 9수이다. 두목이 8제 9수로 가장 많으며 이상은이 7수이다. 왕창령과 이백이 5수인데 이백은 3제 5수로 그중 3수짜리 연작시가 악부시이며, 왕창령은 2수가 악부시이다. 장호가 3제 4수이고 왕유가 3수인데 그중 2수는 악부시이다. 2수인 작가는 유방평, 유우석, 주경여이다. 1수인 작가는 고황, 두보, 두추낭, 무명씨, 백거이, 온정균, 왕지환, 왕한, 위응물, 위장, 유중용, 이익, 잠삼, 장계, 장욱, 장필, 정전, 진

도, 하지장, 한굉, 한악인데 그중 두추낭과 왕지환의 시는 악부
시이다.

이것을 작품 수가 많은 작가의 순서대로 정리하면 다음과 같
다. (괄호 안은 악부시)

작가	오언고시	칠언고시	오언율시	칠언율시	오언절구	칠언절구	합계
두보	5	9(4)	10	13	1	1	39(4)
왕유	5	3(3)	9	4	5	3(2)	29(5)
이백	6(3)	9(5)	5	1	3(1)	5(3)	29(12)
이상은	0	1	5	10	1	7	24
맹호연	3	1	9	0	2	0	15
위응물	7	0	2	1	1	1	12
유장경	0	0	5	3	3	0	11
두목	0	0	1	0	0	9	10
왕창령	3(2)	0	0	0	0	5(2)	8(4)
이기	0	6(1)	0	1	0	0	7(1)
잠삼	1	3	1	1	0	1	7
노륜	0	0	1	1	4(4)		6(4)
백거이	0	2	1	1	1	1	6
유종원	2	1	0	1	1	0	5
장호	0	0	0	0	1	4	5
원진	0	0	0	3	1	0	4
유우석	0	0	1	1	0	2	4
최호	0	0	0	2	2(2)	0	4(2)
한유	0	4	0	0	0	0	4

위 표에서 보듯이 4수 이상 수록된 작가는 77명 중 19명인
데, 당시 작가 중 유명한 작가는 거의 다 망라되었음을 알 수
있다. 두보, 왕유, 이백 등은 모든 형식의 시가 다 수록되어 있
으며 특히 이백은 악부시까지 잘 지었음을 알 수 있다. 두보와
이상은 칠언율시, 위응물은 오언고시, 이상은, 두목, 왕창령,
장호는 칠언절구, 노륜은 오언절구, 맹호연은 오언율시가 각각

상대적으로 많이 수록되어 있다. 이 중 특기할 만한 사항은 백거이는 작품 수가 많고 유명한 작가임에 반해 6수밖에 수록되어 있지 않은 것이다. 하지만 각 시 형식에 걸쳐 고르게 한두 수씩 수록하였기에 백거이의 작품을 소홀히 여겨졌다고 판단하는 것은 무리가 있어 보인다.

선정된 시의 주제는 다양하게 분포되어 있는데, 궁원시, 변새시, 송별시가 상대적으로 많은 반면 영물시는 선정된 수가 비교적 적다. 이는 아마도 손수의 개인적인 취향에서 비롯된 것으로 보이는데, 손수가 시를 선정한 과정이나 기준이 정확히 알려져 있지 않아서 그 이유를 알 수 없다. 다만 책의 서문을 통해 그가 왜 이런 시선집을 출간하였는지 짐작할 수 있다.

세상의 아이들이 배우기 시작하면 바로 『천가시』를 배우는데 이는 외우기 쉽기 때문이니, 그래서 이 책은 줄곧 전해져 내려왔다. 하지만 그 시는 마구잡이로 모아놓으면서 좋고 나쁨을 판별하지 않았으며, 그저 오칠언율시와 오칠언절구 두 체제에 그치고 당나라 시인과 송나라 시인이 섞여 있어 체계가 전혀 없다. 그래서 오직 당나라 시 중 인구에 회자되는 작품을 대상으로 특히 중요한 것을 골라서 각 시 형식별로 수십 수를 얻어 총 3백여 수를 수록하여 한 편으로 만들었는데, 글방의 교과서로 삼아 아동으로 하여금 익히게 하고 백발 노인들 역시 버릴 수 없게 하였으니 『천가시』와 비교해보면 훨씬 낫지 않은가? 세상 사람들의 말에 "당나라 시 3백 수를 숙독하면 시를 읊조릴 수 없는 자도 읊조릴 수 있다"라고 하는데, 이 책으로 시험

해보기 바란다世俗兒童就學, 卽授千家詩, 取其易於成誦, 故流傳不廢.
但其詩隨手掇拾, 工拙莫辨, 且止五七律絶二體, 而唐宋人又雜出其間, 殊乖
體制. 因專就唐詩中膾炙人口之作, 擇其尤要者, 每體得數十首, 共三百餘首,
錄成一編, 爲家塾課本, 俾童而習之, 白首亦莫能廢, 較千家詩不遠勝耶. 諺
云, 熟能唐詩三百首, 不會吟詩也也會吟. 請以是篇驗之.

당시 어린 학생들은 배움을 시작하면 우선 시를 학습하였다.
과거 시험에도 시를 짓는 것이 들어가 있을 뿐만 아니라 사회
생활을 하며 사람들과 교유할 때도 시를 짓는 것이 중요하였
기 때문이다. 그러므로 어릴 때부터 좋은 시를 많이 읽고 외워
야 했다. 아동들이 시를 배우는 데 가장 적합한 시선집으로는
당시에 『천가시』가 있었다. 이는 송宋나라 사방득謝枋得이 선정
하고 청나라 왕상王相이 주석을 단 『중정천가시重訂千家詩』와 왕
상이 선정하고 주석을 단 『신전오언천가시新鐫五言千家詩』의 합
본으로 오언절구, 칠언절구, 오언율시, 칠언율시로 분류되어 있
으며, 주로 당송대 작가 128명의 작품 226수를 수록하였다. 그
중에는 명대 작가도 2명 포함되어 있다. 이 책이 당시 기본적
인 아동 학습서로 자리 잡고 있었지만 손수는 시의 선정 기준
이 모호하며 당나라 시와 송나라 시가 섞여 있는 것에 대해 불
만을 품고 있었다. 응당 학생들은 훌륭한 시를 읽고 외워야 함
에도 자신이 생각하기에 더 좋은 시가 수록되어 있지 않았던
듯하며, 게다가 손수는 송나라 시보다는 당나라 시를 읽히는
것이 더 좋다고 생각하였던 듯하다. 송나라 시와 당나라 시의
우위에 관해서는 중국뿐만 아니라 한국에서도 논쟁이 많았으

며 시기별로 평가가 갈리기도 하였다. 당시 손수는 당나라 시를 더욱 중시하였던 것으로 보인다. 그리고 절구와 율시만 학습하면 안 되고 고시와 악부시 학습 역시 중요하다는 것을 인식하였다. 평소 교유에 있어서 절구와 율시가 많이 이용되기는 하지만 고시와 악부시에도 우수한 작품성을 가지고 있는 것이 많기에 이 역시 아동의 시 학습에서 소홀히 하면 안 되었기 때문이다. 손수는 자신의 시 선정이 교과서적 권위를 확보하기를 바라는 마음과 함께 나이의 노소를 불문하고 모든 사람들이 이 책을 이용하기를 바랐다.

이러한 손수의 바람은 거의 이루어진 것으로 보인다. 중국 한시의 선집으로는 『당시삼백수』가 독보적인 지위를 줄곧 차지하였고 지금도 그러하기 때문이다. 이는 중국뿐만 아니라 조선이나 일본에서도 마찬가지이며, 현재는 서방에서도 많이 번역되어 사람들에게 읽히고 있다. 청나라 때 간행된 『전당시全唐詩』에는 2,200여 작가의 시 4만 8,900여 수의 당나라 시가 수록되어 있다. 이렇게 어마어마한 수량의 당나라 시를 고작 3백여 수의 시로 대표성을 드러낸다는 것은 대단한 일이 아닐 수가 없다. 당시에 손수가 이 모든 시를 다 읽어보고 『당시삼백수』를 선정한 것은 아닐 것이다. 그리고 손수 개인적인 기준으로 시를 선정하였기에 객관성에서도 문제가 있을 수 있다. 따라서 진정 『당시삼백수』를 읽는 것만으로 당나라 시 전체의 모습을 가늠하지 못할 수도 있다. 하지만 초학자들에게 당시의 맛을 보여주고 기본적인 작시 능력을 함양시키기에는 가장 적절하다고 여겨진다. 당나라 시 3백 수만 외우면 시를 못 짓는 사람도 시를 지을 수 있다고 하지 않았는가? 한시를 감상할 뿐만 아니라 한시를 창작함에 있어 기본적인 내용을 모두 학습할 수 있는 기능까지 가지고 있다 하겠다. 하지만 시를 선정할 때 한시 창작 기법상의 문제가 어떤 식으로 배려가 되었는지에 대해서는 고찰하기가 상당히 어렵다. 다만 손수의 감각적인 능력이 발휘된 부분일 것이라 짐작만 할 뿐이다.

작자 소개

가도賈島(779~843)

범양范陽(지금의 하북성 탁현涿縣) 사람으로 자가 낭선浪仙이다. 과거에 여러 차례 실패한 뒤 출가하였으며 법명은 무본無本이다. 한유韓愈의 권유로 환속하였으며 진사 시험에 응시하였으나 급제하지는 못하였고 장강주부長江主簿 등 하급 관직을 전전하였다. 처량하고 고달픈 정조의 시를 많이 지었으며 시구를 갈고 다듬는 데 힘을 기울였다.『장강집長江集』10권이 남아 있다.

고적高適(702?~765)

창주수滄州蓚(지금의 하북성 경현景縣) 사람으로 자가 달부達夫이다. 농우절도사隴右節度使 가서한哥舒翰의 막부에 들어가 장서기掌書記가 되었는데, 안녹산의 난이 일어났을 때 동관潼關이 함락당한 이유를 현종에게 아뢰어 간의대부諫議大夫가 되었으며 이후 형부시랑刑部侍郎, 산기상시散騎常侍를 역임하였다. 변새의 생활을 노래한 시를 많이 지었다.『고상시집高常侍集』20권이 남아 있다.

고황顧況(725?~815?)

해암海巖(지금의 절강성 해염海鹽) 사람으로 자가 포옹逋翁이다. 진사에 급제하였으나 관직에 오르지 못하고 전전하다가 저작랑著作郎

이 되었다. 하지만 권세가를 비판하다가 요주사호참군饒州司戶參軍으로 폄적되었으며 후에 모산茅山에 은거하면서 화양진일華陽眞逸이라고 칭하였다. 옛 시의 소박한 풍격을 추구하였으며 『화양집華陽集』 40권이 남아 있다.

교연皎然(720?~803?)

오흥吳興(지금의 절강성 오흥) 사람으로 자가 청주淸晝이다. 출가하기 전의 성은 사謝씨이며 사영운謝靈運의 10대손이다. 송별시와 수답시를 많이 지었고 시풍은 한가롭고 청담하였다. 『시식詩式』을 저술하였으며 『전당시』에 2권의 시가 남아 있다.

구위邱爲(?~?)

가흥嘉興(지금의 절강성 가흥) 사람으로 천보天寶 2년(743) 진사에 급제하였으며 태자우서자太子右庶子를 역임하였다. 왕유王維, 유장경劉長卿 등과 교유하며 같이 시를 지었고 전원의 풍물을 읊은 시가 많다. 『전당시』에 13수의 시가 남아 있다.

권덕여權德輿(759~818)

천수天水(지금의 감숙성 천수) 사람으로 자가 재지載之이다. 일찍이 문장으로 이름이 났으며 태상박사太常博士, 좌보궐左補闕, 병부시랑兵部侍郞, 예부상서동중서문하평장사禮部尙書同中書門下平章事를 역임하였다. 옛 곡조에 능하였으며 악부시를 많이 지었다. 『권재지집權載之集』 50권이 남아 있다.

384

기무잠綦母潛(692?~756?)

건주虔州(지금의 강서성 남강현南康縣) 사람으로 자가 효통孝通이다. 진사에 급제하여 의수위宜壽尉가 되었고, 우습유右拾遺, 집현원대제集賢院待制, 저작랑著作郎 등을 역임하였다. 안녹산의 난이 일어나자 관직을 그만두고 강회江淮 일대를 유람하며 은거하였다. 당시 유람할 때 지은 시가 많다. 『전당시』에 26수의 시가 남아 있다.

김창서金昌緖(?~?)

전당錢塘(지금의 절강성 항주杭州) 사람으로 생애가 자세히 알려져 있지 않다. 『전당시』에 1수의 시가 남아 있다.

낙빈왕駱賓王(619?~687?)

의오義烏(지금의 절강성 의오) 사람으로 자가 관광觀光이다. 무공주부武功主簿, 장안주부長安主簿를 거쳐 시어사侍御史가 되었다. 무측천에게 간언하였다가 감옥에 갇혔으며 임해현승臨海縣丞으로 폄적되었으나 관직을 그만두었다. 서경업徐慶業의 막료가 되었으며 그의 반란이 실패한 뒤 종적을 감추었다. 장편가행시와 오언율시를 잘 지었으며 초당사걸初唐四傑 중 한 명이다. 『낙임해집駱臨海集』 4권이 남아 있다.

노륜盧綸(739~799)

하중포河中蒲(지금의 산서성 영제永濟) 사람으로 자가 윤언允言이다. 안녹산의 난이 일어나서 파양鄱陽에서 객지 생활을 하였으며 진사에 응시하였으나 급제하지는 못하였다. 원재元載의 추천으로 문향위閬鄕尉가 되었고 감찰어사監察御史로 옮겼으나 얼마 후 사직하였다. 혼감渾瑊의 막부에서 원수판관元帥判官으로 있다가 호부낭중戶部郎中으로 옮겼다. 화답하고 수창한 시가 많으며 변새시와 즉흥 서정시에 능하였다.『노호부집盧戶部集』10권이 남아 있다.

대숙륜戴叔倫(732?~789?)

금단金壇(지금의 강소성 금단) 사람으로 자가 유공幼公이다. 무주자사撫州刺史와 용주자사容州刺史를 거쳐 용관경략사容管經略使를 역임하였으며 만년에는 도사道士가 되었다. 사대부의 올바른 행실이나 백성들의 힘든 상황을 많이 읊었으며 기상이 웅건하다. 오언율시는 세밀하거나 고아한 정취를 담은 것이 많다.『전당시』에 2권의 시가 남아 있다.

두목杜牧(803~852)

만년萬年(지금의 섬서성 서안西安) 사람으로 자가 목지牧之이고 호가 번천樊川이다. 진사에 급제한 뒤 여러 주의 자사를 지냈으며 중서사인中書舍人을 역임하였다. 혼란한 정국 속에 자신의 뜻을 펼치지 못하였기에 애환과 애상의 정조가 시에 많이 표현되어 있다. 형식적인 조탁보다는 실질적인 내용을 중시하였으며 현실이나 역사적 소재를 많이 사용하였다. 영사시와 절구에 능하였으며 이상은李商隱과 더불어 이두李杜로 병칭되기도 하고 두보杜甫와 구분하여 소두小杜라고 불리기도 한다.『번천문집樊川文集』20권이 남아 있다.

두보杜甫(712~770)

공현鞏縣(지금의 하남성 공의鞏義) 사람으로 자가 자미子美이며
두예杜預, 두심언杜審言의 후손이다. 장안에서 관직을 구하려다 실패
하였으며 안녹산의 난이 일어나자 숙종肅宗이 있던 영무靈武로 가다
가 반군에게 억류당하였다. 풀려난 뒤 영무로 가서 좌습유左拾遺가
되었다. 재상 방관房琯을 변호하다가 화주사공참군華州司空參軍으로
폄적되었으며 후에 관직을 그만두고 이리저리 떠돌다가 성도成都로
들어가 사천절도사四川節度使 엄무嚴武의 막부에서 검교공부원외랑
檢校工部員外郎이 되었다. 엄무가 죽은 뒤 이리저리 떠돌다가 객사하
였다. 시성詩聖, 시사詩史 등으로 불리며 시를 집대성하였다는 평가
를 받고 있다.『두공부집杜工部集』20권에 1,400여 수의 시가 남아
있다.

두순학杜荀鶴(846?~906?)

석태石埭(지금의 안휘성 석태) 사람으로 자가 언지彦之이다. 가난
한 집안 출신으로 여러 번 과거에 떨어진 후 은거하다가 겨우 진사
에 급제하였지만 관직을 얻지 못하였다. 양梁나라로 갔다가 주전충
朱全忠의 신임을 얻어 한림학사翰林學士와 지제고知制誥를 역임하였
다. 혼란한 세상을 겪으면서 백성들의 어려움에 대해 읊은 시가 많
으며 시풍은 질박하고 통속적이다.『당풍집唐風集』3권이 남아 있다.

두심언杜審言(645~708)

공현鞏縣(지금의 하남성 공의鞏義) 사람으로 자가 필간必簡이다.
진사에 급제하여 습성위隰城尉, 낙양승洛陽丞이 되었으나 일에 연루

되어 길주사호참군吉州司戶參軍으로 폄적되었다. 후에 저작좌랑著作佐郎, 선부원외랑膳部員外郎을 지내면서 장역지張易之를 추종하였는데 그가 죽은 뒤 봉주峰州로 유배되었다. 다시 부름을 받아 국자감주부國子監主簿, 수문관직학사修文館直學士를 역임하였다. 문장사우文章四友 중 한 명으로 오언율시를 잘 지었으며 율격이 엄정하였다. 『전당시』에 39수의 시가 남아 있다.

두추낭杜秋娘(791?~?)

『자치통감資治通鑑』에는 이름이 두중양杜仲陽으로 되어 있다. 윤주潤州(지금의 강소성 진강鎭江) 사람이다. 15세 때 진해절도사鎭海節度使 이기李錡의 시첩이 되었다가 원화元和 2년(807)에 이기의 반란이 평정된 뒤 궁중으로 들어가 헌종憲宗의 총애를 받았다. 목종穆宗이 즉위한 뒤 왕자 이주李湊의 부모傅姆가 되었다. 이주가 장왕漳王의 지위를 박탈당한 뒤에는 고향으로 돌아갔다. 이러한 내용이 두목杜牧의 「두추낭시杜秋娘詩」에 기록되어 있다.

마대馬戴(?~?)

곡양曲陽(지금의 강소성 동해東海) 사람으로 자가 우신虞臣이다. 『당재자전唐才子傳』에는 화주華州(지금의 섬서성 화현) 사람으로 되어 있다. 무종武宗 회창會昌 4년(844) 진사에 급제한 뒤 태원太源의 막부에서 서기書記를 담당하였으며, 직언을 하다가 용양龍陽으로 폄적되었고, 후에 태상박사太常博士를 지냈다. 가도賈島, 요합姚合 등과 교유하였으며 장려한 시풍을 가지고 있고 오언율시를 잘 지었다. 『전당시』에 2권의 시가 남아 있다.

맹교孟郊(751~814)

무강武康(지금의 절강성 덕청德淸) 사람으로 자가 동야東野이다. 46세에 진사에 급제하여 율양현위溧陽縣尉가 되었으나 얼마 후 그만두었다. 정여경鄭餘慶의 추천으로 하남수륙전운종사河南水陸轉運從事가 되었으며 협률랑協律郞을 역임하였다. 자신의 정치적 불우함과 빈한한 생활을 많이 읊었으며, 한유韓愈로부터 문학적 영향력을 많이 받아 기험한 시풍을 추구하였다.『맹동야시집孟東野詩集』10권이 남아 있다.

맹호연孟浩然(689~740)

양양襄陽(지금의 호북성 양양) 사람으로 본명이 호浩이고 호연은 그의 자이다. 녹문산鹿門山에서 은거하다가 오월吳越 지역을 유람하였으며 40세에 장안으로 가서 관직을 구하였으나 실패하고 다시 녹문산에 은거하였다. 장구령張九齡이 형주荊州를 다스릴 때 잠시 관직에 나가기도 하였다. 도연명陶淵明을 추숭하여 전원 생활의 정취를 주로 읊었다.『맹호연집孟浩然集』4권이 남아 있다.

무명씨

『당시삼백수』에 동일 작가의 작품으로는 여기 수록된 1수만 실려 있는데 그 작자가 누구인지는 알 수 없다.

배적裵迪(716?~?)

관중關中(지금의 섬서성 남부) 사람이다. 촉주자사蜀州刺史와 상서랑尙書郞을 역임하였다. 종남산終南山의 망천輞川에 은거하면서 왕유王維와 교유하였으며 전원 산수의 한가로운 정취를 많이 읊었다. 『전당시』에 29수의 시가 남아 있다.

백거이白居易(772~846)

하규下邽(지금의 섬서성 위남渭南) 사람으로 자가 낙천樂天이다. 29세에 진사에 급제하였으며 한림학사翰林學士, 우습유右拾遺, 태자좌찬선대부太子左贊善大夫를 역임하였다. 여러 일로 비방을 받아 강주사마江州司馬로 폄적되었으며 이후 조정으로 돌아와 중서사인中書舍人을 역임하였지만 정치에 환멸을 느끼고 스스로 항주자사杭州刺史, 소주자사蘇州刺史가 되었다. 다시 장안으로 돌아와 비서감秘書監, 형부시랑刑部侍郎을 역임하였으며 하남윤河南尹이 되어 낙양으로 내려가 여생을 보냈다. 일상적인 소재를 주로 하는 소박한 시풍을 가지고 있었으며 원진元稹과 더불어 원백元白으로 병칭된다. 『백씨장경집白氏長慶集』75권이 남아 있다.

사공서司空曙(720?~790?)

광평廣平(지금의 하북성 영년永年) 사람으로 자가 문명文明이다. 대력大曆 연간(766~779) 진사에 급제하여 낙양주부洛陽主簿, 장림현승長林縣丞, 좌습유左拾遺, 우부낭중虞部郎中을 역임하였다. 장사長沙로 유배되고 강우江右로 폄적된 적이 있었으며 생활이 곤궁하였다고 한다. 대력십재자 중 한 명으로 오언율시를 잘 지었다. 『사공문명시집司空文明詩集』3권이 남아 있다.

상건常建(708~765?)

장안長安(지금의 섬서성 서안西安) 사람이다. 개원開元 15년(727) 왕창령王昌齡과 함께 진사가 되었으며 우이현위盱眙縣尉가 되었지만 이후 관직 길이 트이지 않아 이리저리 떠돌다가 악저鄂渚에 은거하였다. 전원과 산수의 한적함을 주로 읊었으며 변새시도 많이 있다. 『상건시집常建詩集』3권이 남아 있다.

서비인西鄙人(?~?)

서쪽 변방의 사람이란 뜻으로 이름과 생애는 알려져 있지 않다.

설봉薛逢(?~?)

하동河東(지금의 산서성 영제永濟) 사람으로 자가 도신陶臣이다. 회창會昌 원년(841) 진사에 급제하여 교서랑校書郎, 시어사侍御史, 상서랑尙書郎을 역임하였으며 하남부사록참군河南府司錄參軍, 감주부녹사참군甘州府錄事參軍으로 폄적되기도 하였다. 칠언율시를 잘 지었으며 송별과 영회를 주제로 한 시가 많다.『전당시』에 90수의 시가 남아 있다.

송지문宋之問(656?~712)

분주汾州(지금의 산서성 분양汾陽) 사람으로 자가 연청延淸이다. 상원上元 2년(675) 진사에 급제하여 숭문관학사崇文館學士가 되었다. 환관 장역지張易之를 추종하다가 그가 죽은 뒤 농주참군瀧州參軍으로 폄적되었다. 무삼사武三思에 의지하여 수문관학사修文館學士가 되었다가 월주장사越州長史로 폄적되었으며 흠주欽州로 유배되었다가 사사賜死되었다. 심전기沈佺期와 더불어 심송沈宋으로 병칭되며 응제시應制詩를 많이 지었다. 형식적인 면에 치중하였으며 율시의 형성에 큰 공헌을 하였다.『전당시』에 3권의 시가 남아 있다.

심전기沈佺期(656~714?)

내황內黃(지금의 하남성 내황) 사람으로 자가 운경雲卿이다. 상원上元 2년(675) 진사에 급제하여 급사중給事中, 고공낭중考功郎中을 역임하였다. 장역지張易之를 추종하다가 그가 죽은 뒤 환주驩州로 유배되었다. 궁중으로 돌아와 수문관직학사修文館直學士, 중서사인中書舍人, 태자첨사太子詹事를 역임하였다. 송지문과 더불어 심송沈宋으로 병칭되며 응제시應制詩를 많이 지었다. 형식적인 면에 치중하였으며 율시의 형성에 큰 공헌을 하였다.『전당시』에 3권의 시가 남아 있다.

온정균溫庭筠(812?~866?)

기현祁縣(지금의 산서성 기현) 사람으로 원래의 이름이 기岐이고 자가 비경飛卿이다. 풍자를 좋아하고 구속받는 것을 싫어하여 오랫동안 관직에 오르지 못하였으며 만년에 방성위方城尉, 국자조교國子助敎 등을 역임하였다. 이상은李商隱과 더불어 만당을 대표하는 시인이며 사詞를 잘 지어 화간사파花間詞派의 비조鼻祖로 불린다.『온비경시집溫飛卿詩集』9권이 남아 있다.

왕건王建(766?~830?)

영천穎川(지금의 하남성 허창許昌) 사람으로 자가 중초仲初이다. 진사에 급제한 뒤 10여 년 동안 종군하였다. 소응현승昭應縣丞, 태상시승太常寺丞, 비서랑秘書郎, 섬주사마陝州司馬를 역임하였다. 궁중의 생활상과 풍물을 묘사한 「궁사宮詞」100수를 지었으며, 악부시를 통해 사회 현실을 반영하였다. 『왕사마집王司馬集』8권이 남아 있다.

왕만王灣(693~751)

낙양洛陽(지금의 하남성 낙양) 사람이다. 진사에 급제한 뒤 형양현주부滎陽縣主簿를 지냈다. 『군서사부록群書四部錄』편찬에 참여하였으며 그 공으로 낙양위洛陽尉가 되었다. 『전당시』에 10수의 시가 남아 있다.

왕발王勃(649~676)

용문龍門(지금의 산서성 하진河津) 사람으로 자가 자안子安이다. 14세 때 유소과幽素科에 급제하여 조산랑朝散郎이 되었다. 패왕沛王 이현李賢의 부름을 받고 수찬修撰이 되었는데 당시 유행하던 투계로 왕족 간의 우열을 비유한 글을 지어 쫓겨났다. 교지交趾로 폄적된 아버지를 찾아가다가 물에 빠져 죽었다. 초당사걸初唐四傑 중 한 명으로 화려한 문사를 반대하였으며 오언율시의 발전에 기여하였다. 『왕자안집王子安集』16권이 남아 있다.

왕유王維(701~761)

분주汾州(지금의 산서성 분양汾陽) 사람으로 자가 마힐摩詰이다. 21세 때 진사에 급제하여 태악승太樂丞이 되었다가 제주사창참군濟州司倉參軍으로 폄적되었다. 장구령張九齡의 발탁으로 우습유右拾遺가 되었지만 이임보李林甫가 집정하자 종남산終南山의 망천輞川에 별장을 지어놓고 관직 생활을 등한시하였다. 안녹산의 난이 일어나자 투옥되었다가 급사중給事中 관직을 받았는데 이로 인해 좌천을 당하기도 하였다. 중서사인中書舍人, 상서우승尙書右丞을 역임하였다. 불교에 관심이 많아 시불詩佛이라고 불리며 그림에도 조예가 깊었다. 자연의 정취를 읊은 시가 많다. 『왕우승집王右丞集』 10권이 남아 있다.

왕지환王之渙(688~742)

진양晉陽(지금의 산서성 태원太原) 사람으로 어려서 강군絳郡(지금의 산서성 신강新絳)으로 이사 갔으며 자가 계릉季陵이다. 젊은 시절 협기가 있어 유흥을 탐닉하다가 뒤늦게 공부하여 형수주부衡水主簿가 되었다. 무고로 인해 관직에서 쫓겨난 뒤 이리저리 떠돌았으며 문안현위文安縣尉로 있다가 얼마 안 있어 죽었다. 왕창령王昌齡, 고적高適과 교유하였으며 변새시를 많이 지었다. 『전당시』에 6수의 시가 남아 있다.

왕창령王昌齡(698~757)

장안長安(지금의 섬서성 서안西安) 사람으로 자가 소백少伯이다. 개원開元 15년(727) 진사에 급제하여 사수위汜水尉가 되었으며 교서랑校書郎을 역임하였다. 강녕승江寧丞으로 폄적되었다가 용표위龍標尉로 좌천되었다. 안녹산의 난이 일어나 고향으로 돌아가던 중 피살되었다. 칠언절구를 잘 지었으며 변새, 규원, 송별 등을 소재로 시를 지었다. 『왕창령시집王昌齡詩集』 4권이 남아 있다.

왕한王翰(?~?)

진양晉陽(지금의 산서성 태원太原) 사람으로 자가 자우子羽이다. 경운景雲 원년(710) 진사에 급제한 뒤 병주장사幷州長史 장열張說의 인정을 받아 창락위昌樂尉가 되었으며 장열이 재상이 되자 비서성 정자祕書省正字가 되었다. 장열이 파직되자 여주장사汝州長史로 폄적되었으며 선주별가仙州別駕가 되었다가 도주사마道州司馬로 가던 도중 죽었다.『전당시』에 15수의 시가 남아 있다.

원결元結(719~772)

노산魯山(지금의 하남성 노산) 사람으로 자가 차산次山이다. 천보天寶 12년(753) 진사에 급제하였으며 안녹산의 난이 일어나자 우금오병조참군右金吾兵曹參軍으로 감찰어사監察御史가 되어 공을 세웠다. 도주자사道州刺史를 거쳐 용관경략사容管經略使가 되었으나 권신들의 시기로 사직하고 은거하였다. 기교보다는 내용을 중시하였고 백성의 고통이나 현실정치에 관한 내용의 시가 많다.『원차산문집元次山文集』10권이 남아 있다.

원진元稹(779~831)

하내河內(지금의 하남성 낙양洛陽) 사람으로 자가 미지微之이다. 과거에 급제하여 교서랑校書郎이 되었으며 우습유右拾遺, 감찰어사監察御史를 역임하였다. 혼란한 정국 속에서 강직한 성품으로 인해 좌절이 많았다. 백거이白居易와 교유하면서 평담한 풍격으로 사회상을 반영하는 작품을 많이 지었으며 원백元白으로 병칭되었다.『원씨장경집元氏長慶集』60권이 남아 있다.

위응물韋應物(737~792)

장안長安(지금의 섬서성 서안西安) 사람으로 자가 의박義博이다. 삼위랑三衛郎이 되어 현종玄宗의 총애를 받았지만 안녹산의 난이 일어나자 실직하였다. 후에 학문에 정진하여 낙양승洛陽丞, 비부원외랑比部員外郎, 저주자사滁州刺史, 강주자사江州刺史, 좌사낭중左司郎中, 소주자사蘇州刺史를 역임하였다. 산수 전원의 아름다움이나 은일의 한적함을 주로 읊었다.『위소주집韋蘇州集』10권이 남아 있다.

위장韋莊(836~910)

두릉杜陵(지금의 섬서성 서안西安) 사람으로 자가 단기端己이다. 45세 때 과거에 응시하였으나 황소黃巢의 난이 일어나서 낙양과 강남으로 떠돌았으며, 59세 때 진사에 급제하여 교서랑校書郎이 되었다. 서천절도사西川節度使 왕건王建과 교유하면서 그의 장서기掌書記가 되었으며, 왕건을 전촉前蜀의 황제가 되게 만들고 자신은 재상이 되었다. 영사시를 많이 지었으며 화간사花間詞의 대표 작가이기도 하다.『완화집浣花集』10권이 남아 있다.

유방평劉方平(?~?)

흉노족으로 낙양洛陽(지금의 하남성 낙양) 사람이다. 천보天寶 연간(742~756) 초에 진사에 응시하기도 하였으며 종군하고자 하였지만 뜻대로 되지 못하였고 영수穎水와 여하汝河에서 은거하며 출사하지 않았다. 황보염皇甫冉, 원덕수元德秀, 이기李頎, 엄무嚴武 등과 시로 교유하였다. 영물시와 사경시가 많으며 절구를 잘 지었다.『전당시』에 1권의 시가 남아 있다.

유신허劉昚虛(?~?)

숭산嵩山 사람이라는 설, 강동江東 사람이라는 설, 신오新吳(지금의 강서성 봉신奉新) 사람이라는 설이 있으며 자가 전을全乙이다. 개원開元 21년(733) 진사에 급제하여 낙양위洛陽尉, 하현령夏縣令을 역임하였다. 스님이나 도사와 교유하였으며 여산廬山에 집을 정해 은거하려고 하였지만 이루지 못하고 젊은 나이에 죽었다. 오언시를 잘 지었으며 산수와 은일을 주제로 한 시가 많다.『전당시』에 15수의 시가 남아 있다.

유우석劉禹錫(772~842)

낙양洛陽(지금의 하남성 낙양) 사람으로 자가 몽득夢得이다. 정원貞元 9년(793) 진사에 급제하여 회남절도사淮南節度使 두우杜佑의 막부에서 기실記室이 되었으며 두우가 입조하였을 때 감찰어사監察御史가 되었다. 왕숙문王叔文의 정치개혁에 가담하였다가 낭주사마朗州司馬로 폄적되었으며 연주자사連州刺史, 기주자사夔州刺史, 화주자사和州刺史, 주객낭중主客郎中, 예부낭중禮部郎中, 소주자사蘇州刺史, 검교예부상서檢校禮部尙書를 역임하였다. 민요풍의 시를 많이 지었으며 민가에도 관심이 많았다.『유몽득문집劉夢得文集』30권이 남아 있다.

유장경劉長卿(709?~789?)

선성宣城(지금의 안휘성 선성) 사람이라는 설과 하간河間(지금의 호북성 하간) 사람이라는 설이 있으며 자가 문방文房이다. 개원開元 21년(733) 진사에 급제하였다. 지덕至德 연간(756~758)에 감찰어사監察御史, 장주현위長洲縣尉를 지내다가 남파현위南巴縣尉로 폄적되었다. 대종代宗 때는 전운사판관轉運使判官, 악악전운유후鄂岳轉運留後가 되었으며 무고로 목주사마睦州司馬로 폄적되었다. 덕종德宗 때 수주자사隨州刺史로 관직을 마쳤다. 폄적으로 인한 실의와 백성들의 어려운 처지를 읊은 시가 많으며 오언시를 잘 지었다.『유수주시집劉隨州詩集』10권이 남아 있다.

유종원柳宗元(773~819)

하동河東(지금의 산서성 영제永濟) 사람으로 자가 자후子厚이다. 정원貞元 연간(785~805) 진사에 급제하여 교서랑校書郎, 남전위藍田尉를 역임하였다. 왕숙문王叔文의 정치개혁에 가담하였다가 영주사마永州司馬로 폄적되어 9년을 머물렀고, 이후 장안으로 왔다가 다시 유주자사柳州刺史로 폄적되었으며 그곳에서 죽었다. 당송팔대가 중 한 명으로 실질을 중시하고 형식적 조탁을 타파하는 고문에 힘썼다. 풍자와 산수를 주제로 한 시를 많이 지었다.『유하동집柳河東集』45권이 남아 있다.

유중용柳中庸(?~?)

하동河東(지금의 산서성 영제永濟) 사람으로 본명은 담淡이고 자가 중용이다. 대력大曆 연간(766~779) 진사에 급제하였으며, 홍주洪州 호조참군戶曹參軍을 역임하였다. 노륜盧綸, 이단李端과 시로 교유하였다. 변새를 배경으로 한 노고와 원망 등을 읊었다.『전당시』에 13수의 시가 남아 있다.

이기李頎(690?~751?)

영양潁陽(지금의 하남성 등봉登封) 사람이다. 개원開元 23년(735) 진사에 급제하여 신향현위新鄉縣尉가 되었으며 후에 사직하고 고향으로 돌아가 은거하였다. 왕유王維, 기무잠綦毋潛, 고적高適, 왕창령王昌齡 등과 교유하였으며 칠언시를 잘 지었다. 『전당시』에 3권의 시가 남아 있다.

이단李端(737?~784?)

평극平棘(지금의 하북성 조현趙縣) 사람으로 자가 정기正己이다. 대력大曆 5년(770) 진사에 급제하여 교서랑校書郎이 되었으며 항주사마杭州司馬를 역임하였다. 만년에는 관직을 그만두고 형산衡山에 은거하였다. 대력십재자 중 한 명이다. 『전당시』에 257수의 시가 남아 있다.

이백李白(701~762)

조적祖籍은 성기成紀(지금의 감숙성 천수天水)이며 안서도호부安西都護府(지금의 키르기스스탄 공화국)에서 태어났고 자는 태백太白이다. 어려서 창명彰明으로 옮겨 젊은 시기를 촉 땅에서 보내면서 다양한 수양을 하였다. 천보天寶 원년(742) 현종의 부름을 받아 한림공봉翰林供奉이 되었지만 얼마 후 쫓겨났으며, 안녹산의 난이 일어났을 때 영왕永王의 군대에 합류하였다가 반란죄로 투옥되었고 야랑夜郎으로 유배 가던 도중 사면받아 돌아왔다. 자유분방하고 호방한 시풍을 가지고 있으며 악부시와 절구를 잘 지었다. 『이태백전집李太白全集』36권이 남아 있다.

이빈李頻(818~876)

수창壽昌(지금의 절강성 수창) 사람으로 자가 덕신德新이다. 대중大中 8년(854) 진사에 급제하여 교서랑校書郎이 되었으며 무공령武功令, 시어사侍御史, 건주자사建州刺史를 역임하였다. 산수와 이별에 관한 시가 많다.『전당시』에 205수의 시가 남아 있다.

이상은李商隱(813~858)

하내河內(지금의 하남성 심양沁陽) 사람으로 자가 의산義山이다. 천평군절도사天平軍節度使 영호초令狐楚의 막부에 있었으며 그의 아들인 영호도令狐綯의 도움으로 진사에 급제하였다. 경원절도사涇原節度使 왕무원王茂元의 막부에 들어가 그의 사위가 되었으며 교서랑校書郎과 홍농위弘農尉를 역임하였다. 애정시와 영사시를 잘 지었는데 전고와 화려한 수식을 많이 구사하였으며 시의 해석이 모호하다는 평가를 받는다.『번남문집樊南文集』8권과『옥계생시玉谿生詩』3권이 남아 있다.

이익李益(750?~830?)

고장姑臧(지금의 감숙성 무위武威) 사람으로 자가 군우君虞이다. 대력大曆 4년(769) 진사에 급제하여 정현위鄭縣尉가 되었지만 승진하지 못해 변방을 떠돌았다. 유주절도사幽州節度使 유제劉濟의 막부에 있다가 장안으로 돌아와 중서사인中書舍人, 비서소감祕書少監, 우산기상시右散騎常侍, 예부상서禮部尙書를 역임하였다. 변새시를 많이 지었으며 칠언절구를 잘 지었다.『전당시』에 2권의 시가 남아 있다.

잠삼岑參(718?~769?)

강릉江陵(지금의 호북성 강릉) 사람이라는 설과 남양南陽(지금의 하남성 남양) 사람이라는 설이 있다. 천보天寶 3년(744) 진사에 급제하여 우율부병조참군右率府兵曹參軍이 되었다. 안서절도사安西節度使 고선지高仙芝의 막부에서 장서기掌書記를 하였고 안서북정절도사安西北庭節度使 봉상청封常淸의 막부에서 판관을 하였다. 후에 장안으로 돌아와 우보궐右補闕이 되었고 괵주장사虢州長史, 가주자사嘉州刺史를 역임하였다. 변새시를 많이 지었으며 칠언가행에 능하였다. 『잠가주집岑嘉州集』10권이 남아 있다.

장계張繼(?~?)

양주襄州(지금의 호북성 양번襄樊) 사람으로 자가 의손懿孫이다. 천보天寶 12년(753) 진사에 급제하여 검교사부원외랑檢校祠部員外郎이 되었으며 홍주염철판관洪州鹽鐵判官을 역임하였다. 자연스럽고 소박한 시풍을 추구하였으며 백성들의 어려움 등을 읊었다.『전당시』에 1권의 시가 남아 있다.

장교張喬(?~?)

지주池州(지금의 안휘성 귀지貴池) 사람이다. 함통咸通 연간(860~874) 진사에 급제하였으나 벼슬길이 순탄치 않았으며 황소黃巢의 난을 피해 구화산九華山에 은거하였다. 청담한 시풍을 가지고 있었다.『전당시』에 171수의 시가 남아 있다.

장구령張九齡(673?~740)

곡강曲江(지금의 광동성 소관韶關) 사람으로 자가 자수子壽이다. 진사 급제 후 교서랑校書郎, 좌습유左拾遺, 중서사인中書舍人, 중서시랑中書侍郎, 중서령中書令을 역임하였다. 현종 때 개원지치開元之治를 이루는 데 공이 많았으나 이임보李林甫의 참언으로 형주장사荊州長史로 폄적되었다. 청담한 시풍을 가지고 있었으며 진자앙陳子昂의 뒤를 이어 복고적 시풍 형성에 힘썼다.『곡강장선생문집曲江張先生文集』20권이 남아 있다.

장욱張旭(685?~759?)

오현吳縣(지금의 강소성 소주蘇州) 사람으로 자가 백고伯高이다. 상숙위常熟尉와 금오장사金吾長史를 역임하였으며, 초서草書를 잘 써서 초성草聖이라고 불렸다. 특히 술을 마신 뒤 쓴 초서가 뛰어났다고 한다. 당시 이백의 시, 배민裵旻의 검무劍舞, 장욱의 초서를 삼절三絶이라고 하였다.『전당시』에 6수의 시가 남아 있다.

장적張籍(766?~830?)

오강烏江(지금의 안휘성 오강) 사람으로 자가 문창文昌이다. 정원貞元 15년(799) 진사에 급제한 뒤 태상시태축太常寺太祝, 국자감조교國子監助敎를 역임하였다. 한유韓愈의 추천으로 국자박사國子博士가 되었으며 수부원외랑水府員外郎, 국자사업國子司業을 역임하였다. 악부시를 통해 당시의 사회상을 풍자하였으며 평아한 오언율시를 잘 지었다.『장사업집張司業集』8권이 남아 있다.

장필張泌(?~?)

회남淮南(지금의 안휘성 수현壽縣) 사람으로 자가 자징子澄이다. 당나라 말기에 진사에 급제하여 남당南唐에서 구용현위句容縣尉, 감찰어사監察御史, 내사사인內史舍人을 역임하였다. 시와 사에 모두 능하였으며 그의 사는 『화간집花間集』에 수록되어 있다. 『전당시』에 19수의 시가 남아 있다.

장호張祜(785?~849?)

청하淸河(지금의 하북성 청하) 사람으로 자가 승길承吉이다. 일찍이 고소姑蘇에 은거했으며 장경長慶 연간(821~824)에 영호초令狐楚의 추천을 받았으나 등용되지 않았다. 지방의 막부를 다녔지만 원진元稹의 배척을 받았기에 회남淮南에서 은거하며 살았다. 『장호시집張祜詩集』10권이 남아 있다.

전기錢起(722~780)

오흥吳興(지금의 절강성 오흥) 사람으로 자가 중문仲文이다. 천보天寶 10년(751) 진사에 급제하여 교서랑校書郞, 남전현위藍田縣尉, 고공낭중考功郞中을 역임하였다. 대력십재자 중 한 명으로 오언율시에 뛰어났으며 영물시와 수답시가 많다. 『전고공집錢考功集』10권이 남아 있다.

정전鄭畋(825~883)

형양滎陽(지금의 하남성 형양) 사람으로 자가 대문臺文이다. 회창會昌 2년(842) 진사에 급제하였지만 우이당쟁牛李黨爭으로 오랫동안 관직을 얻지 못하였다. 유첨劉瞻의 종사관從事官으로 있다가 유첨이 재상이 되자 한림학사翰林學士, 중서사인中書舍人을 역임하였다. 이후 병부시랑兵部侍郎이 되었으며 봉상절도사鳳翔節度使가 되어 황소黃巢의 반군을 제압하였다.『전당시』에 16수의 시가 남아 있다.

조영祖詠(699~746)

낙양洛陽(지금의 하북성 낙양) 사람이다. 개원開元 12년(724) 진사에 급제하였지만 장열張說의 추천으로 잠시 가부원외랑駕府員外郎이 된 것을 제외하고는 관직을 하지 못하였다. 왕유王維와 교유하였으며 산수 자연에 관한 오언시를 주로 지었다.『전당시』에 36수의 시가 남아 있다.

주경여朱慶餘(?~?)

월주越州(지금의 절강성 소흥紹興) 사람으로 본명은 가구可久이고 경여는 자이다. 보력寶曆 2년(826) 진사에 급제하여 교서랑校書郎이 되었다. 장적張籍이 그의 시를 읽은 뒤 칭찬하고서 명성을 얻기 시작하였다. 오언율시를 잘 지었으며『전당시』에 177수의 시가 남아 있다.

진도陳陶(?~?)

검포劍浦(지금의 복건성 남평南平) 사람으로 자가 숭백崇伯이다. 과거에 낙제한 뒤 명산을 돌아다니며 스스로 삼교포의三敎布衣라고 칭하였다. 대중大中 연간(847~860)에 홍주洪州에 은거하였다.『전당시』에 2권의 시가 남아 있다.

진도옥秦韜玉(?~?)

장안長安(지금의 섬서성 서안西安) 사람으로 자가 중명中明이다. 수차례 낙방한 뒤 권세가 높은 환관인 전령자田令孜의 막료가 되어 승랑丞郎이 되었으며 황소黃巢의 난이 일어났을 때 희종僖宗을 따라 촉 땅으로 들어갔다. 중화中和 2년(882)에 진사 급제를 하사받았으며 전령자의 추천으로 공부시랑工部侍郎, 신책군판관神策軍判官이 되었다. 이상은李商隱, 온정균溫庭筠과 시풍이 비슷하다는 평가를 받고 있으며 칠언율시를 주로 지었다. 『전당시』에 36수의 시가 남아 있다.

진자앙陳子昂(661~702)

사홍射洪(지금의 사천성 사홍) 사람으로 자가 백옥伯玉이다. 부유한 집안에서 태어나 사냥과 유희에 빠져 있다가 갑자기 학업에 몰두하여 24세에 진사에 급제하였다. 무측천에게 인정을 받아 정자正字, 우습유右拾遺가 되었다. 두 차례 변방으로 종군을 하였으며, 귀향한 뒤 현령의 박해를 받아 옥사하였다. 화려한 수식을 반대하고 소박한 고시古詩의 풍격을 회복하려고 하였다. 『진자앙집陳子昂集』 10권이 남아 있다.

최도崔塗(?~?)

지금의 절강성 부춘강富春江 일대의 사람으로 자가 예산禮山이다. 광계光啟 4년(888) 진사에 급제하였지만 관직을 한 기록은 남아 있지 않다. 유랑 생활에 관한 시를 주로 지었다. 『전당시』에 1권의 시가 남아 있다.

최서崔曙(704?~739)

송주宋州(지금의 하남성 상구商丘) 사람이다. 개원開元 26년(738)
진사에 급제하여 하내현위河內縣尉가 되었지만 이듬해에 병사하였
다.『전당시』에 15수의 시가 남아 있다.

최호崔顥(704?~754)

변주汴州(지금의 하남성 개봉開封) 사람이다. 개원 11년(723) 진사
에 급제하여 태복시승太僕寺丞, 사훈원외랑司勳員外郎을 역임하였다.
젊어서는 유흥을 좋아하여 시가 화려하였지만 변방 생활을 한 뒤로
풍격이 웅장해졌다.『전당시』에 42수의 시가 남아 있다.

하지장賀知章(659~744)

영흥永興(지금의 절강성 소흥紹興) 사람으로 자가 계진季眞이고
호가 사명광객四明狂客이다. 증성證聖 원년(695) 진사에 급제하여 태
상박사太常博士, 예부시랑禮部侍郎, 태자빈객太子賓客, 비서감秘書監을
역임하였다. 천보天寶 3년(744) 병을 핑계로 고향으로 돌아갔으며
얼마 후 죽었다. 절구를 잘 지었으며 서예에도 능하였다.『전당시』
에 19수의 시가 남아 있다.

한굉韓翃(719~788)

남양南陽(지금의 하남성 남양) 사람으로 자가 군평君平이다. 천보
天寶 13년(754) 진사에 급제하였다. 보응寶應 연간(762~763)에 치
청절도사淄靑節度使 후희일侯希逸의 막부에서 일하였으며 후희일이
조정에 돌아오자 장안에서 한거하였다. 건중建中 연간(780~783)에

「한식寒食」 시를 지었는데 덕종德宗의 눈에 들어 가부낭중駕府郎中, 지제고知制誥가 되었으며 중서사인中書舍人을 역임하였다. 기법이 정교하며 경물 묘사가 특이하였다. 대력십재자 중 한 명이다. 『전당시』에 13권의 시가 남아 있다.

한악韓偓(842?~923)

만년萬年(지금의 섬서성 서안西安) 사람으로 자가 치광致光 또는 치요致堯이다. 용기龍紀 원년(889) 진사에 급제한 뒤 하중진절도사河中鎭節度使의 막부에서 근무하다가 조정으로 들어와 좌습유左拾遺, 한림학사翰林學士, 중서사인中書舍人, 병부시랑兵部侍郎을 역임하였다. 정쟁에 휘말려 복주사마濮州司馬로 폄적되었다가 복직되었으나 응하지 않고 남방에 머물렀다. 정치적 혼란이나 남녀 간의 연정을 주로 읊었으며 칠언율시를 잘 지었다. 『한한림집韓翰林集』 3권과 『향렴집香奩集』이 남아 있다.

한유韓愈(768~824)

조적祖籍이 창려昌黎(지금의 하북성 창려)이고 하양河陽(지금의 하남성 맹주孟州) 사람으로 자가 퇴지退之이다. 정원貞元 8년(792) 진사에 급제한 뒤 지방 막부를 전전하다가 감찰어사監察御史가 되었는데 간언한 일이 잘못되어 양산령陽山令으로 폄적되었다. 이듬해 장안으로 돌아와 국자박사國子博士가 되었지만 정쟁을 피하여 낙양현령洛陽縣令이 되었다. 다시 장안으로 돌아가 중서사인中書舍人, 태자우서자太子右庶子를 역임하였으며 배도裴度를 따라 회서淮西의 오원제吳元濟의 난을 평정한 뒤 형부시랑刑部侍郎이 되었다. 헌종憲宗

이 부처의 사리를 봉안하려는 데 반대하다가 조주자사潮州刺史로 폄적되었으며, 다시 소환되어 국자좨주國子祭酒, 병부시랑兵部侍郞, 이부시랑吏部侍郞을 역임하였다. 당송팔대가 중 한 명으로 화려한 문식보다는 진한秦漢 시대의 문풍을 계승하고자 하였다. 포서鋪敍의 기법으로 영물에 능하였으며 기괴한 내용의 시도 잘 지었다.『한창려집韓昌黎集』40권이 남아 있다.

허혼許渾(791?~858?)

단양丹陽(지금의 강소성 단양) 사람으로 자가 용회用晦이다. 대화大和 6년(832) 진사에 급제한 뒤 당도령當塗令, 태평령太平令이 되었다가 병으로 사임하였다. 대중大中 연간(847~860)에 감찰어사監察御史가 되었으며 윤주사마潤州司馬, 우부원외랑虞部員外郞, 영주자사郢州刺史를 역임한 뒤 고향인 정묘교丁卯橋로 돌아가 만년을 보냈다. 호방하면서도 감개가 깊은 시풍을 가지고 있었으며 회고시를 주로 지었다.『정묘집丁卯集』2권이 남아 있다.

현종玄宗(685~762)

본명은 이융기李隆基이며 당나라 6대 황제이다. 재위 기간은 712~756년이다. 태평성세라 불리는 개원지치開元之治를 이룩하였지만 환락에 빠져 결국 안녹산의 난을 초래하였다. 아들인 숙종肅宗에게 왕위를 물려주고 자신은 태상황太上皇이 되었다. 학풍을 개혁하고 성당의 시풍을 형성하는 데 기여하였으며 스스로도 웅건한 시풍을 가지고 있었다.『전당시』에 1권의 시가 남아 있다.

황보염皇甫冉(717?~771?)

조적祖籍은 안정安定(지금의 감숙성 경천涇川)이고 단양丹陽(지금의 강소성 단양) 사람으로 자가 무정茂政이다. 천보天寶 15년(756) 진사에 급제하여 무석현위無錫縣尉가 되었으며 하남절도사河南節度使 왕진王縉의 막부를 거쳐 좌습유左拾遺, 우보궐右補闕을 역임하였다. 청신하고 표일한 시풍으로 방랑의 감회를 표현하였다. 『황보염시집皇甫冉詩集』 3권이 남아 있다.

『당시삼백수』1권 차례

옮긴이 서문

권 1 오언고시五言古詩

410

권 2 칠언고시七言古詩

412

기획의 말

세계문학과 한국문학 간에 혈맥이 뚫려,
세계-한국문학의 공진화가 개시되기를

21세기 한국에서 '세계문학'을 읽는다는 것은 무엇을 뜻하는가? 자국문학 따로 있고 그 울타리 바깥에 세계문학이 따로 있다는 말인가? 이제 한국문학은 주변문학이 아니며 개별문학만도 아니다. 김윤식·김현의 『한국문학사』(1973)가 두 개의 서문을 통해서 "한국문학은 주변문학을 벗어나야 한다"와 "한국문학은 개별문학이다"라는 두 개의 명제를 내세웠을 때, 한국문학은 아직 주변문학이었다. 한데 그 이후에도 여전히 한국문학은 주변문학이었다. 왜냐하면 "한국문학은 이식문학이다"라는 옛 평론가의 망령이 여전히 우리의 의식을 장악하고 있었기 때문이다. 그렇게 생각하고 그렇게 읽고, 써온 것이었다. 그리고 얼마간 그런 생각에 진실이 포함되어 있는 것도 사실이었다. 그러나 천천히, 그것도 아주 천천히, 경제성장이나 한류보다는 훨씬 느리게, 한국문학은 자신의 '자주성'을 세계에 알리며 그 존재를 세계지도의 표면 위에 부조시키고 있었다. 그런 와중에 반대 방향에서 전혀 다른 기운이 일어나 막 세계의 대양에 돛을 띄운 한국문학에 위협적인 격랑을 밀어붙이고 있었다. 20세기 말부터 본격화된 '세계화'의

418

바람은 이제 경제적 재화뿐만이 아니라 어떤 나라의 문화물도 국가 단위로만 존재할 수 없게 하였던 것이니, 한국문학 역시 세계문학의 한 단위라는 위상을 요구받게 되었던 것이다.

그러니 21세기 한국에서 세계문학을 읽는다는 것은 진정 무엇을 뜻하는가? 무엇보다도 세계문학이라는 개념을 돌이켜 볼 때가 되었다. 그동안 세계문학은 '보편문학'의 지위를 누려왔다. 즉 세계문학은 따라야 할 모범이고 존중해야 할 권위이며 자국문학이 복종해야 할 상급 문학이었다. 그리고 보편문학으로서의 세계문학의 반열에 올라간 작품들은 18세기 이래 강대국의 지위를 누려온 국가의 범위 안에서 설정되기가 일쑤였다. 이렇게 해서 세계 각국의 저마다의 문학은 몇몇 소수의 힘 있는 문학들의 영향 속에서 후자들을 추종하는 자세로 모가지를 드리워왔던 것이다. 이제 세계문학에게 본래의 이름을 돌려줄 때가 되었다. 즉 세계문학은 보편문학이 아니라 세계인 모두가 향유할 수 있도록 전 세계 방방곡곡에서 씌어져서 지구적 규모의 연락망을 통해 배달되는 지구상의 모든 문학이라고 재정의할 때가 되었다. 이러한 재정의에는 오로지 질적 의미의 삭제와 수량적 중성화만 있는 게 아니다. 모든 현상학적 환원에는 그 안에 진정한 가치를 향해 나아가고자 하는 지향성이 움직이고 있다. 20세기 막바지에 불어닥친 세계화 토네이도가 애초에는 신자유주의적 탐욕 속에서 소수의 대국 기업에 의해 주도되었으나 격심한 우여곡절을 겪으며 국가 간 위계질서를 무너뜨리는 평등한 교류로서의 대안-세계화의 청사진을 세계인의 마음속에 심게 하였듯이, 오늘날 모든 자국문학이 세계문학의 단위로 재편되는 추세가 보편문학의 성채도 덩

달아 허물게 되어, 지구상의 모든 문학들이 공평의 체 위에서 토닥거리는 게 마땅하다는 인식이 일상화까지는 아니더라도 최소한 정당화되고 잠재적으로 전망되는 여건을 만들어내게 되었던 것이다.

또한 종래 세계문학의 보편문학적 지위는 공간적 한계만을 야기했던 게 아니다. 그 보편문학이 말 그대로 보편성을 확보했다기보다는 실상 협소한 문학적 기준에 근거한 한정된 작품 집합에 머무르기 일쑤였다. 게다가, 문학의 진정한 교류가 마음의 감동에서 움트는 것일진대, 언어의 상이성은 그런 꿈을 자주 흐려왔으니, 조급한 마음은 그런 어둠 사이에 상업성과 말초적 자극성이라는 아편을 주입하여 교류를 인공적으로 촉진시키곤 하였다. 이제 우리는 그런 편법과 왜곡을 막기 위해서, 활짝 개방된 문학적 관점을 도입하여, 지금까지 외면당하거나 이런저런 이유로 파묻혀 있던 숨은 걸작들을 발굴하여 널리 알리고 저마다의 문학을 저마다의 방식으로 감상할 수 있는 음미의 물관을 제공해야 할 것이다. 실로 그런 취지에서 보자면 우리는 한국에 미만한 수많은 세계문학전집 시리즈들이 과거의 세계문학장을 너무나 큰 어둠으로 가려오고 있었다는 것을 절감한다.

이와 같은 인식하에 '대산세계문학총서'의 방향은 다음으로 모인다. 첫째, '대산세계문학총서'의 기준은 작품의 고전적 가치이다. 그러나 설명이 필요하다. 이 고전은 지금까지 고전으로 인정된 것들에 갇히지 않는다. 우리가 생각하는 고전성은 추상적으로는 '높은 문학성'을 가리킬 터이지만, 이 문학성이란 이미 확정된 규칙들에 근거한 문학성(그런 문학성은 실상 존재하지 않거니와)이

아니라, 오로지 저만의 고유한 구조를 통해 조직되는데 희한하게
도 독자들의 저마다의 수용 기관과 연결되는 소통로의 접속 단자
가 풍요롭고, 그 전류가 진해서, 세계의 가장 많은 인구의 감성을
열고 지성을 드높일 잠재적 역능이 알차게 채워진 작품의 성질을
가리킨다. 이러한 기준은 결국 작품의 문학성이 작품이나 작가에
의해 혹은 독자에 의해 일방적으로 결정되는 것이 아니라, 세 주
체의 협력에 의해 형성되며 동시에 그 형성을 통해서 작품을 개
방하고 작가의 다음 운동을 북돋거나 작가를 재인식시키며, 독자
의 감수성을 일깨워 그의 내부에 읽기로부터 쓰기로의 순환이 유
장하도록 자극하는 운동을 낳는다는 점을 환기시키고 또한 그런
작품에 대한 분별을 요구한다.

이 첫번째 기준으로부터 두 가지 기준이 덧붙여 결정된다.

둘째, '대산세계문학총서'는 발굴하고 발견한다. 모르거나 잊
힌 것을 발굴하여 문학의 두께를 두텁게 하고, 당대의 유행을 따
라가기보다는 또한 단순히 미래를 예측하기보다는 차라리 인류
의 미래를 공진화적으로 개방할 수 있는 작품을 발견하여 문학의
영역을 확장할 것을 목표로 한다. 이는 또한 공동선의 실현과 심
미안의 집단적 수준의 진화에 맞추어 작품을 선별한다는 것을 뜻
한다.

셋째, '대산세계문학총서'가 지구상의 그리고 고금의 모든 문학
작품들에게 열려 있다면, 그리고 이 열림이 지금까지의 기술 그
대로 그 고유성을 제대로 활성화시키는 방식으로 진행되는 것이
라면, 이는 궁극적으로 '가장 지역적인 문학이 가장 세계적인 문
학'이라는 이상적 호환성을 추구한다는 것을 가리킨다. 이는 또한

'대산세계문학총서'의 피드백에도 그대로 적용될 것이다. 즉 '대산세계문학총서'의 개개 작품들은 한국의 독자들에게 가장 고유한 방식으로 향유될 터이고, 그럴 때에 그 작품의 세계성이 가장 활발하게 현상되고 작용할 것이다.

이러한 기준들을 열린 자세와 꼼꼼한 태도로 섬세히 원용함으로써 우리는 '대산세계문학총서'가 그 발굴과 발견을 통해 세계문학의 영역을 두텁고 넓게 하는 과정 그 자체로서 한국 독자들의 문학적 안목과 감수성을 신장시키는 데 기여할 것을 기대하며, 재차 그러한 과정이 한국문학의 체내에 수혈되어 한국문학의 도약이 곧바로 세계문학의 진화로 이어지게끔 하기를 희망한다. 이는 우리가 '대산세계문학총서'를 21세기의 한국사회에서 수행하는 근본적인 소이이다. 독자들의 뜨거운 호응을 바라마지않는다.

'대산세계문학총서' 기획위원회

대산세계문학총서